HEATHER GRAHAM

SCHATTEN DES SCHICKSALS

Roman

Aus dem Amerikanischen
von Eva Malsch

WILHELM HEYNE VERLAG
MÜNCHEN

HEYNE ROMANE FÜR ›SIE‹
Nr. 04/345

Titel der Originalausgabe:
NO OTHER LOVE

Deutsche Erstausgabe 8/2000

Printed in France 2000
http://www.heyne.de
Umschlagillustration: John Ennis/Agentur Schlück
Umschlaggestaltung: Nele Schütz Design, München
Satz: Prechtl, Passau
Druck und Bindung: Brodard & Taupin

ISBN 3-453-16816-X

Prolog

Das Tal am Little Bighorn, Juni 1876

Er ritt aus dem goldenen Dunst des Spätnachmittags, eine dunkle Silhouette vor dem blendenden Licht des Sonnenuntergangs. In vollendeter Harmonie mit seinem Pferd, schien er dem Erlöschen des Tages zu trotzen – dem Tod, der ihm auf dem Schlachtfeld drohte.

Während die Sonne tiefer sank, färbte sie Himmel und Erde blutrot. Sabrina hörte die ohrenbetäubenden Schüsse, das Zischen der Pfeile, und sie stand immer noch wie gelähmt da.

Zählte er zu den Feinden, gegen Gewehrfeuer und Pfeilspitzen gefeit? Würde er ihren Skalp erobern, eine Trophäe für seine Lanze?

»Runter mit Ihnen, Mrs. Trelawny!« schrie Sergeant Lally.

Eine weitere Indianergruppe galoppierte heran, vier oder fünf Krieger. Unter den Hufen wirbelte Staub auf, als sie die Pferde zügelten. Ein Pfeil raste an Sabrinas Kopf vorbei und bohrte sich in einen Baumstamm.

Entsetzt warf sie sich zu Boden und betete. »Was ist los, Sergeant Lally?« rief sie und bekam keine Antwort.

Nach einer Weile erhob sie sich vorsichtig und spähte über den niedrigen Hügel aus Erdreich und Steinen, hinter dem der Sergeant sie beim Angriff der Indianer auf die Pelzhändler in Sicherheit gebracht hatte. Mit dieser Reisegruppe war sie westwärts geritten. Nun lag Lally, ihre Eskorte, am Boden. Aus seinem Rücken ragte der Schaft eines Pfeils. Mühsam unterdrückte sie einen Schreckensschrei, eilte zu ihm und kniete nieder. Als sie seinen Kopf hob, starrte sie in blicklose braune Augen.

Behutsam schloß sie die Lider des Soldaten, der ihr Freund geworden war, und gewann den unheimlichen Eindruck, jemand würde sie beobachten.

Sie schaute sich um und sah einen Sioux auf einem ungesattelten Appaloosa-Pferd sitzen, die nackte Brust mit blau-weißer Kriegsbemalung geschmückt. Zunächst dachte sie, das müßte der Reiter sein, der aus den Flammen der sinkenden Sonne aufgetaucht war.

Aber hinter ihm ritt jener Mann immer noch heran. Und dieser Krieger hatte den Angriff auf ihre Reisegesellschaft eröffnet. Drei berittene Freunde umringten ihn, doch sie bezweifelte nicht, daß er der Anführer war, und die Beute des Siegers gehörte ihm.

Tapfer hielt sie seinem Blick stand und versuchte, nicht an Lally und die toten Pelzhändler zu denken – einst Freunde der Sioux. Der Indianer schwang seinen Bogen hoch, stieß einen schrillen, beängstigenden Triumphschrei aus und sprang vom Pferd. Obwohl er Sabrina lächelnd musterte, las sie eine tödliche Drohung in seinen tintenschwarzen Augen. Nein, ich werde nicht vor ihm zittern, beschloß sie. Und ich darf auch nicht sterben. Nicht jetzt, wo das Leben so kostbar ist.

Vor nicht allzu langer Zeit hatte sie so viel verloren – das Baby und Sloan und womöglich ihre eigene Seele. Und nun bot sich die Chance, alles zurückzugewinnen. Welch eine Ironie …

Niemals hatte sie sich vorgestellt, sie könnte hier draußen sterben. Sie war schon oft in gefährliche Situationen geraten. Doch sie hatte dem Tod noch nie so unmittelbar ins Auge geblickt.

Zu spät erkannte sie, wie dumm sie gewesen war. Die anderen Frauen bewunderten Sabrinas innere Stärke und Widerstandskraft.

Bedauerlicherweise hatten sie sich geirrt – sie war nicht stark gewesen, nur dumm.

Aber sie hatte hierherkommen müssen, um Sloan zu finden und zu retten. Nun würde sie vielleicht selber sterben. Und er würde nie von jener neuen Chance erfahren – daß sie wieder ein Kind erwartete.

Als der Krieger auf sie zuging, wich sie nicht zurück. Sie wußte Beschied über die Sioux, deren Blut in Sloans Adern floß. Falls der Indianer sie töten wollte, würde er nicht zögern, ganz egal, ob sie um Gnade flehte oder nicht. Und das würde er um so mehr genießen, wenn sie schrie und vor Angst bebte.

Erst einmal spielte er Katz und Maus mit ihr. Er schlug gegen ihre Brust, so daß sie nach hinten taumelte und nach Atem rang. Zufrieden mit seinem Erfolg, lächelte er und trat wieder näher. Diesmal zuckte sie instinktiv zurück, aber er packte ihren Arm und schleuderte sie zu Boden. Die Luft wurde ihr erneut aus den Lungen gepreßt. Als sie den Kopf zur Seite drehte, starrte sie in die leblosen Augen eines jungen Sioux-Kriegers, der während des Scharmützels gefallen war. Noch keine sechzehn Jahre alt, dachte sie.

Plötzlich verschleierten Tränen ihren Blick. Wenn sie am Leben blieb und ihr Kind gebar – würde es die mahagonibraunen Augen seines Vaters geerbt haben? Augen, die manchmal in die Seele eines Menschen schauen konnten und dann wieder so kühl und hart wirkten ... Augen in einem markanten, bronzefarbenen Gesicht mit hohen Wangenknochen und einem eigenwilligen Kinn ... Was würde sie selbst dem Baby auf den Lebensweg mitgeben?

Sie wandte sich wieder zu ihrem Gegner, der über sie herzufallen suchte. Blitzschnell sprang sie auf und rammte ihren Ellbogen gegen seinen Hals. Er würgte einen Fluch hervor, dann zog er ein Messer aus der Scheide an seiner Hüfte.

»Fahren Sie zur Hölle!« schrie Sabrina und ballte die Hände. Natürlich verstand er ihre Worte nicht. O Gott, sie wollte leben! Vielleicht – wenn sie ihre Angst zeigte und auf die Knie sank ... »Warten Sie, ich muß ...« Flehend streckte sie einen Arm aus.

Das nützte ihr nichts. Unbarmherzig umklammerte er ihre Schultern und wollte sie erneut zu Boden werfen. Sie bekämpfte ihn, trat nach ihm, versuchte sein Gesicht zu zerkratzen. Abrupt wurde sie losgelassen. Als er wütend aufschrie, merkte sie, daß ihr Knie ihn zwischen den Schenkeln getroffen hatte. Das Messer in der Linken, schlug er mit der anderen Hand auf ihre Wange.

Taumelnd brach sie zusammen. Die Erde schien zu dröhnen. Aus den Augenwinkeln sah sie den Reiter herangaloppieren, auf einem ungesattelten Pferd, mit nacktem Oberkörper, aber ohne Kriegsbemalung. Der Krieger beachtete ihn nicht. Das Messer gezückt, neigte er sich über Sabrina. Verzweifelt hob sie beide Hände, um ihn abzuwehren.

Doch sie wurde nicht angegriffen. In einer Wolke aus Erde und Steinen zügelte der Reiter seinen Appaloosa, stürzte sich auf den Krieger und stieß ihn zu Boden. Sabrina erhob sich verwirrt. Im wirbelnden Staub sah sie fast nichts. Nur wenige Schritte von ihr entfernt stand das Pferd des Kriegers. Blindlings stolperte sie darauf zu. Sie konnte ebensogut reiten wie jeder Mann, mochte er weiß oder rot sein.

»Sabrina!«

Als sie ihren Namen hörte, hielt sie inne und traute ihren Ohren nicht. Seine Stimme. Ungläubig drehte sie sich um. Der Staub schwebte hinab, der Reiter eilte zu ihr. Ein Sioux mit dunklen Augen und einer muskulösen Brust, die im rötlichen Abendlicht glänzte. Auf breite Schultern fiel kohlschwarzes Haar. Ein Sioux – und zugleich ein Weißer mit klassischen europäischen Zügen. Fleckige Kavalleriebreeches steckten in hohen Kavalleriestiefeln.

»Oh, mein Gott!« flüsterte sie. »Sloan!« Zitternd fiel sie ihm um den Hals. »Sloan …«

Er schob sie von sich und musterte ihr schmutziges Gesicht. »Bist du verletzt?«

»Nein, aber all die Männer …«

»In diesem Kampf werden noch viele sterben.«

»Sloan ...« Beklommen verstummte Sabrina. Sie waren nicht allein.

Nun stand der Krieger auf, den Sloan zu Boden geworfen hatte, und sprang hinter ihn. Sofort gingen die drei anderen in Stellung, auf strategischen Positionen.

»Sloan!« hauchte Sabrina warnend. Selbst wenn sie eine Pistole besäße – die Gegner waren in der Überzahl.

Auch Sloan trug keine Waffe bei sich, nicht einmal das Messer, dessen Griff normalerweise aus einem Stiefelschaft ragte.

»Ich – ich hole das Pferd!« stammelte sie.

»Nein, Sabrina!« befahl er und wandte sich zu dem Anführer der Sioux. Mit lauter Stimme und lebhaften Gesten sprach er auf ihn ein. Der Krieger antwortete erbost, während seine drei Freunde stoisch und abwartend zuhörten.

»Bitte, Sloan, wir müssen weg von hier!« Sabrina rannte zu dem Pferd.

Ehe sie sich auf seinen Rücken schwingen konnte, wurde sie von einem starken Arm umfangen, und Sloan preßte sie an seine Brust. »Verstehst du denn nicht?« wisperte sie. »Wir müssen fliehen!«

Seufzend schüttelte er den Kopf. »Hinter dem Hügel da drüben haben sich ein paar tausend Sioux und Cheyenne versammelt. Mehr, als ich je in meinem Leben sah.«

»Um so schneller sollten wir flüchten. Soeben hast du mich vor diesem Mann gerettet ...«

Sein Lächeln erinnerte sie an den Sloan, der sie so oft mit seinem Charme verzaubert hatte. »Weil ich die Erlaubnis dazu erhielt.«

»Die Erlaubnis?« wiederholte sie schweren Herzens. Sie wußte, daß die Sioux ihm nicht länger trauten, und ihre Sorge um ihn war berechtigt gewesen. »Bitte, laß dir irgendwas einfallen ...« Ihre Stimme erstarb. Gab es keine Hoffnung? Würde das Leben enden, bevor sie die neue Chance nutzen konnten? Sie fuhr mit der Zunge über ihre Lippen. »Verdammt, ich will nicht sterben! Laß mich los!«

»Streite jetzt nicht mit mir, Sabrina!«

»Bitte, laß mich los!«

»Wie du willst!« Wütend erfüllte er ihren Wunsch, und sie schmiegte sich sofort wieder an ihn, weil inzwischen weitere Indianer herangeritten waren. Dutzende, in voller Kriegsbemalung, mit verschiedenen Kopfbedeckungen. »Nur ein Teil meiner Freunde und Verwandten«, flüsterte Sloan. Schützend legte er wieder einen Arm um Sabrina, sein Kinn berührte ihre Stirn. Als ein Krieger sein Pferd zu ihnen lenkte, erklärte er: »Silver Knife, Crazy Horse' Lieutenant.«

»Was genau geht hier vor?« fragte sie nervös.

»Die Situation ist kritisch. Tut mir leid, daß ich dich enttäuschen muß. Obwohl ich mein Bestes tat, um dich wie ein Ritter in schimmernder Rüstung zu retten, bin ich selbst ein Gefangener. Nur weil einer von Hawks Vettern dich bei der Reisegruppe sah, die Gray Heron angreifen wollte, durfte ich ihm nachreiten. Was du hier draußen zu suchen hast«, fuhr er in scharfem Ton fort, »weiß ich nicht. Wären wir nicht in dieser schlimmen Lage, würde ich dir den Hintern versohlen. Warum bist du so dumm und eigensinnig?«

Ehe sie antworten konnte, begann Silver Knife zu sprechen. Sloan nickte, dann hob er Sabrina auf sein Pferd und stieg hinter ihr auf. Sofort wurden sie von Indianern flankiert.

»Wohin reiten wir?« fragte Sabrina.

»Zurück zum Camp«, erwiderte Sloan.

Direkt hinter dem Hügel erstreckte sich das Indianerlager an einem Fluß entlang. Kinder spielten, Frauen arbeiteten, mehrere Feuer loderten. In Rahmen gespannt, trockneten viele Tierhäute. An einigen Pfählen hing Wild, das gehäutet und gebraten werden sollte. Erschrocken beobachtete Sabrina die unzähligen Krieger.

Vor einem kleinen Zelt in der Mitte des Lagers zügelte Sloan das Pferd, sprang zu Boden und hob Sabrina herunter. »Jetzt mußt du da hineingehen.«

»Allein?«

»Sobald das Problem gelöst ist, komme ich zu dir.«

»Welches Problem?«

Lässig zuckte er die Achseln. »Gray Heron gehört nicht zu unserer Truppe, und er meint, ich müßte getötet werden. Da er dich entdeckt hat, bildet er sich ein, du wärst sein Eigentum.«

Entsetzt hielt sie den Atem an. Ihre Knie wurden weich, und sie sank an Sloans Brust.

»Vertrau mir«, bat er.

»Ja«, flüsterte sie. »Wie lange ...?«

»Sicher werden sich die Krieger bald einigen. Sie wissen, daß Custer nach ihnen sucht. Und sie wollen ihn ihrerseits aufspüren. Verdammt, Sabrina, reiß dich zusammen und tu, was ich dir sage!«

Schwankend betrat sie das Zelt, sank auf eine Decke und schlug die Hände vors Gesicht. O Gott, was würde mit Sloan geschehen? Langsam verstrichen die Minuten. Nach einer Weile stand sie auf und begann umherzuwandern. Die Abenddämmerung ging in nächtliches Dunkel über. Schließlich setzte sich Sabrina wieder auf die Decke.

Vor dem Zelt brannte ein Feuer. Sie starrte durch die Öffnung in die Flammen, deren Widerschein den Farben des Sonnenuntergangs glich. Gelb, orange, rot wie das Blut, das dieses Land tränkte. Und rostbraun wie die Indianer. Hatten sie Sloan schon getötet? Kalte Angst krampfte ihr Herz zusammen.

Und dann sah sie ihn, die breiten Schultern, die bronzefarbene Brust. In seinen Adern floß das Blut von Indianern und Weißen. Vor keiner der beiden Rassen hatte er sich jemals gebeugt. Zwei Indianer begleiteten ihn. Doch sie folgten ihm nicht ins Zelt.

Sabrina sprang auf, warf sich in seine Arme, und er

küßte sie – leidenschaftlich und sanft zugleich. So viel hatte sie ihm zu sagen. Aber er schien keine Erklärungen zu erwarten. Und er drückte sie fest an sich, als wäre es die letzte Umarmung. Endlich ließ er sie los.

»Bitte, Sloan, was wird geschehen?« flüsterte sie.

»Würdest du dich gegen mein Verlangen wehren?« Seine Hände glitten über ihre Brüste.

»Nein, aber ...«

»Leider haben wir keine Zeit.«

»Was meinst du?«

»Inzwischen weiß ich, warum die Sioux deine Reisegruppe angegriffen haben – um zu verhindern, daß ihre Positionen verraten werden, bevor die Kämpfe beginnen. Und Gray Heron will dich nicht freigeben. Wenn ich dich als meine Frau behalten will, muß ich gegen ihn kämpfen.«

»Um Himmels willen, nein!«

»Hältst du so wenig von meiner Kampfkraft?«

»Er wird versuchen, dich zu töten!«

»Darin liegt der Sinn dieses Duells.«

»Bitte, Sloan, du darfst nicht sterben!«

»Ich tu mein Bestes«, versprach er ungerührt. »Hör zu, Sabrina. Was immer jetzt geschehen wird, vorerst bist du sicher. Vor der Schlacht ...« Er zögerte kurz. »Bevor die Krieger in den Kampf ziehen, pflegen sie nicht mit Frauen zu schlafen. Sie glauben, das würde sie verunreinigen. Falls mir etwas zustößt, mußt du jemanden finden, der dich zu Crazy Horse bringt. Zu Ehren seiner Freundschaft mit mir wird er dich schützen.«

»O Gott, Sloan, bitte ...«

Schmerzhaft gruben sich seine Finger in ihre Schultern. »Zum Teufel, was machst du eigentlich hier draußen? Habe ich dir nicht verboten, das Fort ohne mich zu verlassen?«

»Ich wollte dich suchen – weil ein Crow-Spion einem Soldaten im Fort erzählte, du wärst nicht mehr sicher vor den Sioux. Wenn sie sich bedroht fühlen, würden sie dich töten. Und da du dich zwischen zwei Welten bewegst, trauen sie dir nicht mehr. Ich mußte dich finden ...«

»Warum?«

Sie hatte sich ausgemalt, wie sie ihm alles erklären würde. Aber nicht in einer so grauenvollen, gefährlichen Situation – während er sie so wütend und vorwurfsvoll anstarrte ...

»Warum?« wiederholte er. Sie spürte die Anspannung in seinen Muskeln, die Hitze seines Körpers. »In diesem letzten Jahr hast du immer wieder gehofft, einen Sioux-Pfeil in meiner Brust zu sehen.«

»Sloan, ich wollte dir sagen ...«

Abrupt ließ er sie los, als die beiden Wachtposten ins Zelt traten. »Ich muß gehen, Liebste. Wenn ich zurückkomme, werde ich dir bereitwillig zuhören.«

Wenn er zurückkam ...

Einer der Krieger ergriff seinen Arm. Aber Sloan schüttelte ihn ab, zog Sabrina ein letztes Mal an sich, und sein fordernder Kuß weckte eine süße Sehnsucht.

Irgendwo in der Nacht dröhnten Trommeln. Sloan ließ seine Arme sinken, ergriff Sabrinas Hand und küßte die Fingerspitzen. »Bis später«, flüsterte er, wandte sich ab und folgte den Indianern aus dem Zelt.

»Sloan!« schrie sie, rannte ihm nach, und er drehte sich um. Verwirrt sah er die Tränen auf ihren Wangen. Sie warf sich an seine Brust, versuchte verzweifelt, diesen Augenblick festzuhalten. »Bitte, du darfst nicht sterben! Es gibt noch einen Grund, warum ich dich unbedingt finden mußte. An jenem Morgen – danach ... Ich erwachte, und ich hatte nicht gewußt, daß du fortgehen würdest. Damals wollte ich's noch nicht erwähnen – und erst einmal abwarten, bis ich mir ganz sicher war, bis der Zeitpunkt verstreichen würde, den die Hebamme immer gefährlich nennt. Du solltest keine neue Enttäuschung erleben ...«

Behutsam strich er ihr das Haar aus der Stirn. Im

Flammenschein schimmerten seine Augen schwarz wie Ebenholz. »Was versuchst du mir zu sagen, Sabrina?«

»Du darfst nicht sterben, weil wir wieder ein Kind erwarten, Sloan.«

Plötzlich zerriß ein schriller Kriegsruf die nächtliche Stille. Einer der Krieger umklammerte Sloans Arm und sprach auf ihn ein. Doch er achtete nicht darauf. Unverwandt starrte er Sabrina an. Der zweite Indianer zerrte sie von ihm weg. Vergeblich versuchte sie sich zu befreien.

»Wirklich?« fragte Sloan leise.

»Ja.«

»Wann wird das Baby geboren?«

»Ende November.«

»Nun, bis dahin komme ich ganz sicher zurück. Geh wieder ins Zelt. Und um Gottes willen – paß auf dich auf!« Er schüttelte die Hand des Krieger ab und ging zum Feuer, eine schwarze Silhouette, von blutroten Flammen umrahmt.

»Sloan!« rief sie.

Langsam drehte er sich um. »Glaub mir, meine Liebste, ich komme zurück.«

Dann kehrte er ihr wieder den Rücken, ging weiter, und das Feuer schien ihn zu verschlingen.

»Ja, er wird zurückkommen«, flüsterte sie dem Krieger zu, der sie ins Zelt schob und allein ließ.

Sie setzte sich wieder auf die Decke, starrte in die Nacht, ins flackernde rote Licht, und bekämpfte ihre Furcht.

Aber die tanzenden Flammen schienen sie zu verspotten. In wachsender Verzweiflung begann sie zu beten, und sie gestand sich endlich ein, daß sie ohne Sloan nicht leben konnte. Sie liebte ihn – über alles.

Wann hatte sie begonnen, ihn zu lieben? Vielleicht in jener Nacht im Fort, wo sich Captain Jenkins so gräßlich benommen hatte.

Oder nach dem Verlust ihres Babys.

Nein, schon vorher. Schon bei der Hochzeit. Vor langer Zeit. In einem anderen Leben.

Im einzigen Leben, das ihnen geblieben war?

Einsam und verlassen saß sie im dunklen Zelt. Nur die Angst leistete ihr Gesellschaft, während ihre Gedanken in die Vergangenheit wanderten.

1

Schottisches Hochland, Spätherbst 1875

»Sabrina, du hörst mir nicht zu! Wie ist das passiert? Wieso bist du ...«

Während sie vor dem Stall eine der jungen Douglas-Stuten namens Aurora striegelte, betrachtete sie die märchenhafte schottische Landschaft. Hinter sanft gerundeten, mit malvenfarbenen wilden Blumen bewachsenen Hügeln lag silberner Nebel über dem Wasser. Eine sanfte Brise bewegte die Luft.

Doch Sabrina erlebte kein Märchen. Und ihre hartnäckige Schwester rührte sich nicht von der Stelle. Die Arme verschränkt, lehnte sie an der Mauer des Stalls und wartete.

»Schwanger ...«, sagte Sabrina leise. Seit dem Ende des Bürgerkriegs war die Welt fortschrittlicher geworden. Die vornehme Gesellschaft hielt ›schwanger‹ jedoch immer noch für ein unfeines Wort.

»Nun?« drängte Skylar. »Wie bist du schwanger geworden?«

Wie? Eigentlich hatte Sabrina vermutet, ihre Schwester würde das wissen.

Aber Skylar wollte natürlich herausfinden, wie Sabrina in jene Situation geraten war, die zu ihrer Schwangerschaft geführt hatte. Sie konnte dem Gespräch nicht länger ausweichen. Weil sie Schwestern waren, weil der Altersunterschied nur zwei Jahre betrug und weil sie einander in der harten Realität ihres Lebens sehr nahe standen.

Ein paar Tage lang hatte Sabrina die Diskussion hinausgezögert. Jetzt mußte sie endlich darüber sprechen.

Ja – wie?

Das alles erschien ihr so unwirklich. Und sie war weit entfernt vom Dakota Territory, wo die verhängnisvolle Begegnung mit Sloan Trelawny stattgefunden hatte. Als sie die Stute striegelte, auf der sie an diesem Tag stundenlang über die Hügel geritten war, gewann sie den Eindruck, auch ihr Herz und ihre Seele hätten sich weit von Dakota entfernt. Ihr Blick streifte wieder das Wasser des Lochs, das hellblau unter dem sonnigen Himmel schimmerte. Nicht, daß in Schottland eine friedliche Atmosphäre herrschen würde. Die Schwestern waren auf den Familiensitz gekommen, der Sabrinas Schwager Hawk Douglas gehörte, weil sein Halbbruder David, jahrelang für tot gehalten, noch lebte. Diese Wahrheit hätte Sabrina beinahe in den Selbstmord getrieben.

Plötzlich erschauerte sie trotz der milden Brise. Es war warm im Hochland, obwohl der November längst begonnen hatte. Nichts konnte beschaulicher wirken als die schönen grünen Hügel, wo die Rinder weideten. Trotzdem hatte sich das Grauen in diesem Idyll ereignet. Sie war einem Schrei in der Nacht gefolgt und in einem Grabgewölbe eingesperrt worden – gefesselt, von Drogen betäubt. In den Stunden ihrer Gefangenschaft hatte sie die Kostbarkeit des Lebens erkannt, das sie ihrem Kind schenken würde.

»Wie, Sabrina?« fragte Skylar sanft.

»Wie?« wiederholte Sabrina. Sie hatte das Zimmer betreten und *ihn* gesehen. Und sie war überzeugt, sie könnte die Situation meistern, als sie merkte, wofür er sie hielt. Und so hatte sie ihn herausgefordert. O Gott – viel zu deutlich erinnerte sie sich an seine dunklen Hände auf ihrer elfenbeinweißen Haut, an die Kraft und das Feuer in seinem Körper, sein Flüstern, seine Augen …

Natürlich schuldete sie ihrer älteren Schwester eine Erklärung. Skylar machte sich Sorgen. Und sie hatten schon so viel gemeinsam überstanden.

Als Kinder hatten sie den Bürgerkrieg überlebt und den Vater verloren. Aber er war nicht auf dem Schlachtfeld gefallen, sondern ermordet worden – von ihrem Stiefvater Brad Dillman, der später das Amt eines US-Senators übernommen hatte. Skylar beobachtete damals, wie er die Tatwaffe, ein Messer, reinigte. Doch zu dem Zeitpunkt war sie ein kleines Mädchen gewesen. Niemand glaubte ihr die bittere Anklage, weil man annahm, der Tod des Vaters hätte sie völlig verwirrt.

Und so wuchsen die Schwestern in Dillmans elegantem Haus in Baltimore auf. Bis zum Tod der Mutter wandten sie sich nicht gegen ihn. Eines Nachts entbrannte ein heftiger Streit zwischen Skylar und dem Stiefvater. Sabrina warf sich dazwischen, und er stürzte die Treppe hinab. Aber er starb nicht. Vor lauter Angst, er würde Skylar wegen versuchten Mordes vor Gericht bringen, zwang Sabrina ihre Schwester zur Flucht und pflegte Dillman, der sich als Krüppel ausgab.

Bald danach schickte Skylar ihr das Geld für die Flucht nach Mayfair, dem Landsitz ihres neuen Ehemanns nahe den Black Hills im Dakota Territory. In Gold Town machte die Postkutsche Station, und Sabrina quartierte sich in einem Gasthof ein. Allzugut hatte sie ihre Reise nicht geplant. Der Stiefvater folgte ihr. Während sie zu Bett gehen wollte, hörte sie Dillmans Stimme. Auf Zehenspitzen schlich sie aus ihrem Zimmer. Aber er kam ihr im Flur entgegen und erzählte irgend jemandem, was er mit ihr vorhatte. Um ihm zu entrinnen, floh sie ins nächstbeste Zimmer.

Und dort war es geschehen – in Sloans Zimmer. Nie zuvor hatte sie einen so faszinierenden Mann gesehen. Ein markantes, attraktives Gesicht, ebenholzschwarze Haare und Augen, eine bronzebraune breite Brust unter einem Hemd, das bis zur Taille offen war, schmale Hüften in engen Breeches, hohe Kavalleriestiefel. Ein Halbindianer, ein gefährlicher Mann, dessen Sinnlichkeit sie unwiderstehlich anzog … Brüsk und ungeduldig forderte er sie auf zu verschwinden. Doch sie mußte bei ihm bleiben. Im Flur wäre sie Dillman begegnet. Und sie konnte den mißgelaunten Fremden nicht bitten, sie vor einem US-Senator zu retten. Schon gar nicht, weil er sie für eine Hure hielt.

So hatte sie ihren Charme versprüht, einen Drink angenommen und versucht, den Mann auf Distanz zu halten.

»Sabrina?« Die Stimme ihrer Schwester unterbrach die Erinnerungen.

Kraftvoll striegelte sie Auroras dunkle Mähne. »Ich …«

»Mein Gott, hat Sloan dich gezwungen?« fragte Skylar mit zitternder Stimme. »Wenn er sich so abscheulich verhalten hat …«

»Nein, ich …« Mühsam kämpfte Sabrina mit den Tränen. »Ich wünschte, es wäre eine Vergewaltigung gewesen. Dann müßte ich mich nicht verachten. Aber dein kostbarer Freund ist schuldlos. Ich floh in sein Zimmer – vor Dillman.«

»Dillman?«

»Er war im Flur des Gasthofs, und ich wollte ihm nachspionieren. Beinahe hätte er mich erwischt. In meiner Verzweiflung öffnete ich die nächstbeste Tür. Und da war Sloan …«

»… den du noch nicht kanntest?«

»Nein.«

»Nur um Dillman zu entrinnen, hast du mit einem Fremden geschlafen?«

Wußte Skylar nicht mehr, wie gefährlich der Senator gewesen war? »Sloan hielt mich für eine Hure, die Loralee aus dem Ten-Penny Saloon zu ihm geschickt hatte. Und ich klärte das Mißverständnis nicht auf. Um unserem Stiefvater zu entkommen, hätte ich alles getan.«

»Also ist es *meine* Schuld«, seufzte Skylar. »Hätte ich damals nicht mit Dillman gestritten …«

»Unsinn!« protestierte Sabrina. »Aus diesem Grund wollte ich dir nichts davon erzählen – weil ich fürchtete, du würdest dir Vorwürfe machen.« Es war Sloans

Schuld und ihre eigene. Er hatte sie als Hure betrachtet und ihr Whiskey angeboten. Sie war unfähig gewesen, der Situation zu widerstehen.

Würde sie kein Baby erwarten, hätte sie Skylar niemals gestanden, was in jener Nacht geschehen war.

»Irgendwas müssen wir unternehmen«, meinte Skylar.

»Gar nichts«, widersprach Sabrina. »Das ist nicht *dein* Problem ...«

»Nein, es geht nur dich und Sloan was an, nicht wahr?« fragte Skylar erbost.

Sabrina senkte bedrückt den Kopf. Nur zu gut wußte sie, in welch schrecklicher Lage sie sich befand. Sie hatte schlimme Zeiten erlebt, aber stets die Kraft gefunden, gegen ihr Schicksal zu kämpfen. Jetzt sah sie keinen Ausweg. Was um Himmels willen sollte sie tun? Bis vor kurzem hatte sie geglaubt, sie wäre endlich frei. Und nun wurden ihr neue Fesseln angelegt.

Früher hatte sie – trotz der unglücklichen Kindheit und Jugend – wenigstens die Achtung der Gesellschaft genossen. Skylar und Sabrina, die eleganten, verwöhnten Connor-Mädchen, waren von zahlreichen Verehrern umschmeichelt und umworben worden.

Aber Sloan umwarb und umschmeichelte niemanden. Geradewegs ging er auf sein Ziel zu, forderte entschieden, was er für richtig hielt und akzeptierte nichts Geringeres. Ein Indianer – ein Sioux ...

Es fiel ihr leicht, den Halbindianer Hawk wie einen Bruder zu lieben. Aber Sloans Sioux-Blut weckte Erinnerungen an die kriegerischen Rothäute, die grausam über die weißen Siedler im Westen hergefallen waren, an Gemetzel, Vergewaltigungen, Verstümmelungen ...

Nein, sagte sie sich, Sloan ist kein Barbar, sondern ein Kavallerieoffizier der Vereinigten Staaten. Und nur ein bißchen wild ... Sie schaute zum Schloß hinüber. Wie würde Sloan die Situation beurteilen?

»Verdammt, das ist ziemlich schwierig und unangenehm.« Andrew ›Hawk‹ Douglas füllte zwei Gläser, und Sloan Trelawny überlegte, daß zwei Halbindianer, die in einem Schloß im schottischen Hochland Brandy tranken, etwas merkwürdig wirken mußten.

Aber das Leben steckt nun mal voller Überraschungen, dachte er, während er vor dem Kaminsims stand und den Schwenker entgegennahm. »Da gibt's keine Schwierigkeiten. Prost!«

»Prost ... Erklär mir doch bitte, warum du keine Schwierigkeiten siehst. Immerhin trage ich die Verantwortung für meine Schwägerin. Ich kann's noch immer nicht fassen. Steht's denn überhaupt fest, daß du der Vater bist?«

Ungläubig starrte Sloan seinen Freund an. »Ob das feststeht? Natürlich!«

Hawk starrte nachdenklich vor sich hin. Also würde auch Sabrina ein Kind zur Welt bringen, in dessen Adern Indianerblut floß. Er wußte ebenso wie Sloan, welche Vorurteile die Gesellschaft gegen ein Halbblut hegte. Hawks Vater, ein Weißer, hatte nach dem Tod seiner ersten Frau seine indianische Geliebte geheiratet. Selbst ohne diese legalen Bande hätte Hawk seinem älteren Bruder David sehr nahe gestanden, der neulich aus dem vermeintlichen Grab zurückgekehrt war, um seinen rechtmäßigen Platz als Laird einzunehmen. Blutsbande hatten Hawk und Sloan übers Meer geführt – nach Schottland, das weit entfernt vom erbitterten Kampf zwischen der US-Regierung und den Sioux lag. Hier wollten sie die Wahrheit über kriminelle Machenschaften herausfinden, die sich vor kurzem im Hochland ereignet hatten. Sloan war weder mit David noch mit Hawk verwandt, aber vor langer Zeit, in einer anderen Welt, hatten sie alle drei in der Wildnis ihre Handflächen aufgeschnitten, um Blutsbrüder zu werden. Außerdem teilten Sloan und Hawk das Erbe ihrer Herkunft – halb weiß, halb indianisch.

Sloans Mutter, eine weiße Gefangene in einem Sioux-Lager, war von seinem Vater vergewaltigt worden. Dann hatte er ihr sein Herz geschenkt. Er nahm sie nach den Indianergesetzen zur Frau und versprach, wenn er sterben würde, dürfe sein Sohn das Volk seiner Mutter aufsuchen. Sloan wurde in der Wildnis großgezogen, lernte alles, was ein Junge wissen mußte, um dort draußen zu überleben, und wuchs zu einem starken Krieger heran.

Dann starb sein Vater, und Sloan zog ins Haus seines Großvaters. Lieutenant General Michael Trelawny, der sich im mexikanischen Krieg hervorgetan hatte, übte in politischen und militärischen Kreisen großen Einfluß aus. Seiner Macht verdankte Sloan den Studienplatz an der Militärakademie West Point. Während des Bürgerkriegs gewann er aus eigener Kraft die Achtung seiner Kavalleriekameraden. Trotzdem würde ihn die Welt des weißen Mannes niemals vorbehaltlos akzeptieren. Er wiederum konnte die Vernichtung des Sioux-Volkes nicht tatenlos mit ansehen. Weder die Weißen noch die Roten schuldeten ihm ihre Zuneigung. Aber er hatte beschlossen, den Respekt beider Seiten zu verdienen.

Und so wanderte er auf einem schmalen Grat durchs Leben. In dieser gefährlichen Welt lebte auch Hawk, und sie verstanden einander wie nur wenige Männer, innig verbunden durch das gemeinsame, zwiespältige Erbe. Rückhaltlos konnte sich der eine auf den anderen verlassen.

Noch nie hatte Hawk einen Grund gesehen, seinem Freund zu zürnen. Doch nun erschien es ihm unfaßbar, daß seine Schwägerin ein Kind von Sloan erwartete. Er leerte sein Glas, dann seufzte er tief auf. »Einfach absurd! Soviel ich weiß, hast du Sabrina kennengelernt, während ihr Stiefvater uns alle zu beseitigen versuchte. Damals gewann ich nicht den Eindruck, ihr würdet euch besonders mögen, und seither seid ihr euch immer nur feindselig begegnet. Wieso wart ihr trotzdem miteinander im Bett? Und warum hast du mir nichts davon erzählt?«

»Weil Sabrina vergessen wollte, daß es jemals geschehen ist. Das habe ich bis jetzt respektiert.«

»Was zum Teufel ist eigentlich passiert?«

Was passiert war? Trotz seines beträchtlichen Alkoholkonsums in jener Nacht erinnerte sich Sloan an alle Einzelheiten. Daß er Sabrinas Identität nicht erkannt hatte, lag nicht am Whiskey. Daran war sie selber schuld. Er stellte seinen Schwenker auf das Kaminsims und lächelte freudlos. »Offenbar habe ich Sabrina auf die gleiche Weise erobert wie du deine Frau.«

»Wie du dich sicher entsinnst, erfuhr ich von der Existenz meiner Ehefrau erst *nach* unserer Ferntrauung.«

»Daran war Dillman schuld. Weil Skylar ihrem Stiefvater entrinnen wollte, der ihren leiblichen Vater ermordet hatte, war sie von deinem Vater mit einem raffinierten Trick zu dieser Ferntrauung veranlaßt worden. Und auf ähnliche Weise trieb Dillman seine zweite Stieftochter in meine Arme.«

»Wie das?«

»Es geschah nach dem katastrophalen Treffen in der Red Cloud-Reservation, wo alle Beteiligten erkannten, daß einige Sioux kämpfen würden – arme Geschöpfe, die sich einbildeten, sie hätten ein Recht auf ihre eigene Lebensart. Das weiße Militär beschloß, sie alle zu beseitigen. Natürlich war ich furchtbar deprimiert. Ich übernachtete im Miner's Well und ging zum Ten-Penny-Saloon hinüber, um eine Flasche Whiskey zu kaufen. In jener Nacht wollte ich mich einfach nur betrinken, und alles vergessen. Die gute Loralee bot mir ein neues Mädchen an auf Kosten des Hauses. Das lehnte ich ab. Aber kurz danach erschien eine Frau in meinem Zimmer. Über ihrer Unterwäsche trug sie nur einen Morgenmantel, und ich fand sie hinreißend – wenn sie sich auch etwas seltsam benahm ...« Sloan verstummte und starrte ins Kaminfeuer.

2

In der Tat, es war eine sonderbare Nacht gewesen. Normalerweise trank er nur wenig Alkohol. Aber um seine miserable Laune zu überwinden, hatte er die Whiskeyflasche zur Hälfte geleert. Plötzlich wurde die Tür geöffnet und geschlossen. Die Stirn gerunzelt, griff er nach seinem Colt, der neben ihm auf einem Tischchen lag, und starrte den ungebetenen Gast verwirrt an.

Er hatte keine Lampen angezündet und die Brokatvorhänge geschlossen. Nur das Kaminfeuer warf ein schwaches Licht auf die bezaubernde Schönheit, die hereingekommen war.

Die Augen geschlossen, lehnte sie reglos an der Tür. Dichte kastanienbraune Locken fielen auf ihre Schultern und umrahmten ein elfenbeinweißes ovales Gesicht mit hohen Wangenknochen, vollen Lippen und sanft geschwungenen Brauen. Als sie die Lider hob, schien sie zu erschrecken. Über meinen Anblick, dachte er. Weil ich ein Sioux bin. Vermutlich Loralees neue Errungenschaft aus dem Osten. Sie trug einen eleganten spitzenbesetzten Morgenmantel in jungfräulichem Weiß, der nicht ganz geschlossen war und eine wadenlange Unterhose, ein Korsett und Seidenstrümpfe enthüllte. Nie zuvor hatte Sloan eine so betörende Frau gesehen – gertenschlank, aber mit üppigen Brüsten und verlockend gerundeten Hüften. In wachsender Erregung hatte er sie gemustert und aufgefordert, näher zu treten.

Wie er sich jetzt ironisch eingestand, wäre ihm ihr Widerstreben – für eine Hure ungewöhnlich – sicher aufgefallen, hätte er nicht so viel getrunken. In schroffem Ton wiederholte er seine Einladung und fügte hinzu, wenn sie nicht hierzubleiben gedenke, solle sie verschwinden.

Doch sie wollte nicht gehen. Ihre sichtliche Nervosität überraschte ihn nicht, denn sie war neu in diesem Gewerbe. *Wie* neu, ahnte er nicht.

Wenn er auch nicht an Komplexen litt, war er sich seiner Herkunft stets bewußt. »Haben Sie Probleme mit Indianern?«

»Sind Sie ein Indianer?« fragte sie.

Langsam hob er die Brauen. »Sehe ich norwegisch aus?«

Sie zeigte auf das Kavalleriejackett, das am Fußende des Betts lag. »Nun, ich dachte, Sie wären ein Offizier.«

»Darüber wundere ich mich selber. Ich frage Sie noch einmal – haben Sie Probleme ...«

Aber sie hörte nicht mehr zu und schien auf Geräusche im Flur zu lauschen.

Verdammt! In seinem Kopf dröhnten Kriegstrommeln – laut, donnernd, qualvoll. Das Vergessen war so nahe, die Beschwichtigung des Zorns, der sein Blut erhitzte.

Und so war es geschehen. Er verlor die Geduld und sprang auf, riß sie in die Arme und küßte sie. Ihr Mund war so weich und verführerisch. Davon wollte er noch mehr spüren. Er schob seine Zunge zwischen ihre Lippen und umarmte sie noch fester. Aufreizend preßten sich ihre Brüste an ihn, und sein Verlangen war stärker als Wut, Enttäuschung und Bitterkeit. Je leidenschaftlicher er sie küßte, desto unbezähmbarer erfaßte ihn seine wilde Begierde. Mit beiden Händen stemmte sie sich gegen seine nackte Brust. Inzwischen klaffte sein geöffnetes Hemd weit auseinander. Obwohl er sie am liebsten aufs Bett geworfen hätte, zwang er sich, sie loszulassen. »Zum Teufel, verschwinden Sie doch endlich!« schrie er und schob sie zur Tür.

Da drang eine Männerstimme aus dem Flur herein. »Wenn ich das jüngere Mädchen zuerst finde ...«

Sie weigerte sich, das Zimmer zu verlassen. Statt dessen bat sie ihn um einen Drink, um einen zweiten, einen dritten. Dann nahm er ihr das Glas aus der Hand, weil sie sich nicht sinnlos betrinken sollte. Dafür war sie viel zu reizvoll, zu exquisit. Eine unglaubliche Hure. Nie zuvor hatte er eine Frau so heiß begehrt. Er zog an den

Satinbändern ihres Korsetts, und es fiel auseinander. Auch ihre Unterhose wurde von einem Band zusammengehalten. Hastig zerrte er daran und streifte das hinderliche Kleidungsstück über ihre Hüften hinab. Der Morgenmantel umhüllte immer noch ihre Schultern. Alles andere konnte Sloan deutlich sehen: Ihr wohlgeformter nackter Körper raubte ihm den Atem.

Mochte sie auch noch so traumhaft aussehen, sie war eine Hure. Jetzt kannte er nur mehr einen einzigen Gedanken – sie zu besitzen.

Sie schrie nicht. Aber die blauen Augen verrieten ihre Wut und ihren Schmerz, als es vorbei war. Und er empfand ebenfalls hellen Zorn, weil sie nicht erwähnt hatte, sie sei ein völlig unerfahrenes Freudenmädchen. Trotz ihrer offenkundigen Entrüstung weigerte sie sich ebenso entschieden wie zuvor, sein Zimmer zu verlassen, und sie verbrachten die ganze Nacht zusammen.

Am Morgen erwachte er an ihrer Seite, spürte ihr weiches Fleisch, roch ihren Duft und sehnte sich erneut nach ihr. Und so beschloß er, ihr die angenehmen Seiten ihres Gewerbes noch einmal zu demonstrieren. Behutsam weckte er sie, und ehe sie vollends zur Besinnung kam, verführte er sie. Es war wundervoll – geradezu erstaunlich. Bis sie erklärte, was sie von ihm hielt, und aus dem Zimmer stürmte.

Er sah sie erst wieder, als sie mit Hawks Anwalt nach Mayfair fahren wollte. Zu dem Zeitpunkt hatten Dillmans Spießgesellen den Wagen angegriffen.

»Sloan?« Hawks Stimme holte ihn in die Gegenwart zurück.

»Seltsam ...« Sloan starrte immer noch ins Kaminfeuer. »Weil sie sich so merkwürdig benahm, wollte ich sie wegschicken. Aber sie ging einfach nicht. Ich hatte keine Ahnung, wer sie in Wirklichkeit war – und daß die Komplizen ihres Stiefvaters im Miner's Well nach ihr suchten. Sabrina hätte mich um Hilfe bitten können. Doch das tat sie nicht. Sie kannte mich nicht, sie mißtraute mir.

Und sie fürchtete sich ganz schrecklich vor Dillman – was ich verstehe, nachdem ich vor seinem Ableben das Vergnügen hatte, ihn kennenzulernen. Aber sie verschwieg mir den Grund ihrer Angst, sogar – danach. Was sie dazu bewog, weiß ich nicht. Jedenfalls stammt das Baby von mir.«

»Meiner Frau und mir hat sie nichts verraten.«

Hawk goß noch einmal Brandy in die Gläser, und Sloan nahm einen großen Schluck.

»Zum Glück haben wir Dillmans Männer daran gehindert, den Wagen zu überfallen, der Sabrina zu deinem Haus bringen sollte. Danach versuchte sie dir einzureden, ich wäre einer der Schurken gewesen. Und ich wollte dir klarmachen, sie sei nicht deine Schwägerin, sondern eine Hure. Bevor wir beide irgend etwas sagen konnten, erkannten wir die Wahrheit. Dann kämpften wir gegen Dillman und seine Helfershelfer, er starb, und es sah so aus, als würde das Leben wieder einigermaßen normal verlaufen. Deshalb beschloß Sabrina, jene Nacht zu vergessen.«

»Nach allem, was du mir erzählt hast, trifft dich keine Schuld.«

»Vielleicht kann sie mir deshalb nicht verzeihen.« Sloan zuckte die Achseln. »Dazu kommt noch das Problem meines Indianerbluts.«

»Mich hat sie akzeptiert.«

»Nun, du bist ihr Schwager. Und bis zu Davids Rückkehr von den Toten warst du *Laird* Douglas. Also besteht ein himmelhoher Unterschied zwischen dir und einem Halbindianer, der zudem noch ein Bastard ist.«

»So verbittert habe ich dich noch nie reden hören. Immerhin ist dein Großvater ein außergewöhnlicher Mann.«

»Ich bin nicht verbittert, ich erkläre dir nur, was Sabrina empfindet. Obwohl ich dein Freund bin und mein Leben riskiert habe, um sie zu retten, verachtet sie mich. Sie hätte mich niemals über ihre Schwangerschaft informiert. Davon wüßte ich noch immer nichts, hätte die neue Frau deines Bruders nichts ausgeplaudert, als sie glaubte, sie wäre mit Sabrina allein. Ob deine Schwägerin ihren Zustand schon in Amerika bemerkt und Skylar und dich nur nach Schottland begleitet hat, um dem Vater ihres Babys zu entrinnen, weiß ich nicht. Jedenfalls haßt sie mich.«

»Und du willst sie trotzdem heiraten?«

»Ja, Hawk auf jeden Fall.« Mühsam bezähmte Sloan den Aufruhr seiner Gefühle. Seit Sabrina ihn einen arroganten Bastard genannt hatte und aus seinem Zimmer im Gasthof gestürmt war, kämpfte er mit seinem Zorn. Auch danach hatte sie nichts getan, um ihn zu beschwichtigen, und er fand ihre Weigerung, ihn zu heiraten, keineswegs schmeichelhaft.

Sie wußte sehr wenig über die Sioux. Und wenn sie den Indianern auch nicht so feindselig gegenüberstand wie die meisten Weißen, mißfiel es ihr, von einer Rothaut berührt zu werden. Gewiß, sie mochte Hawk – aber es war ihre Schwester, die ihn geheiratet hatte. Was weiße Frauen betraf, hatte Sloan seine Lektion schon vor langer Zeit gelernt, als er beinahe geheiratet hätte. Wegen seiner Herkunft waren diese Pläne vereitelt worden. Danach hatte er geglaubt, er würde sich nie wieder so verletzlich fühlen. Und jetzt wollte Sabrina Connor nichts mit ihm zu tun haben. Er mußte Hawk recht geben – er war tatsächlich verbittert. Unter normalen Umständen hätte er ihr den Rücken gekehrt. Auf dieser Welt gab es genug Frauen.

Aber Sabrina trug sein Kind unter dem Herzen. Und er wünschte sich sehnlichst, sein eigenes Fleisch und Blut großzuziehen. War dieses Bedürfnis genauso stark wie die Leidenschaft, die Sabrinas Anblick immer noch weckte? Sollte er seinen Stolz bezwingen und sich eingestehen, wie sehr er sie begehrte? Vielleicht genügte die Lust, um eine Ehe erträglich zu gestalten. Das wußte er nicht. Wenn es um Sabrina ging, konnte er seine eigenen

Gefühle nicht ergründen. Wie auch immer, sein Baby mußte ehelich geboren werden.

»Sabrina erwartet ein Kind von mir, Hawk«, fuhr er fort. »Dafür muß ich die Verantwortung übernehmen, und ich werde sie heiraten. Wäre ich nicht dazu bereit, würdest du mich mit einer Schrotflinte zum Traualtar treiben.«

»Vermutlich«, stimmte Hawk zu. »Aber da gibt's ein Problem – Sabrina will dich nicht heiraten.«

»Vielleicht solltest du *sie* mit einer Schrotflinte dazu zwingen«, bemerkte Sloan trocken.

»Damit würde ich nichts erreichen. Wenn sie einen Entschluß gefaßt hat, bleibt sie dabei, und sie wird bis zum bitteren Ende kämpfen, um ihren Willen durchzusetzen. Was dich betrifft – ich fürchte, sie wird sich mit aller Macht gegen dich wehren.«

»Zweifellos. In diesem Kampf kommt es vor allem auf die Strategie an.« Fest entschlossen, sein Ziel zu erreichen, verließ Sloan das Zimmer.

»Sabrina!« Sie stand bei den Druidensteinen, die Hände auf den flachen Fels eines einstigen Altars gelegt. Manchmal herrschte eine mystische Atmosphäre im Hochland. Ein kalter, heftiger Wind kündigte den Winter an. Nachdem sie Aurora gestriegelt hatte – etwas zu lange und zu heftig –, war sie hierher gewandert. Nun würde Skylar mit ihrem Mann sprechen und ihn auffordern, alles ›in Ordnung‹ zu bringen, ohne Rücksicht auf die Wünsche ihrer Schwester.

»Sabrina!« Schon wieder seine Stimme. Sie erschauerte. Daran war nicht der Wind schuld.

»Sabrina!«

Warum konnte der Klang dieser Stimme sie so sehr verwirren? Am liebsten wäre sie davongerannt. Aber sie drehte sich langsam um und sah ihn auf sich zukommen. Wie seltsam, ihm hier zu begegnen ... Ein Halbindianer aus dem Gebiet an der amerikanischen Siedlungsgrenze schlenderte unbeschwert und selbstbewußt über die smaragdgrünen schottischen Hügel, als würde ihm die ganze Welt gehören – als hätte er nichts zu befürchten. Was er wollte, würde er sich nehmen und alle Hindernisse aus dem Weg räumen. Zweifellos war er attraktiv, fast eins neunzig groß, mit der athletischen Gestalt eines Mannes, der sein Leben lang geritten war und gekämpft hatte, mit den Waffen der Weißen, mit den Waffen der Roten. Im dichten, schulterlangen schwarzen Haar schimmerten rötliche Lichter. Und die Augen? Schwarz. Aber nicht ganz. Mahagonibraun – und voller Glut, wenn er in Zorn geriet. Wie so oft, wenn er sie anschaute.

Fünf Schritte von ihr entfernt blieb er stehen, in hohen Reitstiefeln und Breeches aus dunkelblauem Köper. Sein weißes Hemd, am Kragen geöffnet, bildete einen faszinierenden Kontrast zu seiner bronzefarbenen Haut.

Ohne mit der Wimper zu zucken, hielt sie seinem Blick stand, der unnachgiebige, kompromißlose Entschlossenheit verriet. Sie kannte ihn kaum. Und sie hatte ihn überhaupt nicht gekannt, als sie in sein Zimmer getaumelt war, auf der Flucht vor ihrem Stiefvater. Trotzdem erinnerte sie sich an alle Einzelheiten seines wohlgeformten Körpers, der jetzt sehr *zivilisiert* verhüllt war.

Nein, sie durfte nicht behaupten, ihn kaum zu kennen. Um seinem Freund Hawk in einer gefährlichen Situation beizustehen, hatte er einen halben Kontinent und ein Meer überquert. Seine Loyalität und sein Mut konnten sich mit seiner Leidenschaft messen.

»Versinkst du in Selbstmitleid?« fragte er belustigt.

»Unsinn!« erwiderte sie. Natürlich tat sie sich selber leid. Hatte sie noch immer nicht genug gelitten? Verdiente sie nicht endlich ein bißchen Freiheit?

»Nun, was hast du beschlossen?« erkundigte er sich in beiläufigem Ton, als würde ihre Entscheidung keine Rolle für ihn spielen. Seit er von ihrer Schwangerschaft wußte, verfolgte er sie hartnäckig mit seinen Heiratsanträgen. Aber er würde gewiß nicht auf Knien um ihr Jawort bitten.

»Ich kann dich nicht heiraten, Sloan.«

»Warum nicht?«

»Da gibt es viele Gründe …«

Die Arme vor der Brust verschränkt, lehnte er sich an einen Felsen. »Welche?«

Sie holte tief Atem. Krampfhaft unterdrückte sie ein Zittern. »Ich liebe dich nicht, du liebst mich nicht.«

»Willst du das eines Tages unserem Kind erklären? Ich bin bereit, *dich* zu ertragen.«

»Vielleicht kann ich *dich* nicht ertragen«, entgegnete sie honigsüß und sah einen Puls in seinem Hals pochen. »Verstehst du denn nicht, Sloan? Mein Stiefvater war ein mörderischer Tyrann, der uns viel zu lange unterjocht hat. Endlich bin ich frei …«

»Und schwanger«, unterbrach er sie.

»Ich möchte allein leben …«

»Nicht mit meinem Kind. Gibt es noch andere Gründe, warum du mich nicht heiraten willst?« Als sie schwieg, fragte er: »Weil ich ein Sioux bin?«

»Auch deshalb!« fauchte sie. »Welch ein Leben würde das arme Kind führen – ein Außenseiter der Gesellschaft, kein Indianer, aber mit indianischem Blut befleckt …« Erschrocken verstummte sie. So drastische Worte hätte sie nicht wählen dürfen. Und doch – sie entsprachen der Wahrheit. Wenn sie auch wußte, daß allen Rassen gute und böse Menschen angehörten – in dieser grausamen Welt herrschten andere Gesetze. »Bitte, Sloan, ich …«

Sie hatte seine blitzschnelle Bewegung kaum wahrgenommen. Plötzlich stand er neben ihr und umklammerte ihr Handgelenk. »Was immer du auch sagst – dieses Kind *existiert*. Falls du mit dem Gedanken gespielt hast – mein Fleisch und Blut zu töten …«

»Hör auf, Sloan!« Erfolglos versuchte sie, sich loszureißen. »Von Anfang an war ich entschlossen, dieses

Kind zur Welt zu bringen.« Eine Lüge ... Hatte sie nicht um eine Krankheit oder einen kleinen Unfall gebetet, in der Hoffnung, das Baby zu verlieren? »Aber ich will es allein großziehen ...«

»In der Welt des weißen Mannes?« Eisern umklammerten Sloans Finger ihr schmales Handgelenk, und sie schaute bedrückt in seine Augen.

So sehr sie ihre eigenen Vorurteile auch verabscheute – sie wurden ihr von der Realität aufgezwungen. Sein Volk metzelte im amerikanischen Westen zahllose unschuldige Weiße nieder. Und ihre Weigerung, ihn zu heiraten, hatte noch einen anderen Grund. Sein Wesen, sein inneres Feuer, die leidenschaftliche Kraft, mit der er seinen Platz in der Welt verteidigte. Niemals würde er tun, was man ihm vorschrieb, und stets seinen eigenen Weg gehen. Was das Wort *Kompromiß* bedeutete, wußte er gar nicht. Außerdem ... Gewissen Gerüchten zufolge hatte er schon viele Frauen fasziniert. In seinen Augen, in seinem Lächeln lag eine betörende Sinnlichkeit. Mit einer einzigen Frau würde er sich nicht begnügen. »Ja«, bestätigte sie tonlos. »Ich würde das Kind in der Welt des weißen Mannes großziehen.«

»Und wenn er mit einer roten Haut geboren wird?«

»Wenn *sie* eine helle Haut und blaue Augen hat?«

Amüsiert schüttelte er den Kopf. »Alle Welt wird wissen, daß du einem Halbblut das Leben geschenkt hast, Sabrina. Weil ich mir mein Kind nicht nehmen lasse. Und du wirst ihm sein indianisches Erbe nicht vorenthalten. Solltest du behaupten, das Baby sei bei einer Vergewaltigung gezeugt worden – ich bin nicht der Gentleman, der eine solche Lüge dulden würde.«

Brennende Röte stieg ihr in die Wangen, und sie hob ihre freie Hand, um ihn zu schlagen. Aber er hatte den Wutausbruch erwartet und hielt ihren Arm mühelos fest.

»Haßt du mich wirklich so sehr, Sabrina? Oder stört dich nur die Wahrheit?«

»Glaub mir – ich hasse dich«, flüsterte sie, hilflos gefangen. Sie wußte, wie kindisch ihre Worte klangen, und fühlte sich elend. Hatte sie nicht ihr Bestes getan, um ihm zu erklären, warum sie ihn unmöglich heiraten konnte? Ihre Gründe waren stichhaltig. »Verdammt, Sloan …«

Abrupt ließ er sie los. »Erspar mir einen weiteren Protest, Sabrina. Du hast überzeugend dargelegt, warum du mich nicht heiraten willst, und es ist dein gutes Recht, mich aus deinem Leben zu verbannen. Aber du hast nicht das Recht, das Kind zu behalten oder mit einer Lüge zu leben und vorzugeben, sein Vater wäre tot. Ob du mich heiratest oder nicht, ist deine Sache. Aber versuch nicht, davonzulaufen und das Baby zu verstecken – oder die Wahrheit zu verbergen. Denn ich werde dich finden und das Kind für mich beanspruchen.«

Ohne ein weiteres Wort wandte er sich ab und ging davon.

3

Beim Dinner verkündete Sloan, er würde nach Hause reisen.

Laird David Douglas saß an einem Ende der langen Tafel in der mittelalterlichen Halle, seine Frau Shawna am anderen. Nach langen schweren Zeiten wieder vereint, sahen die beiden glücklich und zufrieden aus. Beklemmend glücklich, dachte Sabrina. Genauso innig liebten sich ihre Schwester und Hawk.

Auch Shawnas Onkel und ihre Vettern nahmen an der Mahlzeit teil. Soweit Sabrina das beurteilen konnte, wußten sie nichts von ihrem ›delikaten Zustand‹, wie sich die feine Gesellschaft auszudrücken pflegte. Alle Bewohner von Craig Rock wirkten froh und erleichtert, nachdem die Gefahr gebannt und der Laird ins Schloß zurückgekehrt war, und so herrschte eine heitere Atmosphäre am Tisch.

Trotzdem spürte Sabrina die seltsamen Blicke der Menschen, die von ihrer Schwangerschaft erfahren hatten.

Ihr Schwager runzelte verwirrt und ärgerlich die Stirn. Vermutlich glaubte er, Sloans Indianerblut würde sie daran hindern, ihn zu heiraten. Das schien sein Bruder, David Douglas, ebensowenig zu begreifen. Schuldbewußt senkte Shawna den Kopf, weil sie das Geheimnis, wenn auch unabsichtlich, verraten hatte. Und Skylar starrte ihre Schwester vorwurfsvoll an. Sloan bedeutete ihr sehr viel, und sie verstand beim besten Willen nicht, warum Sabrina sich so hartnäckig weigerte, seine Frau zu werden.

Am liebsten wäre Sabrina in ihr Zimmer geflohen. Doch ein so unhöfliches Verhalten durfte sie Shawnas nichtsahnender, liebenswürdiger Familie, die ihr sehr freundlich begegnete, nicht zumuten. Alistair, ein attraktiver, temperamentvoller Vetter, begann sogar mit ihr zu flirten. Davon schien Sloan nichts zu bemerken. Sie lachte über die Schmeicheleien des jungen Schotten, bis ihr Sloans prüfender Blick auffiel. Vielleicht überlegte er, wann sie ihrem Verehrer mitteilen würde, daß sie ein Baby erwartete.

Aber dann schaute er weg. Shawnas älterer Vetter, Aidan MacGinnis, fragte Hawk und Sloan nach dem Sioux-Problem im amerikanischen Westen. Offenbar verstand er nicht, warum zwei Völker keine Möglichkeit fanden, in einem so großen Land friedlich zusammenzuleben.

»So groß das Land auch sein mag«, erklärte Sloan, »die Weißen beanspruchen immer mehr Grund und Boden. Von den Familien bedrängt, die von der Ostküste ins Landesinnere kamen, zogen die Sioux vor kurzem in den fernen Westen. Jedes Jahr rückten die Weißen noch weiter vor, und das Gold, das in den Black Hills gefunden wurde, lockt immer mehr Siedler an. Außerdem ist die Koexistenz zweier völlig verschiedener Lebensweisen schwierig.«

»Die meisten unserer jungen Burschen sind nach Amerika ausgewandert, um Gold zu suchen«, seufzte Gawain MacGinnis, Shawnas Großonkel. »Deshalb gibt's hier in Schottland gutes Land zu kaufen. Und Sie haben Freunde unter uns gefunden, Sloan.«

»Danke für Ihren Vorschlag, Gawain, aber ich muß nach Hause fahren, zu meiner Familie.«

»Meinen Sie eine weiße oder eine indianische Familie?« fragte Alistair.

»Beides.«

»Also haben Sie sehr viele Verwandte?«

Sloan nickte. »Bei den Sioux bilden die Bewohner eines Lagers eine Gemeinschaft, die dem schottischen Clan gleicht. Ich war sehr gern im Hochland. Nun muß ich herausfinden, was während meiner Abwesenheit zu Hause geschehen ist. Morgen früh trete ich die Heimreise an.«

Zu ihrem Entsetzen erschrak Sabrina so heftig, daß sie ihre Finger um den Stiel ihres Weinglases krampfte und das kostbare Kristall zerbrach. Alle Blicke richteten sich auf sie. Erschrocken sprang Skylar auf und rannte zu ihrer Schwester. »Mein Gott, du blutest!«

»So schlimm ist es nicht«, versicherte Sabrina. »Wie ungeschickt von mir! Entschuldigt mich, ich will in mein Zimmer gehen und meine Hand waschen.« Eine Serviette um die Wunde geschlungen, stand sie auf.

Sloan wirkte kein bißchen besorgt. Er erbot sich auch nicht, ihr zu helfen. Ebenso wie die anderen Männer erhob er sich höflich, während sie aus der Halle flüchtete.

In ihrem Schlafzimmer goß sie frisches Wasser in die Waschschüssel, reinigte den blutenden Schnitt und fluchte leise, als er schmerzte. Dann wickelte sie ein sauberes Taschentuch um ihre Hand und begann umherzuwandern. Sloan würde abreisen und vorerst verschwinden, aber zweifellos zurückkehren, wenn sein illegitimes Kind geboren war. Stöhnend sank sie aufs Bett.

Im selben Augenblick klopfte es an der Tür, und eine erboste Skylar eilte herein. »Was treibst du eigentlich?«

»Ich kümmere mich um meine Verletzung.«

»Das meine ich nicht. Ich rede von Sloan.«

»Offensichtlich will er in die Staaten fahren.«

»Und das stört dich nicht?«

»Kein bißchen.«

Wütend verschränkte Skylar die Arme vor der Brust. »Möchtest du tatsächlich ein uneheliches Kind zur Welt bringen, auf das man mit dem Finger zeigen wird – obwohl du's gar nicht nötig hast? Soll mein Neffe oder meine Nichte mit einem Stigma aufwachsen, nur wegen deines dummen Stolzes?«

Sabrina schwieg und wünschte, sie könnte ihrer Schwester erklären, was sie empfand. Aber sie verstand ihre Gefühle selber nicht. So viele Bedenken hielten sie davon ab, Sloan zu heiraten. Sie wußte nur sehr wenig über die Sioux, die zu seinem Leben gehörten. Und was sie wußte, jagte ihr Angst ein. Einerseits wollte sie bei Skylar bleiben, ihrer besten Freundin, und andererseits in den amerikanischen Osten zurückkehren, Partys besuchen, flirten, einkaufen gehen, endlich ihre Freiheit genießen. Und sie wollte geliebt werden, einen *akzeptablen* jungen Mann kennenlernen, der sie vergöttern würde. Warum sollte sie jemanden heiraten, der sie nur *ertrug*?

»Überleg doch, Sabrina!« mahnte Skylar. »Falls du dich im Osten für eine schwangere Witwe ausgibst, wird Sloan sofort zu dir kommen.«

»Bitte, Skylar …«

»Natürlich, es ist *dein* Leben, und ich darf mich nicht einmischen. Aber es tut mir so leid.« Skylar setzte sich zu ihrer Schwester aufs Bett und nahm sie in die Arme. »Um dich, um Sloan. Wenn du ihn nicht heiratest, bist du verrückt. So einen Mann gibt's einfach kein zweites Mal.«

»Oh, das bestreite ich nicht.«

»Weil er ein halber Sioux ist?«

»Deshalb nicht. Sicher begegnet man im Westen sehr vielen Halbindianern.«

»Keinem wie Sloan. Nun, du mußt tun, was dir beliebt. Wir sind immer für dich da. Das weißt du. Und wenn respektable Leute hinter deinem Rücken tuscheln und meinen armen Neffen oder meine bedauernswerte Nichte ächten, reck einfach das Kinn hoch.«

»Skylar ...«

»Gute Nacht, Sabrina.«

Irgendwann erwachte Sabrina und erkannte, wie dumm sie war. Sicher, sie könnte in eine kalifornische Stadt ziehen, weit weg von Mayfair. Dann würde sie Skylar und ihrem Schwager keine Schande machen. Sie besaß genug Geld, um mit ihrem Kind ein angenehmes Leben zu führen. Nach Dillmans Tod hatten die beiden Schwestern endlich das Erbe erhalten, das ihnen schon seit der Ermordung des Vaters zustand.

Aber wohin Sabrina auch gehen mochte – Sloan würde sie finden. Skylar hat recht, dachte sie. Überall in dieser kompromißlosen Welt wurde eine ledige Mutter verachtet. Nicht nur sie selbst, auch das Kind würde einen hohen Preis für ihren Entschluß zahlen müssen.

Rastlos warf sie sich im Bett umher, von Ängsten und Zweifeln geplagt.

Als der Morgen graute, stand sie auf und stürmte in den Flur hinaus, zu dem Zimmer, das Sloan bewohnte. Atemlos riß sie die Tür auf und schaute sich um. Er war nicht mehr da.

Plötzlich hörte sie ein Räuspern, zuckte verwirrt zusammen und drehte sich um. Myer, der ehrbare Butler von Castle Rock, stand hinter ihr. »Miss Connor, ich glaube, Mr. Trelawny ist noch im Stall. Wenn Sie sich beeilen …«

»Danke, Myer«, entgegnete sie so würdevoll wie möglich und rannte die Treppe hinab, durch die Halle, über den samtigen, smaragdgrünen Rasen, der sich vor dem Schloß erstreckte.

Die Stallungen lagen außerhalb der Steinmauer, die das Hauptgebäude umgab, und Sabrina wünschte, sie hätte einen Morgenmantel und Schuhe angezogen, bevor sie einem Mann nachlief, dessen Abreise sie herbeigesehnt hatte. Aber vielleicht würde ihr das unerfreuliche Gespräch erspart bleiben, und sie wäre gezwungen, allein zurechtzukommen …

Nein. Er stand vor dem Stall, den Rücken zu ihr gewandt und zurrte den Sattelgurt eines Douglas-Pferdes fest. Offenbar hörte er ihre Schritte schon lange, bevor sie stehenblieb, zehn Schritte von ihm entfernt, und vergeblich nach Worten suchte. O Gott, hoffentlich würde er ihr die peinliche Situation erleichtern.

Das hatte er nicht vor. »Nun, Sabrina?« fragte er, ohne seine Tätigkeit zu unterbrechen.

»Ich …«, begann sie, verstummte und glaubte an ihrem Stolz zu ersticken.

»Ja?« Endlich drehte er sich um. Im bleichen Licht der aufsteigenden Sonne sah er wie ein Weißer aus – in einem modischen Hemd, einem rötlichbraunen Gehrock, schwarzen Breeches und Stiefeln. Sein Schlapphut war tief in die Stirn gezogen. Weil sich seine Augen im Schatten der Krempe verbargen, konnte Sabrina nicht erkennen, was er empfand.

»Ich habe nachgedacht, Sloan.«

»Worüber?«

Sie versteckte ihre geballten Hände hinter dem Rükken. »Über deinen Vorschlag.«

»Welchen?«

»Sei nicht grausam, Sloan!«

An sein Pferd gelehnt, hob er die Brauen. »Verzeih mir

bitte. Fangen wir noch einmal von vorn an. Also, du hast über meinen Vorschlag nachgedacht. Und was ist dabei herausgekommen?«

»Dem Kind zuliebe – wäre es möglich.«

»Was genau meinst du damit?«

»Wir können nicht wie Mann und Frau zusammenleben.«

»Warum nicht?«

»Weil – weil ...«, stotterte sie. Warum half er ihr nicht? Er starrte sie nur an und verlangte Antworten. »Weil wir nicht zueinander passen! Ich mag den Westen nicht. Und ich fürchte mich vor den Menschen, die dir so viel bedeuten.« Seine Augen verengten sich. Doch er gab keinen Kommentar ab, und sie holte tief Atem. »Sicher wäre ich dir keine gute Ehefrau ...«

»Dieses Risiko nehme ich auf mich.«

»Dem Kind zuliebe?«

Er zuckte die Achseln.

»Aber – Sloan ...«

»Was stellst du dir vor?«

»Nun, wir könnten heiraten und getrennt leben – wie viele Ehepaare.«

Lachend schüttelte er den Kopf. »Für mich kommt das nicht in Frage.«

»Warum nicht? Zweifellos hast du viele Freundinnen im westlichen Siedlungsgebiet – und eine indianische Geliebte. Du könntest so weiterleben wie bisher ...«

»Und du? Willst du ein Leben ohne Liebe führen? Keusch und enthaltsam?«

»Darüber habe ich noch nicht nachgedacht ...«

»Dann tu's jetzt«, fiel er ihr ins Wort. »Ich würde jeden Mann töten, der meine Frau anrührt.«

»Bitte, Sloan ...« Seine Drohung jagte ihr einen eisigen Schauer über den Rücken.

»Nein.«

»Was – nein?«

»Unsere Ehe würde nicht nur auf dem Papier bestehen«, erwiderte er und wandte sich wieder zu seinem Pferd, als hätte er kein Interesse mehr an Sabrina.

Wütend eilte sie zu ihm. »Das ist nicht fair!«

»Bedauerlicherweise ist das Leben nur selten fair. Ich dachte, diese Lektion hättest du inzwischen gelernt.«

»Sloan ...«

Jetzt wandte er sich wieder zu ihr, und sie roch seinen angenehmen Duft – einen Mischung aus Sandelholzseife, Leder, Kaffee und Tabak. »Ja, Sabrina?«

»Du wolltest mich heiraten ...«

»Was du abgelehnt hast. Jetzt bist du dran. Du mußt mir einen Heiratsantrag machen.«

Empört rannte sie davon, stolperte über einen Stein und wäre gestürzt, hätte Sloan sie nicht festgehalten. »Niemals werde ich dich bitten, mich zu heiraten, Sloan Trelawny!« zischte sie und riß sich los.

»Gut. Dann muß ich dir keinen Korb geben.«

»Was? Es war doch *deine* Idee! Ich bin bereit, dich zu heiraten. Genügt das nicht?«

»Ich werde dich nicht zwingen, vor mir niederzuknien ...«

»Bastard!«

»Ganz recht. Und das Baby soll genau das nicht werden.«

»Dann sind wir uns ja einig. Wir heiraten.«

»Unter meinen Bedingungen. Du wirst mit mir leben, als meine Frau, und akzeptieren, was ich bin. Einverstanden?«

Seine Stimme klang völlig emotionslos. Kalte Angst stieg in ihr auf. Wie sie sich entscheiden würde, war ihm gleichgültig. Und wenn sie nicht zustimmte, würde er einfach davonreiten. »Ja ...«, flüsterte sie.

Eine Zeitlang bleib er unbewegt neben seinem Pferd stehen, dann nahm er ihm den Sattel ab und hängte ihn an einen Zaunpfosten. »Gut. Wir heiraten so schnell wie möglich. Aber ich meine es ernst, Sabrina. Wir bleiben zusammen, bis der Tod uns scheidet. Und mach dir bloß keine Hoffnungen – ich werde noch lange nicht sterben.«

»Oh, ich hoffe keineswegs, daß du so schnell stirbst.«

»Wirklich nicht?«

»Es wäre mir viel lieber, jemand würde dich ganz langsam töten.«

Er lachte und legte einen Arm um ihre Taille. Durch den dünnen Baumwollstoff ihres Nachthemds spürte sie seine warme Hand auf ihrer Hüfte. »Du frierst, Sabrina. Gehen wir ins Haus, bevor du dich erkältest.«

»Sorg dich nicht um mich, Sloan. Ich bin niemals krank und viel stärker, als du vielleicht glaubst.«

»Warten wir's ab.« Er führte sie zu dem großen grauen Gebäude. Sobald er merkte, daß sie hinkte, hob er sie auf die Arme. »Keine Schuhe, kein Mantel ...«

»Ich kann gehen ...«

»Aber deine Füße sind schon ganz wund.«

»Trotzdem kann ich gehen.«

Ungeduldig stieß er einen Fluch hervor. »Wir sollten schleunigst heiraten, bevor du irgendwelche Dummheiten machst und dich ernsthaft verletzt.«

In der Halle wollte er sie auf die Beine stellen. Aber als er die kleine Versammlung entdeckte, zögerte er. Hawk und Skylar, David, Shawna und ihr kleiner Sohn musterten ihn neugierig. Langsam ließ er Sabrina zu Boden gleiten und hielt sie fest. Das wußte sie zu würdigen, weil sich plötzlich ihr Magen umdrehte.

»Gut, daß ihr alle da seid ...«, begann er in trockenem Ton. »Sabrina und ich möchten euch zu unserer Hochzeit einladen. Wenn du die nötigen Arrangements treffen würdest, Laird David ...«

»Mit dem größten Vergnügen«, erwiderte David und unterdrückte ein Grinsen.

Kraftlos lehnte Sabrina an Sloans Brust. »Ich glaube – mir wird schlecht ...«

Da ließ er sie los, und sie floh die Stufen hinauf.

»Sie liebt mich tatsächlich«, verkündete er. »Würdet

ihr mich entschuldigen?« Er folgte seiner Braut die Treppe hinauf und in ihr Zimmer.

»Deinetwegen ist mir nicht übel«, würgte sie hervor.

»Wegen des Babys, ich weiß. Versuch ganz tief durchzuatmen.«

»Um Himmels willen, Sloan, vor deinen Augen will ich mich nicht übergeben ...«

»Sei still und hol tief Atem.«

Er hielt ihre Schultern fest, und als sie gehorchte, verflog die Übelkeit tatsächlich. Verblüfft starrte sie ihn an. Wenige Sekunden später klopfte es an der Tür, und Skylar trat ein. »David kann eine Sonderlizenz erwirken. Heute nachmittag kommt der Reverend und wird euch in der Schloßkapelle trauen.«

»Wunderbar«, stimmte Sloan zu, ohne Sabrina aus den Augen zu lassen.

Sie glaubte zu schweben. Ringsum drehte sich das Zimmer. Und dann mußte er sie schon wieder festhalten, bevor sie im schwarzen Nichts versank.

4

Als sie die Augen öffnete, saß er bei ihr und kühlte ihre Stirn mit einem feuchten Lappen. Sie lag auf ihrem Bett, betrachtete Sloans Gesicht und empfand den seltsamen Wunsch, seine Wange zu berühren. Vielleicht hing das mit den Schwindelgefühlen zusammen, die sie immer noch quälten.

»Vorhin hast du mir einen Heiratsantrag gemacht«, erinnerte er sie lächelnd.

»Nur weil mir nichts anderes übrigblieb.«

»Du kannst immer noch nein sagen.«

»Und du auch.«

»Mein Entschluß steht fest.«

Wie sie zugeben mußte, hatte er ein sehr gewinnendes

Lächeln, obwohl es meistens sarkastisch oder höhnisch wirkte. Manchmal schien er sich selbst zu verspotten.

Sein Charme irritierte sie genauso wie seine Herkunft. Trotzdem erwiderte sie sein Lächeln. »Warum ich so lange gezögert habe, kannst du wohl kaum verstehen. Die Jahre, die ich in Dillmans Haus verbrachte, waren die Hölle. Solange meine Mutter noch lebte, machte ich gute Miene zum bösen Spiel, ebenso wie Skylar. Dann starb unsere Mutter, und wir kannten nur mehr einen einzigen Gedanken – diesem Mann zu entkommen. Nach seinem Tod war ich plötzlich frei und konnte tun, was mir gefiel.«

»Und träumen?«

»O ja.«

»Und wovon hast du geträumt?«

Unsicher senkte sie den Blick. »Von einem angenehmen Leben ...«

»Im Osten?«

»Das – weiß ich nicht.«

»Natürlich wolltest du in den Osten zurückkehren, den Luxus genießen, den dir deine gesellschaftliche Stellung stets ermöglicht hat, die Nächte durchtanzen und dich von jungen Verehrern umwerben lassen.«

»Glaub bloß nicht, du hättest das Recht, mich zu verurteilen, Sloan!«

Er beachtete ihren Einwand nicht. »Du hast dich nach deiner Freiheit gesehnt. Und statt dessen beugst du dich unter das Ehejoch.«

Wie schnell seine Stimmungen wechselten ... Vor wenigen Minuten war er heiter unbeschwert gewesen. Jetzt hatte sich seine Miene verdüstert. »Nun, ich fürchte, du erwartest sehr viel von einer Ehefrau.«

»Nicht *zuviel*. Nur daß meine Frau mit mir lebt, mit mir schläft und gemeinsam mit mir mein Kind großzieht. Und sie muß akzeptieren, was ich bin. Du hast die erste Kostprobe deiner Freiheit verloren – oder was du für Freiheit hältst. Das bedaure ich, und ich verstehe deine Gefühle. Aber es geht in erster Linie um unser Baby.«

»Könnten wir nicht trotzdem ...«

»Nein.«

»Du weißt ja gar nicht, was ich sagen wollte.«

»Doch. Du wünscht dir eine Ehe auf dem Papier, die gemeinsame Verantwortung für unser Kind. Dabei hast du, im Gegensatz zu vielen anderen Bräuten, nicht den geringsten Grund, die Ehe zu fürchten.«

»Warum nicht?«

Jetzt lächelte er wieder. »Weil du weißt, was dich erwartet.«

»Oh, du bist unverschämt!«

»Nur ehrlich. Und jene Nacht war gar nicht so schlimm. Das ärgert dich am allermeisten.«

»Sloan, ich ...«

»Was damals geschah, wird sich wiederholen.«

»Mußt du mich so gemein behandeln, wenn ich in diesem Zustand bin ...« Sein Gelächter schürte ihren Zorn. »Was findest du denn so komisch?«

»Glaubst du, deine Schwester und Hawk werden ihre ehelichen Beziehungen aufgeben?«

»Warum sollten sie ...« Sabrinas Augen verengten sich. »Erwartet Skylar ein Baby?«

Sloan nickte. Erstaunt und gekränkt fragte sie sich, warum Skylar ihr die Neuigkeit verschwiegen hatte.

Aber sie selbst hatte der Schwester auch sehr lange verheimlicht, daß sie schwanger war. »Trotzdem ist ihr noch nie schlecht geworden.«

»Und obwohl ich ein wilder, ungehobelter Indianer bin, weiß ich, daß *du* dich nicht so gut fühlst. Darauf werde ich selbstverständlich Rücksicht nehmen – wenn deine Leidenszeit nicht zu lange dauert.«

Wenigstens eine Atempause, dachte sie.

»Bist du jetzt beruhigt?« fragte er.

»Ja, und du solltest mir deinen Sarkasmus ersparen. Du hast mir erklärt, was du von der Ehe erwartest. Vielleicht sollte ich dir verraten, wie ich mir einen Heiratsantrag vorgestellt habe.«

»War ich nicht beredsam genug?«

»Heute mußte ich *dich* fragen.«

»Nur weil du meine bisherigen Anträge so eigensinnig abgelehnt hast. Ich wollte dich vor der Niederkunft nicht mehr bedrängen. Aber falls dich die mangelnde Romantik stört ...« Er nahm den kalten Lappen von ihrer Stirn und warf ihn in die Wasserschüssel, die auf dem Nachttisch stand. Dann ergriff er Sabrinas Hände und half ihr, sich aufzusetzen.

»Sloan«, flüsterte sie, »du machst mich nervös.«

Aber er ignorierte sie, kniete neben dem Bett nieder und neigte den Kopf. »Sabrina, ich flehe dich an – heirate mich.«

»Mach dich nicht lustig über mich!«

»Oh, ich meine es sehr ernst.«

»Steh auf!«

»Erst wenn du geantwortest hast.«

»Ich habe doch schon ja gesagt. Heute morgen rannte ich dir nach, zum Stall ... Und jetzt verspottest du mich.«

»Keineswegs. Anfangs habe ich's falsch gemacht, und jetzt versuche ich's noch einmal. Sabrina, ich bitte dich auf den Knien, meine Frau zu werden.«

Sein eindringlicher Blick beschleunigte ihren Puls. »Sloan ...«

»Sag einfach nur ja.«

»Ja, ich bin einverstanden! Das weißt du doch!«

Er setzte sich wieder auf die Bettkante. »Fühlst du dich jetzt besser?«

Unwillkürlich lächelte Sabrina und schaute auf ihre Hände hinab, die er immer noch in ihrem Schoß festhielt. »Ja«, gab sie zu.

»Du hättest ein schlimmeres Schicksal erleiden können.«

»Was meinst du?«

»Die Nacht im Miner's Well. Stell dir vor, du wärst ins Zimmer eines kahlköpfigen, zahnlosen, *verheirateten* alten Schurken geraten ...«

»Vielleicht wäre ein alter Mann nicht fähig gewesen ...«

»Dich zu verführen? Oder ein Kind zu zeugen?«

»Beides.«

»Wie schmeichelhaft, daß du mir einen kahlköpfigen, zahnlosen alten Schurken vorgezogen hättest ...«

»Das wollte ich nicht andeuten«, unterbrach sie ihn. »Aber ich geb's zu – es könnte schlimmer sein.«

Zu ihrer Verblüffung ließ er ihre Finger abrupt los und stand auf. »Allerdings. Womöglich wärst du einem der zahlreichen Vollblut-Sioux begegnet, die sich in Gold Town herumtreiben. Bei der Hochzeit sehen wir uns wieder, meine Liebe.« Ohne eine Antwort abzuwarten, verließ er das Zimmer und schloß die Tür hinter sich.

Fröstelnd zog Sabrina die Schultern hoch. Für einen kurzen Augenblick war ihr – beinahe warm ums Herz geworden.

Er wußte natürlich, welche Angst ihr das Sioux-Blut in seinen Adern einjagte. Stöhnend schlug sie die Hände vors Gesicht. Warum verstand er ihre Bedenken nicht? Sie hatte nur wenige Tage im Westen verbracht. Und über die Sioux wußte sie lediglich, was in den Zeitungen stand, und was sie von weißen Reisenden gehört hatte.

Aber hinter ihrer Sorge steckten noch andere Gründe. Sie fürchtete, was Sloan zustoßen könnte, weil er ein halber Indianer und halber Weißer war. Ein Wanderer zwischen zwei Welten. Auf einem schmalen Grat, der zu zerbröckeln drohte. Sie begann wieder zu zittern. Und da erkannte sie zu ihrem Entsetzen, wieviel ihr der Vater ihres Babys bedeutete.

Sloan erwartete seine Braut in der Kapelle des alten Schlosses, an Hawks und Davids Seite. Über seinem

Kopf hing ein Kruzifix, fremdartige Dudelsackmusik erfüllte den Raum. Als Sabrina erschien, hielt er den Atem an. Shawna und Skylar führten sie durch den schmalen Mittelgang zum Altar, wo Reverend Massey wartete und gütig lächelte. Außer Shawnas Familie hatten sich einige Dorfbewohner in der Kirche eingefunden, was der hastig arrangierten Zeremonie eine gewisse festliche Stimmung verlieh.

Wie bei der ersten Begegnung in jener Nacht bewunderte Sloan die unglaubliche Schönheit Sabrinas, das kastanienbraune Haar, die leuchtenden blauen Augen, die klassischen Züge. Sie trug kein bräutliches Weiß, sondern ein Kleid mit einem himmelblauen Rock und einem Oberteil aus königsblauem Samt. Beide Farben betonten ihre Augen und bildeten einen reizvollen Kontrast zu ihrem Haar.

Während sie langsam auf ihn zuging, gestand er sich ein, daß ihn nicht nur sein Ehrgefühl veranlaßte, sie zu heiraten. Er begehrte sie. Und sie faszinierte ihn.

Schon bevor er sie kennengelernt hatte, war die Unschuld in ihren Augen erloschen, verdrängt von Skepsis und einer gewissen Lebensweisheit. Wenn die Stieftochter eines reichen Senators auch im Luxus aufgewachsen war – sie hatte einige Jahre in der Hölle verbracht. Wie er von Skylar wußte, hatte Sabrina in diesen Jahren stets gegen ihr Schicksal gekämpft, Mut und Entschlossenheit bewiesen. Würde sie auch gegen ihren Ehemann kämpfen?

Als sie widerstrebend an seiner Seite stand, spürte er, wie unklug es wäre, seine Gefühle für sie zu verraten. Jetzt noch nicht. Erst einmal mußte sie sich an ihn und an das Leben gewöhnen, das er führte.

Zu seiner eigenen Überraschung kam das Jawort prompt über seine Lippen. Ihres hörte er kaum. Ihre Stimme schien zu versagen, und der Reverend mußte sie bitten, ihr Gelübde zu wiederholen. Nach wenigen Minuten verkündete der Geistliche, nun seien sie Mann und Frau und forderte den Bräutigam auf, die Braut zu küssen.

Leichenblaß, die Augen geschlossen, schien sie sich gegen einen leidenschaftlichen Kuß zu wappnen. Aber sein Mund berührte nur flüchtig ihre Lippen, die sich eiskalt anfühlten. Als sie die Lider hob, las er Verwirrung in ihrem Blick – und eine gewisse Dankbarkeit. Dann wurde sie von Skylar umarmt, Hawk schüttelte ihm die Hand, und David klopfte auf seinen Rücken. Eifrig rannte Davids und Shawnas kleiner Sohn zum Altar, nachdem er sich von Anne-Marie, der vollbusigen Köchin, losgerissen hatte. Schluchzend preßte sie ein Taschentuch auf ihr Gesicht. »Bei Hochzeiten muß ich immer weinen«, gestand sie und erklärte, in der Halle sei ein Festmahl angerichtet.

»Gehen wir?« Sloan bot Sabrina seinen Arm.

Wortlos nickte sie, immer noch kreidebleich. Er hatte gewußt, wie sehr ihr diese Heirat widerstrebte. Doch das ganze Ausmaß ihrer Verzweiflung erkannte er erst jetzt. Beunruhigt führte er sie aus der Kapelle.

In der Halle reichte er ihr ein Glas Champagner, und sie prosteten sich zu.

Hawk hielt eine kurze Rede. Von der unglücklichen Miene seiner frischgebackenen Ehefrau abgelenkt, lauschte Sloan den Worten seines Freundes nur mit halbem Ohr.

Sie aß, sie trank, sie lächelte. Einmal lachte sie sogar über Shawnas Scherze. Trotzdem kehrte keine Farbe in ihre Wangen zurück.

Später stieg sie mit ihrer Schwester und Shawna die Treppe hinauf, die Gäste verabschiedeten sich, und die Dienstboten gingen zu Bett. Sloan, Hawk und David blieben in der Halle zurück und tranken Brandy.

»Nun hätten wir's geschafft«, murmelte Hawk, und Sloan zog die Brauen hoch. »Das klingt so, als hätten wir marodierende Rebellen oder eine Bande Crow-Krieger geschnappt.«

»Nun ja, vielleicht hast du von uns dreien die normalste Hochzeit gefeiert ...«, begann Hawk grinsend.

»Zweifellos«, fiel Sloan ihm ins Wort. »Nachdem du ferngetraut wurdest und Davids glückliche Ehe erst nach seiner wundersamen Rückkehr von den Toten begann, habe ich tatsächlich eine einigermaßen normale Hochzeit gefeiert, falls man's so nennen kann.«

»Immerhin hast du Sabrina schon gekannt«, betonte Hawk, »während ich erst von meinem Anwalt erfuhr, mein Vater habe mich kurz vor seinem Tod verheiratet.«

»Aber deine Frau scheint dich zu mögen«, hänselte David seinen Bruder.

»Da seht ihr's!« warf Sloan ein.

»Bereust du deinen Entschluß?« fragte David.

»Nein ...«, erwiderte Sloan zögernd. »In gewisser Weise doch. Wer und was ich bin, wird Probleme heraufbeschwören – und was uns daheim erwartet.«

»Du mußt nicht zurückkehren«, betonte David. »Als Soldat hast du deine Pflicht bereits getan. Und man kann von keinem Mann verlangen, gegen sein eigenes Volk zu kämpfen. Hier bist du willkommen, es gibt genug Land zu kaufen, und du hast von deiner Mutter ein beträchtliches Vermögen geerbt.«

»Ein verlockender Gedanke ... So, wie's derzeit im Westen aussieht, wird es wohl kaum zu einer befriedigenden Lösung kommen. Auf keinen Fall, solange Sherman und Sheridan die Truppen befehligen. Hochbegabte Generäle – hart und kompromißlos. Kurz nach Lincolns Ermordung traf ich die beiden auf eine Party, und seltsamerweise verbrachte Mrs. Sherman den halben Abend mit mir. Sie freute sich, weil das Heimstättengesetz* in Kraft trat, der Krieg vorbei war und zahllose Familien hoffnungsvoll nach Westen schauten. So viele entlassene Soldaten suchten eine Beschäftigung, in den

---

* Kongreßgesetz über den Verkauf öffentlichen Landes an Siedler

Südstaaten erstreckten sich meilenweit verbrannte Felder, und die Menschen sehnten sich nach einem neuen Leben in der Wildnis. Voller Stolz berichtete sie, ihr Mann habe in den späten dreißiger und frühen vierziger Jahren in Florida am Seminolenkrieg teilgenommen. Vor der Hochzeit schrieb er ihr, sein Dienst in Florida sei eine gute Vorbereitung auf die Zukunft, denn der Indianer würde sich bald zum wichtigsten Feind entwickeln, den es zu bekämpfen gälte. Warum Mrs. Sherman mir das alles erzählt hat – trotz meines offensichtlichen Indianerbluts –, weiß ich nicht. Vielleicht wollte sie mir einfach nur freundlich begegnen und andeuten, sie würde mich nicht für einen der Wilden halten, die ihr Mann demnächst vernichten würde.«

»Shermans und Sheridans Indianerpolitik kennen wir beide nur zu gut«, bemerkte Hawk.

»O ja«, bestätigte Sloan. »General Sherman liebte den Süden. Erinnerst du dich? Doch das hinderte ihn nicht daran, alles zu zerstören, was seinen Marsch durch Georgia behinderte. Und was die Indianer betrifft – selbst wenn er sich gründlich über die Sioux informiert hat und einige Krieger sogar bewundert, wird er an seiner Politik festhalten.«

»Aber die politischen Entscheidungen werden in Washington getroffen«, gab David zu bedenken.

»Und auf dem Schlachtfeld wird Politik *gemacht*.« Hawk zuckte die Achseln. »Da ich die Kavallerie verlassen habe, berührt mich das Problem nicht mehr so sehr wie Sloan, aber wir werden beide nach Hause zurückkehren.«

»Wie Motten, die das Licht magisch anzieht«, fügte Sloan trocken hinzu. »Ich muß versuchen, die Kommunikation zwischen den Sioux und der US-Regierung aufrechtzuerhalten. Und ich hoffe inständig auf eine Einigung, selbst wenn sie den Indianern nur Nachteile bringen wird. Es gibt kein Entrinnen vor dem ›gottgegebenen amerikanischen Schicksal‹. Scharenweise werden die Siedler nach Westen ziehen und immer mehr Indianergebiete beanspruchen. Dank ihrer Überzahl und der wesentlich besseren Waffen des US-Militärs werden sie letzten Endes siegen. Dieser oder jener arme Farmer, der rachgierigen Sioux zum Opfer fällt, zählt nicht viel. In eine solche Welt wird mich meine Frau begleiten. Sicher versteht ihr, warum mich das bedrückt.«

Seufzend hob David sein Brandyglas. »Auf eine halbwegs vernünftige Lösung – und möglichst wenig Blutvergießen.«

Nachdem sie ihren Brandy getrunken hatten, stellte Sloan seinen Schwenker auf den Tisch. »Vielen Dank für deine Gastfreundschaft, Laird David, und daß du die Hochzeit so schnell arrangiert hast.«

»War mir ein Vergnügen, mein lieber Blutsbruder. Nur wenige Lairds haben Freunde, die den Atlantik überqueren würden, um ihnen in gefährlichen Kämpfen beizustehen.«

»Gern geschehen«, erwiderte Sloan lächelnd. »Gute Nacht, meine Freunde.«

Er stieg die Treppe hinauf, betrat Sabrinas Zimmer und sah sie am Toilettentisch sitzen. Obwohl sie ihn erwartet haben mußte, zuckte sie zusammen, als er die Tür hinter sich schloß.

Sie sah wie eine typische Braut aus. Sorgsam hatte sie ihr langes kastanienrotes Haar gebürstet, das im Widerschein des Kaminfeuers glänzte. Ein elegantes Nachthemd aus weißem Leinen, mit Spitzenborten und Seidenbändern geschmückt, verhüllte sie vom Hals bis zu den Zehen.

Langsam ging er zu Sabrina und blieb hinter ihrem Stuhl stehen. Ihre Blicke trafen sich im Spiegel. »Nun haben wir also geheiratet«, sagte sie leise, in einem Tonfall, der ihr Unbehagen nicht verhehlte.

»Ja, Sabrina.« Er berührte ihre seidigen Locken, spürte ihre Nervosität und wußte, was in ihr vorging. Verzweifelt wünschte sie, er würde sie allein lassen. Doch sie mußte sich in ihr Schicksal fügen, weil sie seine Frau war.

»Glaub mir, Sloan, ich möchte dich nicht ärgern, aber ich fühle mich einfach schrecklich.«

»Beruhige dich. Wie ich dir bereits heute nachmittag versichert habe, werde ich dich nicht bedrängen.«

In maßloser Erleichterung seufzte sie so tief auf, daß er sich beinahe anders besonnen hätte. Hastig senkte sie den Blick, um ihre Freude zu verbergen, sprang auf und schlug die Bettdecke zurück. Dann schüttelte sie ihre Kissen auf und legte sie in die Mitte.

Sloan folgte ihr und zog ein Kissen auf die linke Seite. »Wenn du gestattest ...«

Erschrocken starrte sie ihn an. »Du hast gesagt ...«

»Daß ich dich nicht bedrängen werde«, unterbrach er sie. »Aber ich habe so viele Nächte auf hartem Felsboden verbracht, daß ich mir ein weiches Bett gönnen will. Das wirst du mir sicher nicht verwehren.«

»Tut mir leid«, entschuldigte sie sich honigsüß. »Ich dachte, du wärst in einem Zelt aufgewachsen und würdest gern am Boden schlafen.«

Mühsam bezwang er den Impuls, seine Hände um ihren schönen Hals zu legen. »Gewiß, ich bin in einem Wigwam aufgewachsen, und ich habe den halben Sezessionskrieg in einem Zelt verbracht. Trotzdem ziehe ich eine komfortable Matratze vor, und ich liebe es, mein Bett mit einer schönen Frau zu teilen.«

»Das habe ich gehört.«

»Und selbst erlebt.«

Erbost preßte sie die Lippen zusammen.

Sloan löschte die Kerze auf dem Nachttisch. Im nächtlichen Schatten begann er sich auszukleiden. »Du kannst ruhig ins Bett gehen«, erklärte er höflich.

Reglos blieb sie stehen. »Du hast gesagt ...«

»... ich würde meine ehelichen Rechte nicht fordern, solange du dich unwohl fühlst. Aber ich habe nicht versprochen, auf dem Boden zu schlafen oder mich vollständig bekleidet ins Bett zu legen.« Nachdem er aus seinem Hemd und den Breeches geschlüpft war, kroch er unter die Decke.

»Also gut. Dann schlafe *ich* auf dem Boden.«

»Nein.«

Sie zögerte. »Im Sessel – vor dem Feuer …«

»Nein.«

»Verdammt, Sloan, ich werde tun, was mir beliebt! Du kannst deine Soldaten herumkommandieren. Mich nicht!« Entschlossen packte sie ein Kissen und eilte zu dem Sessel, der vor dem Kamin stand.

Eine Zeitlang beobachtete Sloan, wie sie sich in die weiche Polsterung kuschelte. Dann folgte er ihr und nahm sie auf die Arme. Warnend erwiderte er ihren vorwurfsvollen Blick.

»Zum Teufel mit dir!« stieß sie zwischen zusammengebissenen Zähnen hervor und stemmte sich gegen seine Brust. Als sie seine nackte Haut spürte, zog sie ihre Hände hastig zurück. »Vorhin hast du versprochen …«

»Wir sind verheiratet, Mrs. Trelawny«, betonte er und legte sie behutsam auf das Bett. Er hatte nicht die Absicht, sein Wort zu brechen – was er jetzt bedauerte, denn seine Nacktheit und Sabrinas Nähe, ihr weiches Haar an seiner Wange weckten eine heftige Begierde. In dieser Nacht würde er seine Lust bezähmen. Aber allzulange würde er sich nicht zur Enthaltsamkeit zwingen.

Angstvoll schaute Sabrina zu ihm auf, ließ ihren Blick über seinen Körper wandern, und ihr Atem stockte.

»Siehst du, was du mir antust, meine Liebe?« flüsterte er. »Wann immer ich dich berühre, fordert die Natur ihr Recht. Und der Gedanke, daß dies unsere Hochzeitsnacht ist …«

Sie senkte ihre langen Wimpern und faltete die Hände vor der Brust, als würde sie beten. »Jetzt möchte ich schlafen. Hoffentlich hast du's bequem.«

Lächelnd glitt er unter die Decke und nahm seine widerstrebende Frau in die Arme. Dabei versuchte er sich einzureden, er würde sie nicht begehren. Ohne Erfolg. Aber er wollte sie wenigstens spüren, ihren süßen Duft einatmen. Was würde sie sagen, wenn sie wüßte, daß er seine Selbstkontrolle von den Sioux gelernt hatte? Sie glaubten, die Beziehung zu einer Frau würde einen jungen Krieger schwächen. Deshalb mußte er seine fleischlichen Gelüste vor allen Kämpfen unterdrükken.

Nach ein paar Minuten entspannte sie sich, ihre Wange an seiner Brust. Da sie neben ihm lag, spürte sie das Ausmaß seiner Erregung nicht. »Sloan?«

»Ja?«

»Was wird jetzt geschehen. Das alles kam so plötzlich …«

»Wir fahren nach Hause. Dort wirst du dein Kind zur Welt bringen.«

»Zu Hause? In einer militärischen Festung?«

»Zweifellos wirst du eine wunderbare Offiziersgattin abgeben«, bemerkte er trocken.

»Wie kann man sich denn in einem Fort heimisch fühlen?«

Er dachte an die zahlreichen Frauen, die ihren Männern westwärts gefolgt waren, voller Hoffnung und Liebe und Glauben. Aus Wolldecken hatten sie unter den Planwagen ein Heim geschaffen, in hastig errichteten kleinen Städten, in schäbigen Hütten. »Wenn es dir auch seltsam erscheinen mag – ich habe in Georgetown ein Heim, das deinen Vorstellungen entsprechen würde, Sabrina. Nach dem Tod meiner Tante, einer Trelawny, werde ich das Haus erben. Natürlich war mein Großvater, ein Lieutenant General im Ruhestand, entsetzt über das Schicksal meiner Mutter, die das Kind eines Indianers geboren hatte, und zunächst fiel es ihm schwer, mich zu akzeptieren. Aber dann verstand sich der alte Tyrann sehr gut mit mir. Er ist offen, ehrlich und gerecht, und ich finde es bedauerlich, daß er seinen Dienst quittiert hat.«

»Also könntest du seinem Beispiel folgen und in Washington leben?«

»Ja ...«, bestätigte er zögernd.

»Vielleicht wäre das gar nicht so übel.«

»Im Augenblick sind meine militärischen Pflichten besonders wichtig.«

»Aber – wenn wir ein Haus in Washington mieten ...«

»Ah, ich verstehe. Während ich den Krieg ziehe, lebst du in einer vertrauten Welt – die elegante junge Dame, die mit hingerissenen jungen Kongreßabgeordneten flirtet und womöglich die Politik beeinflußt.«

»Red keinen Unsinn!«

»Hast du mir nicht erklärt, wieviel dir die Lebensart im Osten bedeutet?«

»So habe ich das nicht gemeint ...«

»Wie auch immer, du wirst bei *mir* leben, Sabrina. Sicher willst du in der Nähe deiner Schwester wohnen, also fahren wir nach Hause.«

»Wo die Sioux die Weißen niedermetzeln und die Weißen deine Freunde und Verwandten töten. Welch eine großartige Zukunft!«

»Machen wir das Beste daraus.«

Sie schwieg, und wenig später verrieten ihre gleichmäßigen Atemzüge, daß sie eingeschlafen war. Wieder einmal mußte er sein Verlangen nach ihr bekämpfen. Worauf hatte er sich eingelassen? Mit jedem Tag wuchs seine Sehnsucht. Und Sabrina hatte ihn nur geheiratet, weil ihr das Schicksal keine Wahl ließ.

Würde er jede Nacht neben ihr liegen, von ungestillter Begierde gepeinigt, hungrig wie ein Panther im Käfig?

Nein, in absehbarer Zeit würde sie das Baby gebären. Konnte er die Qual seiner freudlosen Ehe bis dahin ertragen? Darüber mußte er noch einmal gründlich nachdenken. Er schloß die Augen, und hoffte, im Schlaf Vergessen zu finden.

Ein paar Stunden später erwachte er. Sabrina stöhnte im Schlaf und schlug um sich. Besorgt umfaßte er ihre Schulter und rüttelte sie sanft, um sie zu wecken. Dann sah er, daß ihre Augen geöffnet waren und in Tränen schwammen. »Was ist los, Sabrina?«

»Dieser Schmerz ...«

»Wo?« fragte er und strich ihr das zerzauste Haar aus dem Gesicht.

»Im Rücken – im Kreuz. Den ganzen Tag fühlte ich mich unwohl – und jetzt tut es höllisch weh ...«

»Sei ganz ruhig, ich hole James McGregor.«

»James ...«

»Er ist ein Arzt, Sabrina.«

»Ja – bring ihn zu mir ...«

Einige Jahre hatten James und David Douglas gemeinsam in der Gefangenschaft verbracht. Und einem Mann, mit dem David Freundschaft schloß, konnte man bedingungslos vertrauen. Das wußte Sloan. Außerdem kannte er den guten Doktor, denn James' Ankunft in Amerika hatte ihn veranlaßt, nach Schottland zu reisen.

Aber Sloan brauchte die Diagnose nicht abzuwarten, denn er glaubte zu wissen, was mit Sabrina geschehen war. Sie hatte ihr Baby verloren. Welch eine bittere Ironie ...

Plötzlich umklammerte sie seinen Arm so fest, daß sich ihre Fingernägel in sein Fleisch gruben. Sie schrie gellend auf, dann ließ sie ihn los und verlor die Besinnung.

»Um Gottes willen, Sabrina!« Jetzt gab es keinen Zweifel mehr. Eine Fehlgeburt. Verzweifelt hoffte Sloan, er würde seine Frau nicht auch noch verlieren.

5

Sie verspürte keinen Schmerz mehr. Nicht körperlich.

Als sie die Augen öffnete, saß James McGregor bei ihr, ein häßlicher kleiner Mann mit gütigen Augen. Wie sie wußte, war er in Glasgow ein angesehener Arzt gewesen, bis ein reicher Mann seine Geliebte zu ihm gebracht hatte. Nach einer Abtreibung nicht mehr zu retten, war sie in der Praxis gestorben. Um sich vor einem Skandal zu schützen, hatte ihr Liebhaber den Doktor ins Gefängnis gebracht. Trotzdem wirkte James nicht verbittert, und David verdankte ihm sein Leben.

Fürsorglich wusch er Sabrina Gesicht mit einem feuchten Lappen. Jetzt trug sie nicht mehr ihr elegantes weißes Nachthemd, sondern ein schlichtes aus blauer Baumwolle. Weil James so freundlich lächelte, wollte sie mit ihm sprechen. Aber ihre Stimme wurde von Tränen erstickt. Nach einer Weile würgte sie hervor: »O Gott – ich habe mein Baby getötet ...« Hatte sie wirklich einmal geglaubt, alles wäre wieder in Ordnung, wenn sie das Kind verlieren würde?

Nun war sie für diese schrecklichen Gedanken grausam bestraft worden.

»Unsinn, Mädchen, daran sind Sie nicht schuld, denn es war Gottes Wille. *Er* gibt das Leben, und *Er* nimmt es.«

»Aber am Anfang wünschte ich mir, ich wäre nicht schwanger ...«

»Damit haben Sie die Fehlgeburt sicher nicht verursacht. Bedenken Sie doch – Sie wurden von diesen verbrecherischen Satanisten, die alle Douglases zu beseitigen suchten, zwei Tage lang in einem Grabgewölbe gefangengehalten. Das hat Sie natürlich geschwächt und Ihrem Baby geschadet. Machen Sie sich keine Vorwürfe und hoffen Sie auf die Zukunft. Sie sind jung und gesund, und Sie können noch viele Kinder bekommen.«

Unaufhaltsam rannen Tränen über ihre Wangen. Sloan

hatte ihr eine Abtreibung zugetraut. Und jetzt – die Tragödie in der Hochzeitsnacht ... Kurz nach ihrem Gelöbnis, ihn zu lieben und zu ehren, hatte sie sein Kind verloren. »Gerade dieses Baby war so wichtig.«

»Alle Babys sind wichtig. Aber wir müssen hinnehmen, was der Allmächtige beschließt. Nun werde ich gehen. Da ist jemand, der Sie sehen möchte.«

»Warten Sie, James!« flehte sie, als er aufstand.

Beschwichtigend drückte er ihre Hand. »Ihr Mann wartet schon die ganze Nacht in der Halle.«

»Nein – bitte ...«

Ehe sie ihn zurückhalten konnte, ließ er ihre zitternden Finger los und schloß die Tür hinter sich. Sie biß fest in ihre Lippen. Könnte sie doch für immer in einem der vielen Geheimgänge dieses alten Schlosses verschwinden ... Mühsam richtete sie sich auf, aber ein heftiges Schwindelgefühl zwang sie, in die Kissen zurückzusinken. Sie schloß die Augen und kämpfte gegen eine Ohnmacht an. Als sie die Lider hob, saß Sloan auf dem Bettrand, in Breeches, Stiefeln und einem halb zugeknöpften Hemd. Offenbar hatte er sich in aller Eile angezogen. Sein Blick verriet nicht, was er dachte. Vermutlich nahm er an, sie hätte dem ungeborenen Kind irgend etwas angetan, und haßte die ehelichen Fesseln, die jetzt sinnlos geworden waren. »Sloan«, wisperte sie.

»Schon gut.«

»Das wollte ich nicht ...«

»Ich habe dir zuviel zugemutet, unter diesen Umständen. Tut mir leid.«

»Glaubst du etwa, *du* wärst schuld?«

»Wer weiß ...« Behutsam strich er über ihre Wange. Sekundenlang schien ein seltsames Feuer in seinen Augen zu glühen. »Eine Zeitlang fürchtete ich, auch dich zu verlieren.«

»Mir geht's gut, nur ...« Sabrina zögerte. »Du hast mir vorgeworfen, daß ich das Kind nicht wollte. In den ersten Minuten, nachdem ich meinen Zustand festgestellt hatte, geriet ich in Panik – und vielleicht wünschte ich mir, es gäbe kein Baby. Aber ich schwöre dir, ich habe nichts unternommen …«

»Das weiß ich. Du wärst wohl kaum mit mir vor den Traualtar getreten, wenn du eine Fehlgeburt geplant hättest. Wenn jemand die Verantwortung dafür trägt, dann bin *ich's*, weil ich dich so gnadenlos zu dieser überstürzten Heirat gedrängt habe.«

Der bittere Klang seiner Stimme erweckte den Eindruck, sie wären einander fremder denn je – obwohl Sabrina nicht verstand warum. Am vergangen Abend war sie in Sloans Armen eingeschlafen und dann erwacht, von Schmerzen gepeinigt, immer noch in seinen Armen. Sicher und geborgen. Plötzlich fühlte sie sich schrecklich einsam. Wegen des Kindes hatte er auf der Heirat bestanden. Und jetzt existierte es nicht mehr. »Wahrscheinlich willst du unsere Ehe möglichst schnell annullieren lassen.«

»Sabrina, wir haben geheiratet, und wir werden in Freud und Leid zusammenhalten. Tut mir leid, ich kann dir deine ersehnte Freiheit nicht geben.«

»Aber …«

»Mach dir keine Sorgen.« Abrupt stand er auf. »Ich weiß, du brauchst Zeit, um dieses schlimme Erlebnis zu überwinden. Auch ich möchte etwas Abstand gewinnen. Ich muß nach Hause, und du wirst mir folgen, wenn du die nötigen Kräfte für die Schiffsreise gesammelt hast.«

»Also läßt du mich hier zurück?«

»Ja, bei deiner Schwester und Hawk. Nächsten Monat wollen sie die Heimfahrt antreten. Bis dahin solltest du dich ausreichend erholt haben. Falls ich bei deiner Ankunft nicht im Fort bin, wird dich ein Soldat in mein Quartier bringen.«

Fassungslos starrte sie ihn an. Die Schmerzen der Fehlgeburt waren längst verflogen. Und warum tat es so weh, daß er sie verlassen würde? Hatte sie das nicht ersehnt – Zeit für sich allein, um nachzudenken, ihr

Leben zu planen? Ein Leben, das Sloan ihr nicht zurückgeben wollte. Wieso sträubte er sich gegen eine Scheidung? Nach dem Verlust des Babys bedeutete sie ihm nichts mehr. »Und wenn ich nicht nach Amerika fahre?«

»Du wirst versprechen, mir nachzukommen.«

»Warum sollte ich mein Wort halten?« wisperte sie.

»Weil ich dich andernfalls hole, und dann wirst du deinen Wortbruch bereuen. Bitte, Sabrina, stell meine Geduld nicht auf die Probe. Ich behandle dich so anständig wie nur möglich, gebe dir Zeit und erwarte nicht, daß du mich sofort begleitest. Aber du wirst mit Skylar und Hawk nach Amerika fahren. Innerhalb der nächsten drei Monate gründen wir unseren Hausstand. Sind wir uns einig?«

»Also gut. Ich fahre mit Skylar und Hawk ...«

»Das betrachte ich als Versprechen.«

»Wieviel ist ein erzwungenes Versprechen wert?«

»Gib mir dein Wort, Sabrina.«

»Ja, ja, ich verspreche es!« stieß sie hervor. In ihrer Verwirrung wußte sie nicht mehr, was sie wollte. Sollte er gehen – oder bleiben?

»Ruh dich jetzt aus. Vor meiner Abreise sehe ich noch einmal nach dir.«

»Bitte, Sloan – warte! Ich habe versprochen, dir in den Westen zu folgen. Aber ich begreife nicht, warum ...«

»Ganz einfach. Wir sind Mann und Frau.«

»Du hast mich nur notgedrungen geheiratet. Welch eine Ehe werden wir denn führen?«

»Die beste, die unter den gegebenen Umständen möglich ist.«

»Aber du bist so fest entschlossen, bei den Sioux zu leben ...«

»Und du möchtest den Luxus des Ostens genießen.«

»Nur den Luxus der Sicherheit. Wie soll ich mich im westlichen Grenzgebiet zurechtfinden – in der Fremde?«

»Das wirst du schon schaffen. Ich weiß, wieviel Kraft

in dir steckt. Eigentlich müßte man die Sioux vor dir warnen. Du bist eine unglaubliche Herausforderung.«

»Deshalb willst du an unserer Ehe festhalten? Weil ich eine Herausforderung bin?«

Sloan lächelte. »Weil ich die wunderschöne, leidenschaftliche Frau wiederfinden möchte, die ich in jener schicksalhaften Nacht umarmt habe.« Mit diesen Worten ließ er sie allein.

Als Sloan in der Halle vor dem Kamin stand, ging Hawk zu ihm und legte eine Hand auf seine Schulter. »Tut mir leid.«

»Danke.«

»James sagt ...«

»Ja, Sabrina wird sich bald erholen. O Gott, ich hatte solche Angst, sie würde verbluten. Und ich habe mein Teil dazu beigetragen ...«

»Warum solltest du die Schuld an ihrer Fehlgeburt auf dich nehmen? James hat mir erzählt, so etwas würde kerngesunden Frauen aus heiterem Himmel passieren. Und Sabrina mußte einiges durchmachen, womit du nichts zu tun hattest.«

»Aber ich hätte sie nicht so rücksichtslos zur Heirat drängen dürfen.«

»Mach dir deshalb keine Vorwürfe, beruhige dich und denk an die Zukunft. Ihr werdet noch viele Kinder bekommen.«

»Meinst du?« seufzte Sloan. »Sie hat mir bereits die Annullierung unserer Ehe vorgeschlagen.«

Bestürzt hielt Hawk den Atem an. »Und?«

»Trotz meiner Schuldgefühle – so leicht wird sie mir nicht entkommen. Morgen reite ich nach Glasgow. Dort gehe ich an Bord eines Schiffs. Sabrina bleibt vorerst hier. Nächsten Monat wird sie Skylar und dich nach Amerika begleiten.«

Hawk nickte. »Länger will ich nicht warten. Die Situation zu Hause beunruhigt mich viel zu sehr.«

»Mich auch.«

»Laß dich bloß nicht umbringen.«

»Von den Indianern oder den Soldaten?«

»Weder – noch. Vergiß nicht, du riskierst dein Leben auf beiden Seiten.«

»Keine Bange, ich kann sehr gut auf mich aufpassen. Ich möchte meine Familie in Washington besuchen, und Ende Januar werde ich mich im Hauptquartier zurückmelden. Im Winter ist die Überfahrt problematisch. Aber ich nehme an, du wirst gegen Ende Februar daheim eintreffen.«

»Wenn's der Wettergott erlaubt ...«

Zu Sloans Verblüffung kam Sabrina an diesem Abend zum Dinner herunter – elegant gekleidet, kunstvoll frisiert. Ihr Gesicht war immer noch viel zu blaß. Besorgt eilte er ihr entgegen. »Um Himmels willen, was machst du hier?«

Lächelnd blickte sie in die Runde. Alle, die am großen Tisch saßen, starrten sie an – David und Shawna, Hawk und Skylar, die MacGinnises und der gute Dr. McGregor. »Oh, es geht mir sehr gut.«

»Moment mal ...«, begann Skylar zu protestieren.

»Wirklich«, fiel Sabrina ihr hastig ins Wort. »Einmal las ich in einem Roman, die Sklavinnen in den Südstaaten hätten sofort nach der Geburt ihrer Kinder Wäsche gewaschen oder Baumwolle gepflückt. Zum Glück muß ich nicht arbeiten. Aber ich fühle mich stark genug, um am Dinner teilzunehmen, und ich möchte die Gesellschaft meiner Freunde genießen.«

Sloan wandte sich zu James, der schuldbewußt die Achseln zuckte. Nun bereute der Arzt, daß er Sabrina versichert hatte, sie würde sich bald erholen. »Das Dinner wird ihr wohl kaum schaden«, murmelte er.

»Wie kannst du dich mit den Sklavinnen vergleichen, Sabrina?« schimpfte Skylar.

»Soeben haben wir einen Krieg ausgefochten, um

diese armen Menschen zu befreien – weil wir vor Gott alle gleich sind.«

»Trotzdem besitzt du nicht die Konstitution einer Feldarbeiterin.«

Ungläubig musterte Sloan das lächelnde Gesicht seiner Frau. Also waren alle Menschen gleich. Abgesehen von den Indianern.

»Darf ich mich setzen, Sloan?« fragte sie. Als er sich nicht rührte, flüsterte sie: »Bitte! Ich ertrag's einfach nicht, allein in meinem Zimmer, allein mit meinen Gedanken ...«

Resignierend führte er sie zum Tisch und rückte ihr den Stuhl neben seinem zurecht. Myer eilte herbei, um ihr Weinglas zu füllen. Dann zögerte er und schaute James McGregor an, der fast unmerklich nickte. Platten mit Fleisch und Brot und Anne-Maries frischem Herbstgemüse wurden herumgereicht. Dabei beschränkte sich das Tischgespräch auf: »Würdest du mir bitte das Brot reichen?« und: »Vielen Dank.«

Sabrina aß nur wenig und nippte an ihrem Wein. Erleichtert beobachtete Sloan, wie allmählich etwas Farbe in ihre Wangen zurückkehrte. Nach einer Weile bemerkte sie das drückende Schweigen, die angstvollen Blicke, die ihr alle Anwesenden zuwarfen. »O Gott, hätte ich geahnt, daß ich euch den Abend verderben würde, wäre ich nicht heruntergekommen.«

»Sei nicht albern«, erwiderte Skylar hastig, »wir machen uns nur Sorgen ...« Verlegen räusperte sie sich und wandte sich zu Sloan. »Ist es wirklich nicht gefährlich, um diese Jahreszeit zu reisen?« fragte sie höflich.

»Auf einem guten Schiff, unter dem Kommando eines tüchtigen Kapitäns kann nichts passieren – nicht einmal bei einer stürmischen Überfahrt. Außerdem muß ich zurückfahren, weil mein Urlaub zu Ende geht.«

»Willst du ihn nicht verlängern?« schlug Skylar vor.

»Bitte, Skylar, er weiß, was er zu tun hat«, mahnte Hawk. »In der Army gilt man als Deserteur, wenn man nicht rechtzeitig aus dem Urlaub zurückkehrt. Deshalb wurden schon einige Soldaten erschossen.«

»Aber ...«, begann Sabrina und verstummte abrupt.

»Was wolltest du sagen, meine Liebe?« fragte Sloan.

»Nichts.«

»Würdest du's bitte verraten?«

Sie holte tief Atem. »Also erschießt deine Army nicht nur Indianer, sondern auch Deserteure. Irgendwie verwirrt mich das.«

Grabesstille erfüllte die Halle.

»Erklär doch etwas genauer, was du meinst«, bat Sloan.

»Nun – ich stelle mir vor, in welch schwieriger Lage du bist. Da du der Kavallerie angehörst, reitest du an der Seite von Männern, die zahllose Indianer getötet haben. Was für ein grauenhaftes Dilemma! Gewiß, du redest mit den Weißen, du redest mit den Sioux und versuchst zu erklären, was sie einander mitteilen wollen. Und was geschieht nach den Gesprächen? Was tust du auf dem Schlachtfeld? Umarmen dich alle wie einen Freund? Oder schießen sie auf dich?«

Bedächtig legte Sloan seine Gabel beiseite, stand auf und lächelte die bestürzte Tischgesellschaft an. »Entschuldigt uns bitte. Ich glaube, Sabrina ist doch noch nicht so stark, wie sie glaubt, und einem Dinner in größerer Gesellschaft nicht gewachsen.«

»Was ich sage, hat Hand und Fuß«, betonte sie.

»Mag sein«, erwiderte er leise, »aber das sollten wir unter vier Augen erörtern.«

»Sloan, das sind deine Freunde und Blutsbrüder. Sie machen sich Sorgen wegen der Sioux-Kämpfe. Und vielleicht erklären sie dir, daß du im Dakota Territory deines Lebens nicht sicher bist – und deine Frau nicht dorthin bringen solltest.«

Obwohl er sich zu beherrschen suchte, zerrte er sie unsanft von ihrem Stuhl hoch und berührte ihre Stirn. »Die Ärmste fühlt sich wirklich noch nicht wohl.«

»Ja, es ist sehr schlimm, ein Kind zu verlieren«, meinte Gawain MacGinnis mitfühlend.

»Sicher wird es eine Weile dauern, bis diese seelische Wunde heilt«, fügte James McGregor leise hinzu.

»Oh, ich fühle mich sehr gut ...«, begann Sabrina, und Sloan fiel ihr hastig ins Wort.

»Jetzt solltest du dich nicht über das Sioux-Problem aufregen, meine Liebe. Du brauchst Ruhe.« Mit einem gezwungenen Lächeln wandte er sich zu den anderen. »Entschuldigt uns und genießt euer Dinner«, bat er, dann führte er Sabrina die Treppe hinauf und drückte sie so fest an sich, daß niemand ihre Gegenwehr bemerkte. In ihrem Zimmer legte er sie aufs Bett, und als sie aufstehen wollte, kniete er sich rittlings über ihre Hüften. »Um Himmels willen, was soll das alles? Würdest du's mir bitte erklären?«

In ihren großen blauen Augen spiegelte sich der Widerschein des Kaminfeuers. Sie war wieder leichenblaß geworden. »Nein, *du* bist mir eine Erklärung schuldig. Warum mußt du ins Sioux-Gebiet zurückkehren und gegen dich selbst kämpfen?«

»Verdammt, Sabrina, ich kämpfe nicht gegen mich selbst!«

»Doch.«

»Sabrina ...«

»Und wenn ich mich weigere, auf einem Kriegsschauplatz zu leben?«

»Eine Ehefrau muß ihrem Mann folgen. So ist das nun einmal.«

»Und die Weißen töten die Sioux, die Sioux töten die Weißen. So ist das nun einmal!«

Ihr vehementer – und keineswegs unberechtigter – Vorwurf traf einen wunden Punkt. In seinem Körper spannten sich alle Muskeln an.

»Vielleicht verstehst du die komplizierten Zusammenhänge nicht. Nein, Sabrina, die Weißen schießen die Indianer keineswegs automatisch nieder. Und unter den

Sioux-Kriegern gibt es viele, die sich weigern, weiße Frauen und Kinder niederzumetzeln – trotz der unseligen Indianerinnen und Babys, die bei den Angriffen der US-Army starben.«

»Wirst du mitten auf dem Schlachtfeld fragen, wer eine moralische Taktik verfolgt und wer nicht?«

»Offenbar habe ich mich vorhin geirrt. Du scheinst dich wirklich besser zu fühlen – gut genug, um mit mir zu streiten.«

»O nein, Sloan, ich versuche dir doch nur klarzumachen …«

»Daß du die Ehe annullieren lassen möchtest?«

»Daß du ein sonderbares Leben führst – und daß ich nicht die Frau bin, die du dir wünschst.«

Er stand auf. »Da täuschst du dich. Du bist genau die Frau, die ich mir wünsche. Meine Ehefrau.«

»Die Frau eines Kavallerieoffiziers – und eines Indianers!«

»Die Frau eines Kavallerieoffiziers – und eines Halbindianers«, verbesserte er sie stoisch. »Und ich glaube, du wirst diese Rolle sehr gut spielen.«

»Verstehst du denn nicht …« Auch Sabrina erhob sich und legte flehend eine Hand auf seine Brust.

»Nur eins verstehe ich – wir sind verheiratet, und ich will dich behalten.«

»Wenn du stirbst, bleibt dir gar nichts.«

»Warum rechnest du mit meinem Tod?«

»Irgend jemand – weiß oder rot – wird dich töten, weil du dich in diesem Konflikt für keine Seite entschieden hast.«

»Würdest du um mich trauern?«

»Ich – ich möchte nichts mit alldem zu tun haben …«

»Dann wärst du wieder frei.«

»Verdammt, Sloan, ich habe genug Blutvergießen mit angesehen. Um einen solchen Preis will ich meine Freiheit nicht zurückgewinnen. Ich flehe dich an … Das alles ertrage ich nicht. Ich will mich nicht dauernd vor den

Indianern fürchten, ich weiß nichts vom Leben bei der Army, und – und ...«

»Und du willst den Halbindianer loswerden, den du geheiratet hast.« Als sie den Kopf senkte, umfaßte er ihr Kinn und zwang sie, ihn anzuschauen. »Trotzdem wird es mir bestimmt gelingen, gewisse Gefühle in dir zu wecken.«

»Nein ...«

Sie war ihm so nahe, und wenn er auch wußte, daß er sein Verlangen bezähmen mußte, konnte er nicht widerstehen. Nicht diesen blauen Augen, nicht ihrer Leidenschaft, die er bereits kannte und die untrennbar zu ihrem Wesen gehörte.

Das Blut war ihr in die Wangen gestiegen, und ihre Lippen wirkten so verlockend wie süßer Wein. Plötzlich riß er sie an sich und kostete diese Lippen mit der ganzen Glut, die er so lange unterdrückt hatte. Seine Zunge erforschte begierig ihren Mund, und er küßte sie, bis ihr Kampfgeist erlahmte, bis sie hingebungsvoll in seinen Armen lag.

Wie Lava strömte die Hitze wachsender Lust durch seine Adern. Aber er beherrschte sich, hob den Kopf und schaute eindringlich in Sabrinas verschleierte Augen. »Wäre ich ein Vollblutindianer, würdest du mich jetzt nach Hause begleiten. Du hast mir ein Versprechen gegeben, und ich rate dir, dein Wort zu halten. Zwing mich nicht, hierher zurückzukehren und dich zu holen.«

»Sloan ...«, flüsterte sie zitternd.

»Nein, Sabrina, kein Protest mehr, kein Streit. Ich gehe jetzt. Und ich warne dich ein letztes Mal – du darfst dein Wort nicht brechen.«

Verwirrt hielt sie den Atem an, als er sie hochhob und aufs Bett legte. Dann verließ er das Zimmer.

In dieser Nacht galoppierte er unter einem bleichen Mond in rasendem Tempo über das schöne, zerklüftete Hochland.

Den nächsten Tag verbrachte er in Glasgow. Glücklicherweise konnte er für den folgenden Morgen eine Schiffspassage buchen.

Während er beobachtete, wie die schottische Küste hinter ihm zurückblieb, fragte er sich, ob Sabrina ihr Wort halten würde. Wenn nicht, würde er sie holen – und wenn er Himmel und Hölle in Bewegung setzen müßte. Mit diesem Entschluß wandte er sein Gesicht in den Wind, nach Westen.

6

Dr. James McGregor sollte recht behalten. Schon nach wenigen Tagen hatte sich Sabrina von ihrer Fehlgeburt erholt. Aber es war seltsam schmerzlich, keine Übelkeit mehr zu verspüren, und sie sehnte sich nach den Unannehmlichkeiten ihrer Schwangerschaft zurück. Der Verlust ihres ungeborenen Kindes hinterließ eine qualvolle innere Leere, ein Gefühl grenzenloser Einsamkeit.

Eines Tages saß sie auf einer Wiese oberhalb des Lochs, betrachtete die faszinierende schottische Landschaft und dachte ans ferne Dakota, in das sie bald reisen mußte. Seufzend legte sie eine Wange auf ihre Knie.

»Sabrina.« Sie drehte sich um und sah David Douglas hinter sich stehen, in einem Kilt, der die Farben seines Clans zeigte. »Komm ins Schloß zurück. Der Wind ist kalt geworden.«

Lächelnd schüttelte sie den Kopf. »Ich friere nicht. Und ich liebe diese Aussicht.«

Er setzte sich zu ihr, pflückte einen Grashalm und begann daran zu kauen. »Ja, ein schönes Fleckchen Erde – so ähnlich wie das Land, in das sich mein Vater verliebte, als er den amerikanischen Westen erforschte.«

Nachdenklich musterte sie sein Profil. Trotz Hawks indianischer Züge sahen sich die beiden Halbbrüder sehr ähnlich. Sie waren gleich groß, und beide hatten grüne Augen. Obwohl eine Welt zwischen ihnen lag, standen sie einander sehr nahe.

»Wirst du Schottland vermissen, wenn du nach Hause fährst, Sabrina?«

»Meine Heimat ist Maryland.«

»Weil der amerikanische Westen diesen Hügeln gleicht, fühlte sich mein Vater dort heimisch. Du bist immer in dem Land zu Hause, dem dein Herz und deine Seele gehören – und wo dein Mann auf dich wartet.«

Sabrina schaute wieder zum Loch hinab.

»Glaub mir, die Sioux sind keine grausamen Schlächter«, fügte David hinzu.

»Kannst du meine Vorurteile und meine Angst nicht verstehen? Diese schrecklichen Angriffe ...«

»Auf beiden Seiten.«

»Aber ich bin eine Weiße. Ich empfinde es als Barbarei, wenn die Planwagen der Siedler überfallen und Frauen und Kinder getötet werden.«

»Sicher hast du vom Sand Creek-Massaker gehört. Eine Truppe von der US-Army ritt in ein Cheyenne-Dorf, brachte Frauen, Kinder und alte Männer um ...«

»Das weiß ich. Und du hast zweifellos erfahren, was beim Fetterman-Massaker geschah. Da wurde eine ganze Kompanie niedergemetzelt ...«

»Soldaten, die Indianer abschlachten sollten.« Nach einer kurzen Pause fragte er: »Abgesehen von den feindlich gesinnten Lakota Sioux, die dich vielleicht skalpieren wollen – fürchtest du, die Gesellschaft wird dich ächten?«

»Wenn ich das komfortable Leben im Osten auch vorziehe – was die Gesellschaft denkt, interessiert mich nicht. Ich wuchs bei dem Schurken auf, der meinen Vater ermordet und trotzdem eine politische Karriere gemacht hat. Deshalb ist mir die öffentliche Meinung egal.«

»Bravo. Nun, dann kann ich dir nur viel Glück mit

Sloan wünschen. Er ist mein Blutsbruder, und er bedeutet mir sehr viel. Natürlich – er kämpft gewissermaßen mit sich selbst. Aber den meisten Männern bleibt irgendwann in ihrem Leben nichts anderes übrig. Auf meinen Wunsch fuhr James McGregor nach Amerika, um Hawk aufzusuchen. Statt dessen traf er Sloan, der hierherkam und mir beistand. Bis jetzt fand er sich sehr gut zwischen den Welten der Sioux und der Weißen zurecht. Im Sezessionskrieg gab es keinen mutigeren Soldaten. Und die Lakota Sioux haben keinen besseren Freund – obwohl er nicht immer sagt, was sie hören möchten. Er hält sich stets an die Wahrheit. Das wissen sie. Übrigens, seine Situation ist nicht ganz so brisant, wie du glaubst. Vielleicht sollte ich dir einiges erklären ...«

»Ja, bitte, David.«

»Als Mittelsmann hat er sich vor General Sherman zu verantworten, dem Oberbefehlshaber. Irgendwie kommt er auch mit Phil Sheridan aus, der sich einbildet, alle Indianer hätten nur eins im Sinn – zu morden, zu rauben und Frauen zu vergewaltigen. Ich nehme an, die beiden sind einander nicht besonders sympathisch. Aber sie respektieren sich. Und Sheridan befolgt stets eine Order, unabhängig von seiner persönlichen Meinung. Sloan ist im Fort Abraham Lincoln stationiert, wo George Custer die Siebente Kavallerie befehligt. Mit dem versteht er sich nicht allzu gut. Glücklicherweise hält sich Custer nur gelegentlich im Fort auf. Die beiden haben im Sezessionskrieg gemeinsam gekämpft. Als Custer einige von Mosbys Guerillas hängen lassen wollte, verweigerte Sloan, der die Gefangenen beaufsichtigte, den Befehl. Er hält den Mann für eitel und anmaßend. Aber er mag Custers Frau Libbie. Custer wiederum findet, Sloan wäre eigensinnig und sprunghaft. Trotzdem haben sie sich miteinander arrangiert. Wenn du im Fort irgendwelche Spannungen spürst, wirst du nun verstehen, was dahintersteckt.«

Sabrina nickte, und David tätschelte ihr Knie.

»Kopf hoch. Wie mir mein Bruder erklärt hat, werdet ihr morgen abreisen.«

»Schon morgen?« Sloan hatte das Rock Castle erst vor zwei Wochen verlassen.

»Ja. James meint, du hättest dich inzwischen restlos erholt, und die Meeresluft müßte dir guttun. Ihr werdet in einer Kutsche nach Glasgow fahren. Dort verbringt ihr einen Tag und am nächsten Morgen tretet ihr an Bord der *Lady Luck* die Heimreise an.«

Die Fahrt in ein neues Leben am Rand der Wildnis, wo die Siedler ihr Glück suchten ... Weit entfernt von der Gesellschaft im Osten. Die Augen geschlossen, dachte Sabrina an die majestätischen Black Hills – ›schwarz‹, weil dichte Kiefern an den Hängen wuchsen. Ein schönes Land ...

Unwillkürlich berührte sie ihre Lippen und glaubte, wieder das seltsame süße Feuer zu spüren, das Sloans letzter Kuß entfacht hatte. Sie würde ihr Wort halten und ins Dakota Territory reisen. Und dann? Wollte Sloan immer noch an seiner Ehe festhalten? Vielleicht nicht mehr, in seiner Heimat, mit seinen eigenen Interessen beschäftigt ... Sie könnte bei ihrer Schwester bleiben, bis Skylar ihr Baby zur Welt bringen würde, und danach in den Osten zurückkehren. In ein Leben ohne Angst und Gefahr. Wo es keine Sioux gab, keine faszinierenden, beunruhigenden, verführerischen Halbindianer ... Inständig wünschte sie, Sloan würde sie freigeben. Wirklich? Sie wußte nicht mehr, was sie wollte. Aber irgendein verborgener Teil ihres Herzens schien sich nach ihm zu sehnen.

An einem kalten Januartag traf Sloan in Georgetown ein. Myra öffnete die Haustür, erkundigte sich erfreut nach seinem Befinden und nahm ihm den Mantel ab. Mit ihren eisgrauen Haaren und Augen sah sie wie die typische strenge Haushälterin aus. Doch dieser Eindruck täuschte. Seit die herzensgute Frau vor fast vierzig Jahren aus Irland nach Amerika ausgewandert war, gehörte sie zur Familie Trelawny. »Wie gut Sie aussehen, mein Junge!« Im Flüsterton fügte sie hinzu: »Und dem ›Diktator‹ geht's auch gut. Der ist robust wie ein Pferd, obwohl er langsam in die Jahre kommt. Während der letzten Wochen hat er ungeduldig auf Ihre Ankunft gewartet, Sloan, weil in Ihrem Brief stand, Sie würden das Land verlassen und ihn auf der Rückreise besuchen.«

»Auch ich möchte Großvater endlich wiedersehen«, erwiderte Sloan schuldbewußt. »Leider führt mich mein Weg zu selten in den Osten.«

»Viel zu selten, und Sie sollten sich schämen«, mahnte Myra. Aber dann küßte sie seine Wange und musterte ihn von Kopf bis Fuß. »Was für ein imposanter Mann ... Wir sind alle stolz auf Sie, Sloan. Zweifellos liegen Ihnen unzählige schöne Damen zu Füßen. Aber man sollte meinen, mittlerweile hätten Sie die Nase voll von ihren Verehrerinnen und würden sich eine Ehefrau suchen.«

»Allzu viele Frauen haben sich nicht vor meine *bronzebraunen* Füße geworfen, was mit meiner Herkunft zusammenhängt. Gewiß, ein paar junge Damen waren interessiert, doch sie wollten den Zorn ihrer Väter nicht riskieren ...«

»Wenn General Trelawny auch bei bester Gesundheit ist«, unterbrach sie ihn, »er wird nicht jünger. Deshalb sollten Sie möglichst bald heiraten und ihm Enkelkinder schenken.«

Sloans Herz krampfte sich zusammen. Trotzdem lächelte er. »Um Sie zu beruhigen, Myra – ich bin bereits verheiratet.«

Sprachlos starrte sie ihn an.

»Was höre ich da?« dröhnte eine tiefe Stimme, und Sloan wandte sich zu seinem Großvater, der in militärischer Haltung die Halle betrat. Der dreiundsiebzigjährige General Michael Trelawny war immer noch ein attraktiver Mann, schlank und hochgewachsenen, mit dichtem silbrigem Haar und braunen Augen.

Die markanten Gesichtszüge hatte Sloan von ihm geerbt, die fast schwarzen Haare und Augen von seinem Sioux-Vater. Seine Abstammung hinderte den General nicht daran, ihn zu lieben. Freudestrahlend erwiderte er die Umarmung seines Enkels. Dann trat er zurück und betrachtete ihn forschend. »Du siehst gut aus. Was hast du soeben gesagt? Bist du tatsächlich verheiratet?«

»O ja.« Nun bereute Sloan, daß er Sabrina erlaubt hatte, erst später in die Staaten zurückzukehren.

»Welch ein Wunder! Champagner, Myra! Komm, mein Junge, du mußt mir alles erzählen.«

»Bringen Sie uns lieber Großvaters besten Tennessee-Bourbon, Myra«, bat Sloan.

»Also gut, Bourbon«, stimmte der General zu. Einen Arm um Sloans Schultern gelegt, führte er ihn in die Bibliothek, einen großen Raum auf der linken Seite der Halle, mit Bücherregalen aus Mahagoni und bequemen ledernen Sitzgarnituren eingerichtet. An den Wänden hingen mehrere Landkarten. Michael drückte seinen Enkel in einen Sessel vor dem Kamin, setzte sich auf die Schreibtischkante und musterte ihn belustigt. »Eine Ehefrau! Verdammt will ich sein! Oft genug hast du mir versichert, du würdest niemals heiraten. Und wer ist die Glückliche?«

»Sabrina, Hawks Schwägerin.«

»Eine Weiße ... Natürlich freue ich mich für dich. Aber während deiner Abwesenheit hat sich die Situation erheblich verschlechtert, und wenn du eine weiße Ehefrau in deine Heimat bringst ... Hast du gehört, wie's dort aussieht?«

»Nein, ich konnte mich noch nicht darüber informieren, weil ich unverzüglich hierherkam.«

»Und wo ist deine Frau?«

»Ich muß mich zum Dienst zurückmelden, und ich konnte Sabrina nicht mitnehmen, weil sie – krank war. Bald wird sie mir jedoch folgen, in Hawks und Skylars Obhut.«

»Ich verstehe. Wo bleibt denn Myra mit dem Bourbon?«

Wie auf ein Stichwort trug Myra ein Silbertablett mit einer Karaffe und Gläsern in die Bibliothek. »Heute gibt's ganz dicke Steaks zum Dinner, Sloan. Die Köchin ist völlig aus dem Häuschen, seit ich von Ihrer Ankunft erzählt habe. Und Georgia wird sicher vor Freude in Ohnmacht fallen, wenn sie die große Neuigkeit erfährt.«

»Das bezweifle ich. Tante Georgia ist ein ziemlich hartgesottenes altes Mädchen.«

»Sloan!« rief Myra entrüstet.

»Regen Sie sich nicht auf, er hat völlig recht«, entschied der General. »Im Sezessionskrieg hätte sie die besten Generäle übertrumpfen können. Stellen Sie das Tablett hin und schwatzen Sie anderswo, Myra. Wir haben was zu besprechen.«

»Sehr wohl, General.« Lächelnd zwinkerte sie Sloan zu und eilte hinaus.

»Eigentlich halte ich sehr viel von Grant«, begann Michael und füllte die Gläser. »Er war ein hervorragender General. Aber ich fürchte, er ist ein schlechter Präsident. Bedauerlicherweise besetzt er militärische Schlüsselpositionen mit alten Freunden, ohne zu bedenken, daß einige korrupt oder unfähig sind. Am schlimmsten geht's im Kriegsministerium zu.« Er schlenderte zu einer Wand, und Sloan studierte mit schmalen Augen die Landkarte, auf die sein Großvater wies und die drei Operationsgebiete der Army zeigte. »Sherman wird zum Oberbefehlshaber ernannt – unter dem Kriegsminister William W. Belknap, den er haßt. Mit gutem Grund. Drei Sektionen, drei Generäle direkt unter Sherman. Die Division am Missouri, nahe dem Sioux-Gebiet, wird von ›Little Phil‹ Sheridan kommandiert. Da du an der Seite beider Männer gekämpft hast, kennst du sie. Unbarmherzige, wild entschlossene Krieger, die ihre Befehle ausführen. Immer wieder hat Sherman verkündet, ein Indianer, der dieses Jahr stirbt, müsse im nächsten nicht getötet werden – nicht weil er die Indianer haßt, sondern weil er's ganz einfach *weiß.* In den Black Hills wurde Gold gefunden. Unaufhaltsam ziehen die weißen Siedler nach Westen. Bald werden sie den Indianern zahlenmäßig überlegen sein. Und dieser Konflikt muß gelöst werden.«

»Damit erzählst du mir nichts Neues, Großvater.«

Ohne den Einwand zu beachten, fuhr Michael fort: »Nachdem ich so lange im Westen gekämpft habe und jetzt im Osten lebe, finde ich's immer noch erstaunlich, wie wenig die Leute hier verstehen. Sie glauben, alle Indianer wären gleich. Von den Stammeskriegen, die über ein Jahrhundert lang dauerten, wissen sie nichts. Wenn ein Pawnee einen Siedler tötet, denken sie, man könnte genauso gut einen Sioux umbringen, um sich zu rächen. Und wenn ein Sioux einen Wagenzug angreift, sollte man die Nez Perce niedermetzeln. Weil die Menschen im Osten nicht begreifen, was vorgeht, drängen sie die Politiker, dem Militär die Ermordung möglichst vieler Indianer zu befehlen. Ironischerweise gibt es in der Army zahlreiche Männer, die den Indianern wohlgesinnt sind und sie respektieren. Aber ich sage dir, mein Junge, bisher ist das Militär legitim vorgegangen, trotz eines korrupten Kriegsministers. Das größte Problem ist Grants Ministerium für Indianerangelegenheiten unter der Jurisdiktion diverser Moralisten, religiöser Fanatiker und Narren. Mit aller Macht wollen sie die Indianer ›zivilisieren‹ und verstehen nicht, daß sie von einem Indianer verlangen, kein Indianer mehr zu sein. Auf Grund und Boden, wo nicht einmal Unkraut wächst, soll er Getreide anbauen. Jetzt hat die Regierung den Indianern auch noch ein Ultimatum gestellt. Bis zum 31. Januar müssen sich alle bei ihren Behörden melden. Wer es versäumt oder sein Reservat verläßt, gilt als Staatsfeind. Sherman sehnt den Ausbruch des Krieges herbei. Wahrscheinlich hofft jeder General, die Sioux-Hitzköpfe werden sich *nicht* bei der Verwaltung melden, damit er den Kampf möglichst schnell beginnen und beenden kann.«

Der erstklassige Bourbon drohte Sloans Magen umzudrehen. Unglücklicherweise hatte Michael Trelawny recht. Die Army würde die Indianer nur dann verschonen, wenn sie sich in Weiße verwandelten. Wie sollte man einen Mann wie Crazy Horse – einen tapferen, gerechten, ehrenwerten Krieger – veranlassen, nicht mehr über die Prärie zu reiten, zu jagen, für seine Freiheit zu kämpfen? Gewiß, die Regierung hatte Land gekauft – Reservate, wo die Indianer in Frieden leben durften, und die jeweils zuständigen Behörden teilten ihnen Lebensmittel zu. Aber das Getreide war verdorben, das Fleisch verfault und der Whiskey miserabler Fusel.

Die meisten Weißen verstanden noch immer nicht, daß jeder indianische Krieger eigenständig handelte. Während die US-Army organisiert war, kämpfte der Indianer für seinen Stolz und seine Ehre. Keiner mußte sich dem Willen eines Häuptlings beugen.

Red Cloud war ein großer Krieger gewesen, stets zum Kampf bereit. Trotzdem hatte er erkannt, daß es für sein Volk nur eine Zukunft gab, wenn eine Einigung mit den Weißen zustandekam. Deshalb hatte er Friedensverhandlungen angestrebt. Sitting Bull und Crazy Horse glaubten jedoch, es gäbe genug freies Land, weit entfernt von den Siedlungen der Weißen. Zwischen zwei Rassen, die ein so unterschiedliches Leben führten, könnte niemals Frieden herrschen, meinten sie. Nach Ansicht der Indianer gehörte die Natur allen Menschen – der weiße Mann wollte sie beanspruchen und besitzen.

Michael kehrte zu Sloan zurück und legte ihm eine Hand auf die Schulter. »Früher haßte ich die Sioux. Nachdem sie deine Mutter gefangengenommen hatten, war ich bereit, jeden Indianer zu töten – ohne Reue. Aber während ich meine Tochter zu befreien suchte, verbrachte ich viele Monate bei den Sioux und ihren Verbündeten, den Cheyenne. In dieser Zeit stellte ich fest, daß die Prärie-Indianer weder die edlen Geschöpfe aus den Abenteuerromanen des achtzehnten Jahrhunderts sind noch die wilden Barbaren, die von zeitgenössischen Autoren beschrieben werden. Sie sind einfach nur Menschen – Kinder, die gegen ihre Eltern rebellieren, junge Männer und Frauen, die sich verlieben. Sie essen und trinken wie alle anderen Menschen, lachen und weinen, leben und sterben. Nach dem Tod deines Vaters wurde sein Wunsch geachtet, seine Frau und sein Kind mögen zu mir ziehen. Dafür bin ich dankbar. Aber so sehr ich's auch bedaure – die Niederlage der Sioux ist unvermeidlich. Ich bin froh, daß du eine weiße Frau geheiratet hast, die dir wenigstens zu deinem persönlichen Frieden verhilft.«

»Vielleicht.« Sloan berührte die Hand seines Großvaters, die auf seiner Schulter lag. »An diesem Krieg muß ich teilnehmen. Und du würdest mir wohl kaum etwas anderes empfehlen, oder?«

»Nein. Aber ich bitte dich – paß gut auf dich auf.«

»Natürlich, Großvater.«

»Hoffentlich lerne ich deine Frau bald kennen. Hawks Schwägerin! Das freut mich. Und ich bin ebenso froh, weil du mir aus England geschrieben hast, David Douglas sei noch am Leben. Nun muß sich Hawk nicht um die Douglas-Ländereien in Schottland kümmern und kann nach Amerika zurückkehren. Ihr beide wart immer gute Freunde. Jetzt seid ihr durch eure Ehefrauen, zwei Schwestern, noch enger verbunden.«

»Gewiß.«

»Hast du ein Bild von deiner Frau?«

Bedauernd schüttelte Sloan den Kopf. »Das alles ging so schnell, und ich kam überhaupt nicht auf die Idee, einen Fotografen ins Haus zu bestellen oder Sabrina um ein Foto zu bitten. Unsere Hochzeit fand kurz vor meiner Abreise statt.«

»Hättest du deine Frau bloß mitgebracht! Wenn dir

etwas zustößt – und du hinterläßt keine Kinder ... Oder ist deine Frau etwa schon schwanger?«

»Leider nicht.«

»Sabrina – ein ungewöhnlicher Name, der mir jedoch irgendwie bekannt vorkommt. Wie lautet ihr Mädchenname?«

»Connor.«

»Brad Dillmans Stieftochter?«

»Ja – so wie Skylar.« Verwundert sah Sloan seinen Großvater lächeln. »Was amüsiert dich denn?«

»Selbstverständlich habe ich die Zeitungsartikel über Dillmans Versuch, seine beiden Stieftöchter zu ermorden, und seinen unrühmlichen Tod gelesen. In diesen Berichten wurdest du übrigens lobend erwähnt. Was dich vielleicht überrascht – ich bin deiner Frau zweimal begegnet.«

»Tatsächlich?«

»Vor ein paar Jahren, auf einer Dinnerparty zu Ehren einiger Soldaten – und auf der Soiree einer Washingtoner Gastgeberin. Damals war Sabrina noch sehr jung, und sie wird sich ebensowenig wie ihre Schwester an alle alten Käuze erinnern, die ihr vorgestellt wurden. Oder sie brachte meinen Namen nicht mit deinem in Verbindung, weil ...«

»Weil ich wie ein Indianer aussehe?«

»Ich bin sehr stolz darauf, daß du auch mir gleichst, mein Junge.«

Lächelnd nickte Sloan. »Das macht mich mindestens genauso stolz. Und welchen Eindruck hast du von meiner Frau gewonnen?«

»Eine bezaubernde Schönheit.«

»Stimmt. Was ist dir sonst noch aufgefallen?«

»Schon damals wußte ich, was für ein korrupter Schurke Brad Dillman war. Aber er verstand es, die Leute in seinen Bann zu ziehen, und erweckte den Anschein, er wäre eine ehrbare Stütze der Gesellschaft. Ich hatte großes Mitleid mit den beiden Mädchen, die ihre schwache, anfällige Mutter offensichtlich sehr liebten. Niemals werde ich vergessen, wie Dillman den Arm deiner Sabrina berührte – und wie sie angewidert zusammenzuckte. Sie benahm sich vorbildlich. Aber wann immer sie tat, was ihr gefiel – wenn sie zum Beispiel mit einem hübschen jungen Offizier tanzte, eilte Dillman zu ihr und zwang sie, mit einem seiner Wähler zu reden oder irgendwelche Wogen zu glätten. Wie schrecklich muß es für die arme junge Frau gewesen sein, jahrelang im Haus des Mannes zu leben, der ihren Vater ermordet hat …«

»Wo ich aufwuchs, besaß ein junger Krieger das Recht, den Mörder seines Vaters zum Kampf herauszufordern und zu töten.«

»Dieses Recht hatten die beiden Mädchen nicht. Erstaunlich, daß sie geheiratet haben … Man sollte meinen, sie würden alle Männer hassen, nachdem sie so lange unter Dillmans Grausamkeit leiden mußten.«

»Trotzdem ist Sabrina mit mir vor den Traualtar getreten.«

»Und es gibt keine Fotos …« Michael öffnete eine Schreibtischschublade, nahm eine goldene Kette aus einem Etui, an der ein tropfenförmiges, mit Diamantsplittern besetztes Medaillon hing, und reichte sie seinem Enkelsohn. »Erinnerst du dich daran?«

»Das hat meine Mutter getragen.«

»Mach's doch auf.«

Sloan gehorchte und betrachtete sein eigenes Porträt. Am Ende des Sezessionskrieges von dem berühmten Fotografen Brady aufgenommen, steckte es in der linken Seite des Medaillons. In der rechten befand sich eine seiner Locken. »Was da drin ist, wußte ich gar nicht.«

»Deine Mutter hat dich sehr geliebt, und ich hielt das Medaillon stets in Ehren. Jetzt glaube ich, es wäre ein passendes Geschenk für deine Frau.«

Daran zweifelte Sloan. Sabrina würde ein solches Präsent wohl kaum zu schätzen wissen. Aber er lächelte und steckte das Medaillon ein. »Wie du meinst, Großvater.«

»Ich wünsche euch beiden alles Glück dieser Welt, und ich hoffe, ich werde bald Urgroßvater.«

»Nun muß ich erst einmal dafür sorgen, daß ich am Leben bleibe.«

»Ich vertraue deinen Fähigkeiten, und ich werde auf meinen alten Knien für dich beten. Leider sehe ich dich viel zu selten. Genießen wir die Zeit, die wir gemeinsam verbringen. Nun müßte das Dinner fertig sein, und deine hartgesottene Tante kommt sicher bald herunter.«

»Sloan!« Im selben Augenblick erklang Tante Georgias schrille Stimme, und ihr Neffe zuckte zusammen. Aber er umarmte sie erfreut.

Wie gut war es doch, eine Familie zu haben ... Und plötzlich faßte er den Entschluß, eine eigene Familie zu gründen – was immer die Zukunft auch bringen mochte.

7

Da General Sherman den Kriegsminister Belknap verabscheute, hatte er sein Hauptquartier von Washington nach Missouri verlegt, und so ritt Sloan nach St. Louis, um sich zum Dienst zurückzumelden. Mitte Januar traf er in der Stadt ein.

Er kannte Sherman vom Sezessionskrieg her und respektierte ihn, obwohl er die Ansichten und Taktiken des Generals mißbilligte. Vom unerschütterlichen Glauben an die Einheit der Nation erfüllt, würde Sherman stets für seine Überzeugung kämpfen – mochten die Feinde Aufwiegler aus dem Norden, Rebellen aus dem Süden oder Indianer sein.

Während des Kriegs gegen die Südstaaten war Sloan eine Zeitlang Shermans Adjutant gewesen. Seither hörte der General auf ihn und wußte ihn als Mittelsmann zu schätzen.

Freundlich begrüßte er Sloan, dann bot er ihm Brandy und eine seiner besten Zigarren an. Sie saßen in seinem Büro, und Sherman erläuterte die letzten Truppenbewegungen. »Freut mich, daß Sie wieder da sind. Wenn's hier eine Stimme der Vernunft gibt, gehört sie Ihnen. Irgendwie schaffen Sie's, mit Ihren Offizierskameraden zurechtzukommen, sogar mit arroganten Narren. Und Sie genießen allgemeine Hochachtung, obwohl Sie bei unseren verdammten Feinden aufgewachsen sind. Seltsam – die Hälfte der Offiziere hält mehr von den indianischen Renegaten als von den sogenannten ›Feiglingen‹, den Sioux, die mit den Verwaltungsbehörden der Reservate in Verbindung stehen. Und zum Teufel, die meisten unserer Leute können die Indianer, mit denen wir angeblich in Frieden leben, nicht von den Feinden, den Lakotas, unterscheiden.«

»Also finden keine weiteren Friedensverhandlungen mit den Lakotas statt?«

Sherman schüttelte den Kopf. »Im Herbst haben Sie Urlaub genommen, nicht wahr ...? Nun, Sie wissen ja, was geschah, als wir die Black Hills zu kaufen versuchten.«

»Sicher war Ihnen von Anfang an klar, daß die Sioux diese Berge niemals verkaufen würden.«

»Ich bin kein Regierungsmitglied. Während Ihrer Abwesenheit wurden ein paar Goldsucher getötet. Deshalb glaubt man jetzt, man könnte alle Indianer, die nicht in ihren Reservaten bleiben, für Feinde halten. Dazu zählen auch die Indianer in den sogenannten ›nicht abgetretenen‹ Gebieten. Der Indianerbeauftragte Smith wies die Mittelsmänner der Sioux in den Nebraska- und Dakota-Behörden an, Sitting Bull, Crazy Horse und allen anderen Feinden mitzuteilen, bis 31. Januar müßen sie in ihren Reservaten sein.«

»Da haben sie nicht viel Zeit. Also erwartet – oder

wünscht die Army, daß die Indianer diese Forderung nicht erfüllen? Damit sie ihnen den Krieg erklären kann?«

»Vor allem will ich Sitting Bulls und Crazy Horses Krieger eliminieren, die schlimmsten Unruhestifter. Ich weiß, dazu gehören einige Ihrer Verwandten und auch Freunde, Sloan. Reden Sie mit Ihnen. Es bereitet mir keine Freude, Menschen zu töten. Aber wenn's sein muß ...«

»Ohne Rücksicht auf die gebrochenen Verträge«, murmelte Sloan. Verschiedenen Indianerstämmen hatte die Regierung Reservate zugeteilt. Aber große Gebiete im Westen waren ›nicht abgetreten‹ – weder Reservate noch Land, das die Indianer den Weißen zugestanden. »Nach dem Fort Laramie-Vertrag dürfen die Weißen nur mit Zustimmung der Indianer in den nicht abgetretenen Landesteilen siedeln – unter anderem in den Black Hills.«

»Verdammt, das weiß ich, Major! Aber nicht einmal der Allmächtige könnte die Goldsucher und Abenteurer von den Black Hills fernhalten.«

»Wie ich höre, wollen Sie die Indianer mittels einer Zangenbewegung schlagen.«

»Wieso kennen Sie meine Pläne?«

»Ich habe meinen Großvater besucht.«

»Weiß Gott«, seufzte Sherman, »dieses alte Schlachtroß hat mir besser gedient als die jungen Narren, die ich seit dem Kriegsende angeheuert habe. Und jetzt sitzt Michael Trelawny in Georgetown und zerpflückt meine militärischen Operationen.«

»In dieser Hinsicht gibt es keine Geheimnisse, Sir. Die Presse tritt alles gnadenlos breit.«

»Bis jetzt steht nichts fest. Aber wir wollen den Krieg noch im Winter beenden. Das müßte uns gelingen, wenn die Indianer von zwei großen, gut gerüsteten Streitkräften in die Zange genommen werden. Was halten Sie davon?«

»Entlang der Flüsse westlich von den Black Hills? Am Powder, am Tongue?«

»Ja. Nun?«

Sloan zögerte. »Was meinen Ihre Generäle?«

»Natürlich hat's Crook besonders eilig.«

»Lassen Sie sich warnen, Sir. Sie können sich den Winter in diesem Gebiet nicht vorstellen. An manchen Tagen sinken die Temperaturen bis auf minus fünfunddreißig Grad. Die Truppen müssen mit heftigen Schneestürmen und Hagel rechnen. Außerdem könnten Ihre ›jungen Narren‹ die falschen Camps angreifen. Dann werden sich die friedlich gesinnten Indianer zu Ihren Feinden gesellen, und die Army steht einem formidablen Heer gegenüber.«

Verächtlich winkte Sherman ab. »Jeder kleine Häuptling trifft seine eigenen Entscheidungen.«

»Trotzdem haben Sitting Bull und Crazy Horse glühende Anhänger gefunden.«

»Wie auch immer, Sie sind zum richtigen Zeitpunkt zurückgekehrt, Sloan. Die indianischen Agenten in den Reservatsbehörden werden sich nicht besonders anstrengen, um die Nachricht von unserem Ultimatum zu verbreiten. Und wenn einige indianische Mittelsmänner die Behörden verlassen, um sich Crazy Horse oder Sitting Bull anzuschließen, wird man ihnen nicht glauben. Informieren Sie die Indianer in den Black Hills. Auf Sie wird man hören.«

»Das spielt keine Rolle. Crazy Horse ist ein erfahrener, kluger Mann, der keinem Weißen traut.«

»Ihnen schon.«

»Ich bin ja auch nicht weiß.«

»Viel weißer, als Sie glauben«, meinte Sherman grinsend. »Nun, Sie haben Ihre Order, Major Trelawny. Tun Sie ihr Bestes. Machen Sie Sitting Bull und Crazy Horse klar, daß der Große Vater in Washington das Problem lösen will – und wenn es die Vernichtung aller Indianer bedeutet, die sich nicht bei den Reservatsbehörden melden ... Hoffentlich schießen sie unseren Boten nicht nieder. Bleiben Sie mit meinen Generälen vor Ort in Verbindung.«

Sloan nickte. »Darf ich noch einmal auf die äußerst knappe Zeit hinweisen, die den Indianern bleibt, um den Wunsch der US-Regierung zu erfüllen?«

»Das dürfen Sie.« Shermans Finger trommelten auf den Schreibtisch. »Aber die Entscheidung liegt nicht bei mir. Ich weiß, mein Freund Sheridan zählt nicht zu Ihren Favoriten ...«

»Jedesmal, wenn er mich sieht, bildet er sich ein, er müßte seine Frau und seine Kinder verstecken.«

»Bedenken Sie trotzdem, daß er Ihr Vorgesetzter ist.«

»Natürlich, Sir.«

»Halten Sie Kontakt mit General Crook. Und passen Sie auf, daß der Feind nicht über unsere Truppen herfällt, wenn sie sich im Schnee verirren.«

»Das werde ich verhindern.«

»In einem Monat melden Sie sich wieder bei mir. Falls Sie wichtige Informationen haben, schicken Sie mir ein Telegramm. Oder General Terry reitet vom Fort Abraham Lincoln, Ihrem Stützpunkt, hierher ...«

»Terry? Seit Jahren hat er kein Feldkommando mehr übernommen, Sir. Normalerweise befehligt Custer seine Soldaten ...«

»Jetzt verbringt er einen längeren Urlaub im Osten. Gewiß, er hoffte, seine Männer zu kommandieren, aber – sie kennen Custer. Was diesen General betrifft, zögert Präsident Grant. George Custer nimmt den Mund gern ein bißchen zu voll, und ich weiß, viele seiner Taktiken mißfallen Ihnen, Major Trelawny. Aber ich glaube, sogar Sie würden ihm jetzt beistehen. Er ärgert sich maßlos über die Korruption in den Indianerbehörden, erhebt massive Anklagen gegen Kriegsminister Belknap – und er beschuldigt Präsident Grants Bruder irgendwelcher dunkler Machenschaften. Nun muß er vermutlich auf seine gewohnte Strategie verzichten.«

»Manchmal ist er nicht ganz bei Trost – und sicher nicht mein Lieblingsoffizier. Aber er kommandierte die Siebente Kavallerie, mein Kommando. In Zukunft werde ich mich öfter im Fort Abraham Lincoln aufhalten. Ich habe geheiratet.«

»Herzlichen Glückwunsch, Major.« Sherman sog an seiner Zigarre. »Vielleicht kann ich Sie auch demnächst mit einer guten Neuigkeit erfreuen. Colonel Perry ist angeblich in Texas an einem Herzanfall gestorben.«

»Halten Sie das tatsächlich für eine gute Neuigkeit, Sir?«

»Terry war ein tapferer alter Soldat, sein Tod hinterläßt eine Lücke, und Sie sind reif für eine Beförderung, Sloan. Sobald die Angelegenheit geklärt ist, gebe ich Ihnen Bescheid.«

Langsam nickte Sloan. Im Grunde war er nicht an einer Beförderung interessiert und zufrieden mit dem Posten eines Nachrichtenoffiziers. Außerdem genoß er die Freiheit, die ihm seine Tätigkeit bot. Er wollte nicht an ein einziges Regiment gebunden sein. »Sir, mein derzeitiger Status ...«

»Keine Bange, Sie werden immer nur mir verantwortlich sein. Und jetzt gehen Sie ans Werk. Soviel ich weiß, fahren die Züge immer noch bis Bismarck.«

Sloan stand auf, schüttelte Shermans Hand und verließ das Büro. Selbst wenn die Züge bis Bismarck fuhren, die Zeit lief ihm davon.

Wie Sabrina, Hawk und Skylar in Chicago erfuhren, war Sloan ins Flußgebiet westlich der Black Hills gereist. Wann er zurückkehren würde, ließ sich angesichts des winterlichen Wetters nicht voraussehen.

Seit zwei Monaten war Sabrina von ihrem Mann getrennt. Manchmal sehnte sie sich nach ihm. Aber meistens versuchte sie, alle Erinnerungen zu verdrängen. Nun blieb sie nur zu gern in Mayfair und stand ihrer Schwester während der Schwangerschaft bei. Eifrig half sie ihr bei den Vorbereitungen für die Ankunft des Babys. Etwa um die gleiche Zeit wäre auch ihr eigenes Kind zur Welt gekommen, und dieser Gedanke schmerzte immer noch. Aber sie gönnte der werdenden Mutter ihr Glück.

Allmählich gewann sie den Eindruck, die Begegnung mit Sloan in Gold Town würde einem anderen Leben angehören. Vielleicht sollte sie das alles am besten vergessen.

Hawk und Skylar beschlossen, eine Party zu geben. Dazu luden sie mehrere Offiziere und Soldaten ein, die im Fort Abraham Lincoln stationiert waren, Geschäftsmänner aus Gold Town mit ihren Familien und Goldsucher. Skylar überredete ihre Schwester, ein Kleid aus königsblauem Samt anzuziehen. Eine sehr würdevolle Farbe, wie sie betonte. Sie selbst wählte ein jagdgrünes Kleid, und beide würden ihr Haar offen tragen.

Als die Gäste eintrafen, stand Sabrina mit Skylar und Hawk auf der Veranda, atmete die frische Luft ein und fühlte sich seltsam verjüngt. Es war ein ungewöhnlich milder Winterabend. Am kobaltblauen Himmel schimmerte ein goldener Mond und ließ die Schneedecke glitzern.

Erfreut begrüßte Sabrina ihren Freund Henry Pierpont, Hawks Anwalt. Sein Vetter Willow, ein Sioux, erschien mit seiner hübschen weißen Frau Lily. Auch die Soldaten brachten ihre Ehefrauen mit. Einige ältere Damen aus Gold Town wurden von ihren heiratsfähigen Töchtern begleitet, die mit attraktiven jungen Offizieren zu tanzen hofften.

Schon lange hatte sich Sabrina nicht mehr so gut amüsiert wie an diesem Abend. Sie genoß die Gesellschaft aufmerksamer, charmanter Offiziere, und sie fand es wundervoll, wieder einmal zu flirten und zu lachen. Aber keiner ihrer Verehrer vergaß, daß sie mit Major Trelawny verheiratet war.

»Zweifellos sind Sie die schönste Frau auf dieser

Party, Ma'am«, bemerkte der ernsthafte junge Lieutenant Blake, während sie mit ihm tanzte.

»Was für ein Schmeichler Sie sind, Lieutenant! Hier sehe ich sehr viele hübsche Frauen.«

»Vielleicht – ein paar«, seufzte er. »Leider sind die hübschesten verheiratet. Nun, eins kann ich Ihnen immerhin versichern, Ma'am – Sie haben einen großartigen Mann gefunden.«

»Danke.«

»Major Trelawny ist bewundernswert. Wenn er allein reitet, legt er in zwei Tagen dieselbe Strecke zurück, für die ein Kompanie eine ganze Woche braucht. Dieses Land kennt er besser als sonst jemand. Er wittert einen Hinterhalt zehn Meilen gegen den Wind. Im schlimmsten Schneesturm findet er unbeirrbar seinen Weg, und er weiß seine Männer in allen Situationen zu schützen. Unter keinem Offizier würde ich lieber dienen.«

Sabrina hob die Brauen und fragte sich, ob der Lieutenant vielleicht eine Beförderung anstrebte und daher die Fürbitte des Majors benötigte. »Aber er ist ein halber Sioux«, erinnerte sie ihn mit einem gezwungenen Lächeln.

Verwirrt runzelte er die Stirn. »Wir befinden uns auf dem Gebiet der Sioux, Ma'am. Natürlich trifft man hier viele Sioux, halbe Sioux und Cheyenne. Oft genug setzten wir Crow-Späher ein. Und Rees, obwohl die Crow und Rees traditionelle Feinde der Sioux sind. Aber beim Militär kommen wir alle miteinander zurecht. Ich persönlich mag die Cheyenne am liebsten, ein Volk mit hohen moralischen Grundsätzen. Um sie richtig kennenzulernen, müßte man bei ihnen leben.«

»Und dazu sind nur wenige Weiße bereit. Als Kavallerist müßten Sie die Indianer bekämpfen.«

»Selbstverständlich befolge ich meine Befehle, Mrs. Trelawny.«

»Viele Leute behaupten, nur ein toter Indianer sei ein guter Indianer. Aber ich habe auch Soldaten getroffen, die unter den Indianern Freunde gefunden haben. Was für ein gräßlicher Krieg ...«

»Nicht so schlimm wie der Sezessionskrieg, Ma'am. Da kämpften zahlreiche Männer gegen einstige Klassenkameraden, Kommandanten oder Lehrer – es muß die Hölle gewesen sein.«

»Zweifellos.«

»Und doch – ein Soldat strebt nach Ruhm und Ehre. Zum Beispiel Custer ...« Vorsichtshalber senkte der Lieutenant seine Stimme. »Auf der Militärakademie West Point bekam er die schlechtesten Noten. Dann trifft er zu Beginn des Krieges den alten Winfield Scott und landet bei der Zweiten Kavallerie, einer der wenigen Unionshelden in der ersten Schlacht von Bull Run. Warum? Weil Custer ein Soldat ist – und weil er den Kampf liebt.«

Ein sonderbarer Schauer überlief Sabrinas Rücken. »Also geht es in einem Krieg stets um Ruhm und Ehre?«

»In diesem Krieg geht's um Gold und Habgier. Bitte, behalten Sie für sich, was ich da sage – aber Major Trelawny würde es bestätigen. Bevor man in den Black Hills Gold fand, wurden die Sioux längst nicht so massiv gedrängt, das Gebiet zu verkaufen. Die Indianer haben die ersten Siedler, die nach Westen zogen, sogar unterstützt und fanden sie faszinierend. Zunächst sah es so aus, als wäre genug Land für alle da. Aber wenn zwei Kulturen so massiv aufeinanderprallen, wird es niemals genug Land geben.«

Die Musik verstummte, und Lieutenant Blake erbot sich, Sabrina ein Glas Punsch zu bringen.

»Oh, das wäre wundervoll, Lieutenant. Ich erwarte Sie da drüben bei der Tür, weil ich die schöne Nacht genießen möchte.«

Während er zur Bar ging, schlenderte sie zu einer der Glastüren im Hintergrund des Hauses, die offenstanden. Wegen der vielen Menschen war es sehr warm in den Räumen.

Sabrina wanderte auf die Terrasse und zog ihren gestrickten Schal enger um die Schultern. Was für ein schönes Land ... Im Westen erhoben sich die Black Hills wie dunkle Giganten unter dem mondhellen Himmel und erinnerten sie an die schottische Szenerie. Nun verstand sie, warum Hawk Douglas' Vater diese Berge geliebt hatte. Sie lehnte sich an eine Säule. Als sie Stimmen hörte, zuckte sie verwirrt zusammen. Dann sah sie zwei Frauen in Schaukelstühlen am anderen Ende der Veranda sitzen und an Punschgläsern nippen. Offenbar wollten sie frische Luft schnappen, ebenso wie sie selbst. Die eine hatte kunstvoll arrangierte blonde Ringellöckchen, die ein hübsches Gesicht umrahmten, die andere glich mit ihrem langen Pferdegesicht und dem schlicht frisierten dunkelbraunen Haar einer altjüngferlichen Schullehrerin.

»Natürlich weiß ich nicht, ob bei dieser Heirat irgendwas faul war, Norah«, hörte Sabrina die ältere Frau sagen. »Aber ich habe lange genug bei meinem Vater auf seinem Außenposten gelebt. Und glaub mir, Major Trelawny ist ein eingefleischter Junggeselle gewesen. Also muß irgendwas passiert sein. Ich vermute, seine Frau hat sich nicht besonders damenhaft benommen.«

»Was für ein romantisches Geheimnis, Louella ... Was meinst du, wie Mrs. Trelawny den Major in ihren Bann gezogen hat?«

Louella schnaufte verächtlich. Nicht besonders *damenhaft*, dachte Sabrina und lauschte gespannt, obwohl sie wußte, wie unhöflich das war.

»Wahrscheinlich ist sie eine kleine Opportunistin«, erwiderte Louella. »Sie warf sich in Major Trelawnys Arme – und dann war sie in anderen Umständen.«

»Aber sie ist gertenschlank.«

»Nun vielleicht hat sie den Major belogen und nur behauptet, sie würde ein Baby erwarten.«

»Vergiß nicht, Louella, sein bester Freund ist der Ehemann ihrer Schwester ...«

»Ein Grund mehr, warum Major Trelawny das Mädchen heiraten mußte. Er wollte keinen Ärger mit Hawk Douglas haben. Offenbar ist das alles in Schottland passiert. Ein gewisser Raleigh, ein dienstbarer Geist im Fort Abraham Lincoln, erzählte mir, von dieser Ehe habe er erst nach der Rückkehr des Majors aus Schottland erfahren. Er erklärte Raleigh, seine Frau würde demnächst eintreffen und er solle ihr helfen, sich häuslich einzurichten. Aber er müsse sie nicht hinten und vorn bedienen. Als Frau eines Kavalleristen habe sie sich der Lebensart der Kavallerie anzupassen.«

»Sonderbar ...«, seufzte Norah nachdenklich. »Und dabei hat er Ally Reeve versichert, er würde niemals heiraten. Erinnerst du dich an diese skandalöse Affäre? So kurz, nachdem Allys Mann Jim gestorben war ... Sie gestand mir, der Major sei wie ein Adonis gebaut. Und obwohl sie beteuerte, sie würde nicht mehr heiraten, hätte sie wohl kaum nein gesagt, wenn er sie drum gebeten hätte. Obwohl sie über seine Cheyenne-Frau Bescheid wußte. Ich glaube, er mochte Ally. Und jetzt kommt er mit einer anderen nach Amerika zurück. Merkwürdig ...«

»Von seiner indianischen Frau oder Geliebten habe ich auch schon gehört. Sie soll sehr verführerisch aussehen. Zumindest haben das die Soldaten behauptet.«

»Wie auch immer – ich hätte ihn mit Freuden geheiratet.«

»Was dein Vater niemals gestattet hätte, Norah Leighton. Immerhin stammt deine Familie von den ersten Siedlern in Massachusetts ab. Und der Major ist ein halber Heide.«

»Oh, mein Vater wäre sicher nicht dagegen gewesen. Er bewundert Major Trelawny. Übrigens – angeblich wollte der Major vor langer Zeit eine weiße Frau heiraten, die Tochter eines Kavalleristen.«

»Wer war sie denn?« fragte Louella neugierig.

»Ein Flittchen aus einer alteingesessenen, schwerreichen Familie. Später heiratete sie einen vornehmen Gentleman, ebenfalls von englischer Herkunft, der immer dicker wird. Und mittlerweile sind ihm fast alle Haare ausgegangen. Ich glaube, jetzt bereut sie bitter, daß sie den Major nicht genommen hat. Wie gern wäre ich seine Frau ...«

»Ich nicht!«

»Arme Louella! Natürlich hättest du ihn bereitwillig geheiratet.«

»Wie kannst du so reden? Das ist unschicklich ...«

»Da wir gerade von unschicklichem Benehmen sprechen – hast du seine Frau heute abend beobachtet? Einfach widerlich, wie sie mit allen Männern flirtet!«

Am liebsten wäre Sabrina hinter der Säule hervorgerannt, um beide Frauen zu ohrfeigen. Und vielleicht hätte sie das auch getan, wäre Lieutenant Blake nicht in der Terrassentür erschienen. »Wo sind Sie denn, Mrs. Trelawny?« rief er.

Abrupt verstummten die beiden Frauen in den Schaukelstühlen und sprangen auf.

»Suchen Sie Mrs. Trelawny, Lieutenant?« fragte Louella. »Ist sie hier draußen?«

Sabrina trat hinter der Säule hervor und lächelte freundlich. »Vielen Dank für den Punsch, Lieutenant.« Sie leerte das Glas und stellte es auf die Brüstung. Dann wandte sie sich zu den beiden Damen. »Seien Sie versichert, Louella – ich habe Major Trelawny nicht verführt. Es war genau umgekehrt. Und – das frühere Liebesleben meines Mannes braucht Sie nicht zu interessieren, Norah ... Ah, die Musiker stimmen wieder ihre Instrumente, Lieutenant. Wollen wir tanzen?«

»Wie, bitte ...? Gewiß, Mrs. Trelawny.« Verwirrt folgte er ihr in den Salon.

Diese elenden Klatschbasen, dachte sie wütend. Aber während sie sich mit dem Lieutenant im Takt der Musik wiegte, verbarg sie ihren Groll, lächelte und lachte und schwatzte.

»Wenn ich auch nicht weiß, was da draußen besprochen wurde – sie dürfen Louella Lane nicht ernst nehmen«, erklärte er. »Sie sollte einen jungen Soldaten heiraten, der im letzten Jahr des Sezessionskriegs fiel. Darüber kam sie nie hinweg. Und natürlich ist sie neidisch auf Sie, Madam. Ebenso wie Norah Leighton.«

»Warum?«

»Weil Sie die schönste Frau auf dieser Party sind.«

»Besten Dank.«

Nachdem die Musik verklungen war, applaudierten die Tanzpaare.

Sabrina beobachtete mehrere Gäste, die sich bei der Tür des Salons versammelt hatten, um einen Neuankömmling zu begrüßen.

Und dann entdeckte sie Sloan, in einer imposanten Galauniform, ein Punschglas in der Hand. Liebenswürdig beantwortete er die drängenden Fragen der Männer und Frauen, die ihn umringten. Gleichzeitig schaute er zu ihr herüber. Wie lange schon?

8

Bei der ersten Begegnung hatte Sloan sofort erkannt, wie zauberhaft Sabrina war. An diesem Abend ärgerte er sich über ihre Schönheit. Sie trug ein Kleid aus königsblauem Samt mit einer elfenbeinweißen Spitzenborte am Ausschnitt und langen Ärmeln. In weichen Wellen fielen die kastanienbraune Haare auf ihre Schultern, was ihr eine erotische und zugleich unschuldige Aura verlieh.

Und soeben hatte er sie in den Armen eines jungen Mannes tanzen sehen ... Er kannte und mochte Lieutenant Blake, einen tüchtigen Offizier, frisch von der Militärakademie West Point.

Warum bin ich eifersüchtig auf ihn, fragte sich Sloan verwundert. Nur weil er mit meiner Frau getanzt hat? Es gab keinen Grund, warum der Lieutenant nicht mit ihr tanzen sollte. Bei Sloans Ankunft war die Party bereits in vollem Gang gewesen. Zweifellos hatte Sabrina mit vielen Gentlemen getanzt. *Aber wenn sie mit mir zusammen war, hat sie niemals so fröhlich gelacht. Und diesen Glanz in ihren Augen habe ich nie zuvor gesehen.*

Schon vor zwei Tagen hätte er in Mayfair ankommen können. Aber er war zuerst zum Fort Abraham Lincoln geritten, in der Annahme, dort würde er seine Frau antreffen. Er hatte ihr aufgetragen, ihn in der Festung zu erwarten, und allen Ernstes geglaubt, sie würde seinen Wunsch erfüllen. Statt dessen amüsierte sie sich im Haus ihres Schwagers, lachte und tanzte und flirtete ...

Jetzt starrte sie ihn entsetzt an, und ihre Wangen, eben noch vom Tanz erhitzt, waren blaß geworden. Er prostete ihr zu und hoffte, sie würde ihn begrüßen. Das tat sie nicht. Hastig wandte sie sich ab. Ohne sich bei ihrem Tanzpartner zu entschuldigen, eilte sie auf die Terrasse hinaus, und Blake folgte ihr wie ein junges Hündchen.

»Wie konnten Sie bei diesem gräßlichen Wetter so schnell hierherreiten, Major Trelawny?« fragte Mrs. Postwaite. Ihr Ehemann, der ein Hutgeschäft in der Stadt besaß, stand lächelnd neben ihr, und die achtzehnjährige Tochter der beiden himmelte Sloan an.

»Daran bin ich seit langem gewöhnt«, antwortete er höflich. Dann wandte er sich zu Skylar, die ihn liebevoll umarmte.

»Sabrina konnte es kaum erwarten, dich wiederzusehen ...« Als er skeptisch die Brauen hob, betonte sie: »Ja, wirklich! Wir alle freuen uns über deine Rückkehr. Hoffentlich bist du nicht böse, weil ich meine Schwester bei mir behalten habe. Ich weiß, sie sollte ins Fort ziehen. Aber ich brauche ihre Hilfe – und – und ...« Hilflos verstummte sie.

»Für eine junge Frau, die den Westen nicht kennt, wäre es sicher sehr unangenehm, in einem Fort zu wohnen, mitten unter rauhbeinigen Soldaten«, meinte Josh

Postwaite, einen Arm um seine rundliche Gemahlin gelegt. »Noch dazu, wenn ihr Mann nicht da ist.«

»Ja, die Damen von der Ostküste können sich nur schwer an den wilden Westen gewöhnen«, flötete Cissy Davis, die junge Schwester eines Captains, und lächelte Sloan kokett an.

Obwohl er sie für eine Landplage hielt, erwiderte er das Lächeln. »Nachdem ich meilenweit durchs Schneetreiben geritten bin, um diese wunderschöne Musik zu hören – würden Sie mit mir tanzen, Cissy?«

»O Major!« kicherte sie.

Er drückte sein Punschglas in Skylars Hand und führte Cissy auf die Tanzfläche. Wenigstens konnte sie gut tanzen. Und sie war ein attraktives Mädchen. Lebhaft erzählte sie von den Modezeitschriften, die sie soeben aus New York erhalten hatte, und er nickte mehrmals – hoffentlich an passenden Stellen. Dabei schaute er sich unauffällig um und sah Sabrina bei einer Glastür stehen, von Offizieren umringt.

Nach dem Tanz dankte er Cissy und sagte sich, er hätte Mrs. Postwaite auffordern sollen. Wenn sie auch dick und schwerfällig war – sie schwatzte nicht in einem fort, und sie würde sich niemals so aufdringlich an seinen Arm hängen wie Cissy. »Wie schön, daß sie wieder bei uns sind, Major! Jedesmal, wenn Sie zu den Indianern reiten, machen wir Mädchen uns so große Sorgen um Sie ...«

»Major Trelawny!« fiel ihr eine schrille Stimme ins Wort. Jemand klopfte auf seine Schulter, und er drehte sich um. »Willkommen daheim, Sir! Welch eine Freude, Sie wohlbehalten wiederzusehen. Und ich muß Ihnen zu Ihrer charmanten Gattin gratulieren.«

Sloan unterdrückte ein Stöhnen. Ausgerechnet Louella Lane, die prüde Schullehrerin ...

»Danke, Louella«, entgegnete er und beugte sich über ihre Hand. »Heute abend sehen Sie besonders hübsch aus.«

Mit diesem Kompliment trieb er dunkle Röte in ihre Wangen. »So früh haben wir Sie nicht zurück erwartet.«

»Nun werde ich ein paar Wochen diesseits der Black Hills verbringen.«

»Großartig! Sicher möchten Sie nach so langer Zeit wieder die Gesellschaft Ihrer Frau genießen. Als wir von Ihrer Heirat erfuhren, waren wir ganz überrascht und konnten es kaum glauben.«

»Ich bin tatsächlich verheiratet. Wenn die Damen mich jetzt entschuldigen würden ...«

Aber Louella trat ihm in den Weg. »Wie haben Sie Ihre Frau denn kennengelernt? Wir sterben alle vor Neugier.«

»Und wir beneiden Mrs. Trelawny – geradezu glühend!« ergänzte Cissy.

In Sloans Schläfen begann es schmerzhaft zu pochen. Nun erschienen ihm die langen, einsamen Nächte auf festgefrorenem Boden, im stürmischen Wind, wie ein Himmelsgeschenk. Trotzdem lächelte er Cissy an. »Warum sollte ein reizendes Mädchen wie Sie irgend jemanden beneiden? Was Ihre Frage betrifft, Louella – ich bin meiner Frau ganz zufällig begegnet. Dann ging alles sehr schnell.«

»Wir dachten, Sie würden niemals heiraten«, seufzte Cissy, »und stets der mysteriöse Einzelgänger bleiben. Und wenn Sie schon zur Ehe bereit waren, sollte man meinen, Sie hätten eine Frau gewählt, die das westliche Grenzgebiet und die Lebensweise der Indianer kennt.«

»Vielleicht ziehen sich Gegensätze an«, bemerkte er und fragte sich, welches Mädchen in Cissys Bekanntenkreis die Lebensweise der Indianer kennen mochte. »Bitte, entschuldigen Sie mich jetzt. Seit meiner Abreise aus Schottland habe ich meine Frau nicht mehr gesehen.« Entschlossen schob er sich an Louella vorbei und ging zu den Terrassentüren.

Sabrinas Bewunderer machten ihm sofort Platz und salutierten.

»Freut mich, Sie wiederzusehen, Major Trelawny«,

beteuerte Jimmy Blake. »Obwohl ich jetzt wahrscheinlich auf das Vergnügen verzichten muß, noch einmal mit Ihrer Gemahlin zu tanzen.«

»Wenn's Ihnen nichts ausmacht ...«, erwiderte Sloan leichthin.

Captain Tim Beakins, in dessen Adern ein paar Tropfen Indianerblut flossen, schüttelte ihm die Hand. »Was für eine bezaubernde Frau Sie erobert haben, Sir ...«

»Ganz meine Meinung.« Sloan wandte sich zu Sabrina, die ihn unsicher anstarrte, und ergriff ihre Hände. »Meine Liebe!«

»Sloan, ich – ich sah dich gar nicht hereinkommen«, stammelte sie.

Lügnerin, dachte er, zog sie an sich und küßte sie, fordernd und leidenschaftlich. Von Anfang an hatte er sie heiß begehrt. Und er würde sie immer begehren. Beschämt wehrte sie sich gegen diese intime Umarmung in aller Öffentlichkeit. Aber er hielt sie eisern fest. Plötzlich fand er es sehr wichtig, Sabrina und sämtlichen Zuschauern klarzumachen, daß sie wirklich und wahrhaftig seine Frau war.

O ja, jeder sollte sehen, wie liebevoll sich die Jungvermählten begrüßten. Natürlich versuchte sie, ihre Lippen und Zähne zusammenzupressen. Das mißfiel ihm. An diesem Abend mußte seine Leidenschaft offenbar für beide reichen, denn seine Frau fühlte sich stocksteif an. Trotzdem wollte er den Eindruck erwecken, sie hätte dem Wiedersehen entgegengefiebert. Ihr weicher Busen, an seine Brust gedrückt, entfachte den Wunsch, noch viel mehr zu genießen als ihren Mund. Und ihr Duft, den er einatmete, ihre heftigen Herzschläge erregten ihn ebenso.

Schließlich ließ er sie los, so abrupt, daß sie schwankte. »Nun sind wir wieder vereint, Sabrina – endlich ...« Er umfaßte ihren Ellbogen, bis sie ihr Gleichgewicht wiederfand. Dann wandte er sich zu den Offizieren. »Ist es nicht wundervoll, aus der Kälte in die Arme einer liebenden Ehefrau zu eilen? Hast du diesen Augenblick genauso ungeduldig herbeigesehnt wie ich, meine süße Sabrina?«

»Ungeduldig?« Trotz ihres Zorns schenkte sie ihm ein sanftes Lächeln. »Welch eine Untertreibung ...«

»Wollen wir tanzen? Entschuldigen Sie uns, meine Freunde.« Die Offiziere traten beiseite, und er führte Sabrina zur Tanzfläche. Soeben hatte ein Walzer begonnen. Anmutig paßte sie sich Sloans Führung an. »Du tanzt sehr gut«, meinte er. »Nun verstehe ich, warum Jimmy Blake meine Ankunft bedauert.«

»Der Lieutenant ist ein vollendeter *Gentleman*. Sehr charmant.«

»Was ich nicht bin.«

»Oh, du kannst überaus charmant sein.«

»Und woraus schließt du das?«

»Gewisse Damen, die in deiner geheimnisvollen Vergangenheit eine Rolle spielten, pflegen deinen bewundernswerten Körperbau zu erörtern.«

Erstaunt sah er sich um, konnte aber keine seiner ehemaligen Liebhaberinnen entdecken. »Heute abend sind nur zwei Personen hier, die darüber Bescheid wissen – du und Hawk.«

»Hawk?« wiederholte sie verwirrt.

»Die kleinen Sioux-Kinder laufen meistens nackt herum.« Diese Erklärung schien sie nicht zu amüsieren. »Was erwartest du von mir, Sabrina?« fragte er ungeduldig. »Soll ich so tun, als hätte ich keine Vergangenheit? Das wäre sinnlos. Sicher wirst du immer wieder Klatschgeschichten hören, die teilweise der Wahrheit entsprechen. Aber die meisten sind maßlos übertrieben.«

»Wo warst du die ganze Zeit?« fragte sie, um das Thema zu wechseln.

»Ich habe Crazy Horse und Sitting Bull gesucht.«

»Hast du sie gefunden?«

»Warum interessiert dich das?«

»Die Gentlemen scheinen mit baldigen Kämpfen zu rechnen.«

»Machst du dir deshalb Sorgen?«

»Natürlich. Jetzt lebe ich hier draußen, in der Nähe des Kriegsgebiets, und neulich wurden mehrere Goldsucher getötet. Hast du mit Crazy Horse gesprochen?«

»Nur kurz.« Nach einer kleinen Pause fragte er: »Wie lange bist du schon hier?«

»Nicht lange.«

»Erstaunlich«, entgegnete er lächelnd. »Hawk hat erwähnt, du würdest seit drei Wochen in Mayfair wohnen.«

»Mag sein ...«

»Eigentlich solltest du unseren Hausstand im Fort gründen.«

»Das habe ich auch vor.«

»Wann?«

»Wenn es an der Zeit ist.« Sie holte tief Atem, und er erriet ihre Gedanken. Nun fürchtete sie, er würde ihr vorwerfen, sie habe nur einen Teil ihres Versprechens gehalten und sei zwar nach Dakota gekommen, aber nicht ins Fort. »Skylar fühlt sich nicht gut. In ihrem Zustand braucht sie meine Hilfe.«

»Obwohl ihr Meggie und Sandra und viele andere Dienstboten zur Verfügung stehen?«

»Das läßt sich nicht mit der Gesellschaft einer Schwester vergleichen. Außerdem fand ich's unsinnig, ins Fort zu ziehen, weil du nicht da warst.«

»Als ich im Fort eintraf, dachte ich, meine Frau würde mich erwarten.«

»Tut mir leid.«

»Wirklich?«

»Quäl mich nicht, Sloan ...«

»Du hast dein Wort gebrochen.«

»Das werde ich noch halten. Ist's denn so wichtig, wann ich in dein Quartier ziehe? Du bist Soldat, du kommst und gehst, wie es dir gefällt – und ich wäre wochenlang im Fort allein gewesen , bei fremden Leuten ...«

»Sicher hättest du bald Freunde gefunden.«

Sabrina senkte den Kopf. »Um die Wahrheit zu gestehen – ich habe gezögert, weil ...«

»Weil?«

Die Musik verhallte, ringsum applaudierten die Tanzpaare, lachten und plauderten.

»Schau mich an, Sabrina«, bat Sloan.

Langsam blickte sie zu ihm auf. »Bei unserer letzten Begegnung standen wir beide unter einer starken inneren Anspannung. Jetzt bist du schon eine ganze Weile daheim, und ich wohne seit drei Wochen in Mayfair. Ich würde gern bei meiner Schwester bleiben, bis das Baby zu Welt kommt. Und – vielleicht ...« Sie schluckte mühsam. »Vielleicht hast du inzwischen noch einmal über unsere Ehe nachgedacht.«

Sloan führte sie in eine ruhige Ecke des großen Raums, wo sie ungestört miteinander sprechen konnten.

»Was meinst du?« fragte er.

»Ich bin nicht die richtige Frau für dich, ich würde eigentlich lieber im Osten leben. Hier hätte ich immer nur Angst ...«

»Vor den Indianern?«

»Vor dem Krieg.«

»Ich verstehe.«

»Gar nichts verstehst du!« Sie wandte sich ab und wollte die Flucht ergreifen. Aber er hielt ihren Arm fest.

»Bleib hier.«

Verzweifelt schüttelte sie den Kopf. »Ich glaube, ich kann nicht in deinem Fort leben. Am besten lassen wir die Ehe annullieren.«

»Nein.«

»Wenn du noch eine Zeitlang darüber nachdenkst, wirst du mir vielleicht zustimmen. Inzwischen bleibe ich in Mayfair. Wenn du willst, können wir den Anschein erwecken, wir würden eine glückliche Ehe führen.

Heute nacht gibt's keine Probleme. Ich muß mein Zimmer mit mehreren Frauen teilen. Bei diesem Wetter wollen die Gäste nicht mitten in der Nacht nach Hause fahren. Die Männer werden hier unten am Boden schlafen. Glücklicherweise sind die meisten Soldaten – und daran gewöhnt.«

»Glücklicherweise«, wiederholte er trocken. Was er von seinem Wiedersehen mit Sabrina erwartet hatte, wußte er nicht genau. Sicher nicht, daß sie eine Scheidung anstrebte, während er eine Familie gründen wollte ...

»Sloan!« rief Hawks Vetter Willow und legte eine Hand auf seine Schulter.

»Freut mich, dich wiederzusehen.« Sloan las Angst und Sorge in den dunklen Augen des Sioux. Sicher wollte Willow wissen, was Sloan über Crazy Horses Volk erfahren hatte, dem seine Familie angehörte.

Prompt nutzte Sabrina die Gelegenheit, ihrem Mann zu entrinnen. »Entschuldigt mich, ich möchte euch nicht stören.« Sie schenkte Willow ein freundliches Lächeln, das er erwiderte, und ging davon.

»Wie geht es meinen Leuten?« fragte Willow.

»Sie ziehen nach Norden und versammeln sich.«

»Meine Brüder und Schwestern, meine Neffen und Nichten ...«

»Allen geht es gut, und sie lassen dich grüßen. Blue Heron lebt nicht mehr. Aber er war ja schon sehr alt, und er starb friedlich im Schlaf.«

»Schon in unserer Kindheit war er alt. Nun ist er eines natürlichen Todes gestorben. Freut mich, daß meine Verwandten wohlauf sind. Aber ich fürchte die Zukunft. Verstehen sie immer noch, warum Lily und ich bei den Weißen leben? Oder hassen sie mich?«

»Nein – jeder Mann geht seinen eigenen Weg. Crazy Horse glaubt an seine Visionen, und darin sah er deine Bestimmung, bei den Weißen zu leben und sie zu lehren, daß alle Menschen gleich sind.«

»Und haßt er *dich*?«

»Noch nicht. Er war bereits über das Ultimatum der US-Regierung informiert, alle Indianer müßten sich bis zum 31. Januar in ihren Reservaten melden. Aber er sagt, für ihn gebe es kein Reservat und er habe sich nicht vor der Regierung des weißen Mannes zu verantworten.«

»Glaubst du, er wird sich noch anders besinnen?«

»Wohl kaum.«

»Niemals wird er kapitulieren. Seine Vision hat ihm einen Weg gezeigt – den Weg des Friedens, den ich gewählt habe. Aber in meinem Herzen beneide ich meine Brüder um den Kampf, den sie bald ausfechten werden. Und du, Cougar-in-the-Night?« Willow wechselte zur Sioux-Sprache über und redete Sloan mit seinem Indianernamen an. »Wenn die Schüsse fallen – auf welcher Seite wirst du stehen? Was wird geschehen, wenn du den Befehl erhältst, gegen Crazy Horse zu kämpfen?«

»Er ist bereits mit seinem Volk nach Norden gezogen. Dort wird er gemeinsam mit Sitting Bull und den Hunkpapas kampieren.«

»Und wenn du ihm folgen sollst, wirst du ihn finden.«

»Vielleicht nicht. Dieses Land ist sehr groß.«

»Aha, daher weht der Wind.« Willow lachte leise.

»Wir müssen beten.«

»Und hoffen ...« Willow schaute sich im Salon um. Lächelnd wandte er sich wieder zu Sloan. »Also hast du Hawks Schwägerin geheiratet. Eine schöne Frau. Wenn sie einen Raum betritt, folgen ihr alle Blicke.«

Sloan beobachtete Sabrina, die wieder von Offizieren umringt wurde. Natürlich wahrten alle respektvollen Abstand. Lächelnd unterhielt sie sich mit den Gentlemen. Sie besaß offenbar die Gabe, jedem das Gefühl zu geben, er wäre etwas Besonderes und sie fände seine Worte ungemein wichtig oder geistreich.

Als sie den Blick ihres Mannes spürte, lächelte sie auch ihm zu. Natürlich. In Hawks Haus fühlte sie sich sicher. Während dieser Nacht, wo die Männer und Frauen in verschiedenen Räumen schliefen.

»Eine starke Frau«, meinte Willow. »Wie eine kleine Katze, die sich im Wald verirrt hat und weiß, wie viele Raubtiere ihr auflauern. Aber sie wird ihnen trotzen und überleben.« Skeptisch runzelte Sloan die Stirn, und Willow schlug ihm lachend auf die Schulter. »Noch hat sie nicht erkannt, daß du kein Raubtier bist. Nur ein Cougar ein Puma, eine etwas größere Katze. Deine Frau gefällt mir, ich mag sie. Eines Tages wirst auch du sie mögen.«

»Natürlich mag ich meine Frau.« Aber sie mag mich nicht, dachte Sloan.

»Nein, mein Freund, du begehrst sie. Und du wirst dich in sie verlieben. Aber du hast dir noch nicht die Zeit genommen, um sie mögen zu wollen. Das kommt noch.«

»Besten Dank, daß du mein Leben in Ordnung bringst, Willow.«

»Irgend jemand muß es doch tun. Ah, noch ein Walzer! Jetzt muß ich Lily beweisen, daß auch ein Sioux tanzen kann. Und du solltest deine junge Frau durch den Salon wirbeln.«

»Aber sie tanzt bereits. Mit wem? Ah, mit dem jungen Harris.«

»Du könntest dazwischentreten.«

»Diesmal nicht. Ich habe einiges zu tun. Tanz mit deiner Frau, Willow, und vielen Dank für den guten Rat.«

»Gern geschehen. Zieh bloß den Kopf ein, Cougar.«

Lächelnd nickte Sloan. Dann bahnte er sich einen Weg zwischen den Gästen hindurch und eilte in die Küche, wo er Meggie antraf, Hawks Haushälterin.

Zehn Minuten später kehrte er in den Salon zurück. Jetzt tanzte Sabrina wieder mit Jimmy Blake, und Sloan forderte Mrs. Postwaite auf, weil ihr Ehemann etwas erschöpft wirkte. Nach dem Tanz begleitete er sie zur Punsch-Bar, wo Sabrina und Lieutenant Blake standen.

»Ah, da ist Ihr Mann, Mrs. Trelawny!« verkündete Jimmy. »Wir haben Sie gesucht, Major.«

»In der Tat?« Sloan hob die Brauen und wandte sich zu Sabrina.

Liebenswürdig lächelte sie ihn an. Sehr charmant. Während sie eine Scheidung zu erwirken suchte, spielte sie die pflichtbewußte Ehefrau. »Ich habe dich aus den Augen verloren, Sloan. Wo warst du denn?«

»Ich hatte zu tun. Was für großartige Musiker Hawk engagiert hat ... Wenn Sie nichts dagegen haben, Lieutenant, möchte ich jetzt mit meiner Frau tanzen.«

»Natürlich war ich nur ein armseliger Ersatz, Sir.«

»Oh, keineswegs.« Als Sloan mit seiner Frau tanzte, merkte er, daß sie von vielen Gästen beobachtet wurden. »Wie mühelos du die Offiziere bezauberst, meine Liebe ...«

»Nun, ich bemühe mich, die perfekte Gemahlin eines Kavalleristen zu spielen – bis wir entscheiden, was wir tun werden.«

»Wie interessant ...«

»Und wo warst du inzwischen? Hast du dich mit den Schwestern, Töchtern und Kusinen der Kavallerie amüsiert?«

»Nein, ich habe deine Sachen packen lassen.«

»Was?« Sabrina kam aus dem Takt, und Sloan umfaßte ihre Taille etwas fester, bevor sie weitertanzten. »Um meine Sachen würde ich mich lieber selbst kümmern«, fauchte sie. »Außerdem reisen wir noch nicht ab ...«

»Doch, meine Liebe, heute nacht.« Inzwischen hatte er sie zu einer Terrassentür dirigiert, und er führte sie hinaus.

Mit großen Augen starrte sie ihn an und schien an seinem Verstand zu zweifeln. »Vorhin hatten wir vereinbart, wir würden nachdenken ...«

»*Ich* habe gar nichts mit dir vereinbart.«

»Sei doch vernünftig ...«

»Vor unserer Hochzeit habe ich dir deutlich genug erklärt, was ich mir unter einer Ehe vorstelle.«

»Selbst wenn wir die Farce noch eine Weile fortsetzen ...« Sabrina fuhr mit der Zunge über ihre Lippen. »Heute nacht können wir nicht abreisen.«

»Warum nicht?«

»Weil es schneit – und es ist dunkel.«

»Tagsüber wird's auch schneien. Und das Wetter ist verhältnismäßig günstig. Das werden dir alle Leute bestätigen, die den Winter in dieser Gegend kennen.«

»Morgen kehren mehrere Gäste ins Fort zurück, und wir können mit ihnen reisen. Da wären wir sicher ...«

»Bei mir bist du genauso sicher.«

»Nein, Sloan, ich werde dich nicht begleiten. Du bist verrückt!«

Vielleicht war sein Entschluß unvernünftig. Aber sie hatte ihn in Wut gebracht. »Findest du mich wirklich so furchtbar?«

»Nein, aber – ich verstehe nicht ...«

»Habe ich dir jemals weh getan?«

»Nein ...«

»Eine letzte Frage. Kannst du ernsthaft behaupten, du hättest in meinen Armen nichts empfunden?«

»Bitte, Sloan, zwing mich nicht ...«

»Wir sind verheiratet, Sabrina, und dabei bleibt es. Siehst du den silbernen Mond? Sicher wirst du den Ritt durch diese schöne Nacht genießen. In einer Stunde brechen wir auf.«

Blaß und zitternd stand sie vor ihm, und er fragte sich, ob er tatsächlich verrückt war. Warum wollte er mit aller Macht an dieser Ehe festhalten – an einer Frau, die sich so verzweifelt nach ihrer Freiheit sehnte? Zog sie ihn in einen Bann, dem er nicht entrinnen konnte?

Plötzlich preßte er sie an sich. »Einmal habe ich ein heißes Feuer in dir entfacht, Sabrina. Und das wird mir bald wieder gelingen.«

Ehe sie antworten konnte, ließ er sie los und schlenderte in den Salon zurück.

9

Ungläubig schaute sie ihm nach. Das konnte er nicht ernst meinen. Er wollte sie nur bestrafen, weil sie nicht alle seine Befehle ausgeführt hatte. Natürlich würde er sie nicht zwingen, dieses Haus mitten in der Nacht zu verlassen. Sie kehrte in den Salon zurück. Jetzt bereute sie, daß sie so freundlich zu den Offizieren gewesen war. Alle paar Schritte wurde sie aufgehalten und mit Komplimenten überhäuft. Schließlich erreichte sie die Treppe, rannte nach oben und betrat atemlos ihr Zimmer.

Meggie, Hawks warmherzige Haushälterin, summte vor sich hin, faltete sorgfältig ein seidenes Unterkleid zusammen und legte es in eine Satteltasche. Erschrocken schüttelte Sabrina den Kopf.

»Ah, meine Liebe ...«, seufzte die Frau wehmütig. »Ich habe mich an Ihre nette Gesellschaft gewöhnt. Aber so ist das nun mal auf dieser Welt. Was der Ehemann entscheidet, muß geschehen. Nun, ich wußte ja, Sie würden nicht für immer hierbleiben. Ihre Schwester wird Sie schmerzlich vermissen. Immerhin kann sie sich auf ihr Baby freuen. Und Sie werden sicher auch bald eins bekommen, Sabrina. Seien Sie nicht traurig. Zum Glück liegt das Fort nicht allzuweit von Mayfair entfernt. Wenn der Major ein paar Tage frei hat, werden Sie uns besuchen.«

»Also – will er *wirklich* heute nacht mit mir abreisen?« fragte Sabrina stockend.

»O ja. Vorhin kam er mit Hawk hier herauf und meinte, wenn Sie ausziehen, hätten die Gäste mehr Platz. Und in dieser schönen Mondnacht wäre der Ritt zum Fort keine Strapaze. Natürlich stimmte Hawk zu. Sie haben ja gesehen, wie schrecklich das Wetter in diesen Wintermonaten sein kann, Sabrina, und eine solche Nacht ist ein Himmelsgeschenk. Glasklare Luft – und kein Windhauch ... Aber Sie werden mir fehlen.« Bedrückt wischte Meggie eine Träne von ihrer Wange.

»Und Sie mir, Meggie. Bald komme ich zurück.« Sabrina wußte nicht, ob sie sich selbst oder die freundliche Haushälterin zu trösten versuchte. »Noch bevor das Baby Ende Juni geboren wird ...« Verwirrt hielt sie inne. In dieser Nacht begann ihr neues Leben, und ihre Angst wuchs. Sollte sie eine Krankheit vortäuschen und Sloan veranlassen, wenigstens noch diese eine Nacht mit ihr in Mayfair zu verbringen? Nein, das wäre feige.

»Betrachten Sie's doch von der erfreulichen Seite.« Meggie tätschelte schnüffelnd Sabrinas Schulter. »Ist es nicht wundervoll – Skylar und Hawk, Sie und der Major? Die beiden Männer sind die besten Freunde, sogar Blutsbrüder, und nun werden ihre Kinder Vettern und Kusinen.«

»Ja – wundervoll«, bestätigte Sabrina tonlos.

»Für die nächsten paar Tage habe ich alles gepackt. Willow wird Ihre restlichen Sachen bald ins Fort bringen. Da ist Ihr warmes wollenes Cape mit der Kapuze. Vielleicht sollten Sie sich umziehen. In diesem schönen Partykleid dürften Sie nicht reiten ... Ah, da kommt Ihr Mann, meine Liebe. Ist das nicht romantisch? Ein Ritt im Mondschein. Sicher freuen Sie sich darauf.«

»Meine Frau weiß sich vor Begeisterung kaum zu fassen«, bemerkte Sloan.

»Gewissermaßen die zweiten Flitterwochen, Major.«

»Nicht ganz«, murmelte Sabrina.

»Was haben Sie gesagt, meine Liebe?« fragte Meggie.

Sloan legte einen Arm um Sabrinas Taille. »Oh, meine Frau meint, wir hätten noch gar keine Flitterwochen erlebt. Also sind das unsere ersten, und wir werden unser Glück in vollen Zügen genießen.«

Erbost versuchte sich Sabrina zu befreien. »Ja, ich kann es kaum erwarten – ein Ritt durch den Schnee, mitten in der Nacht ...«

»Wenn deine Sachen gepackt sind, müssen wir nicht länger warten«, betonte er lächelnd.

»Ich freue mich so für Sie beide«, beteuerte Meggie.

»Wenn du mich entschuldigen würdest, Sloan ...«, stieß Sabrina hervor. »Ich möchte mich von meiner Schwester verabschieden.«

Da ließ er sie los. Verzweifelt floh sie aus dem Zimmer, die Treppe hinab. Hatte sie tatsächlich geglaubt, sie könnte ihn zu einer Scheidung bewegen? Vor der Hochzeit hatte er ihr erklärt, wie er sich seine Ehe vorstellte, und ihre Zustimmung erwirkt. Aber das war in Schottland geschehen, vor dem Verlust ihres Babys. Und jetzt?

Jetzt befand sie sich in einem Land, wo die feindseligen Spannungen mit jedem Tag eskalierten, wo sie unter Fremden leben mußte, mit einem Mann, den sie kaum kannte.

Schweren Herzens kehrte sie in den Salon zurück, wo die Musik immer noch spielte. Hier hatte sich nichts verändert, die Gäste tanzten, lachten, tranken Punsch. Sie konnte weder Skylar noch ihren Schwager entdecken. An der Bar flirtete Norah mit einem jungen Soldaten, und Louella, die neben ihr stand, starrte Sabrina verächtlich an.

Was für ein wunderbares Leben wird mich in diesem Land erwarten, dachte Sabrina sarkastisch und lächelte mit zusammengebissenen Zähnen. Ein attraktiver blonder Offizier trat ihr in den Weg. »Mrs. Trelawny, ich bin Lieutenant Nathan Greenway. Schon den ganzen Abend versuche ich, Sie kennenlernen. Aber Sie waren immer beschäftigt. Darf ich um die Ehre dieses Tanzes bitten?«

»Oh, ich – ja, gewiß.«

»Offen gestanden«, begann er, während er sie auf der Tanzfläche herumwirbelte. »Ich konnte nicht glauben, daß Major Trelawny tatsächlich geheiratet hat. Nachdem ich Sie gesehen habe, weiß ich natürlich, was ihn dazu bewog.«

Nein, das wußte Greenway nicht. Aber Sabrina sah keinen Grund, ihn aufzuklären. »Danke«, erwiderte sie schlicht.

»Ein Glück, daß Sie bei ihm leben werden, Ma'am ... Das sind schwierige Zeiten für den Major.«

»Zweifellos.«

»Ich persönlich finde die Generäle idiotisch. Erzählen Sie das bitte nicht weiter.«

Lächelnd hob sie die Brauen. »Sie können auf meine Diskretion zählen, Lieutenant. Warum zweifeln Sie am Verstand der Generäle?«

»Heute wird uns eine schöne Nacht vergönnt, in dieser Gegend eine Seltenheit. Meistens haben wir unter gräßlichen Witterungsverhältnissen zu leiden. Eine Winter-Offensive ist reiner Wahnsinn. Das weiß Sloan. Sicher hat er seine Meinung in verschiedenen militärischen Kreisen geäußert. Dann suchte er Crazy Horse auf, und während seiner Abwesenheit geriet die Kriegsmaschinerie in Bewegung, weil die Indianer das Ultimatum der Regierung verständlicherweise nicht einhalten können. Wie sollten sie sich innerhalb so kurzer Zeit in den Reservaten melden? Nicht, daß Crazy Horse und Sitting Bull jemals diese Absicht hegten.«

»Wie ich höre, haben die Generäle den Krieg von Anfang an geplant.«

»Bedauerlicherweise. Einige unserer Soldaten können die Indianer nicht von Chinesen unterscheiden, geschweige denn einen friedfertigen Sioux von einem feindseligen.«

»Wollen die friedlich gesinnten Sioux denn nicht in den Reservaten leben?«

»Doch, Ma'am, aber in diesen großen Gebieten können sie die Verwaltung nicht rechtzeitig erreichen, um sich zu melden – im Winter schon gar nicht. Manchmal bleibt der Schnee bis zum Juni liegen. Und nun ...« Unglücklich runzelte Greenway die Stirn.

»Mehrere Sioux haben einen Handelsposten namens Fort Pease angegriffen und besetzt. Auf General Terrys Befehl befreite Major Brisbin den Posten, und die Indianer entkamen.«

»Wieso weiß man, daß es Sioux waren?«

»Weil man Sioux-Kriegerzelte fand. Und die Indianer scheinen den Weißen in die Hände zu spielen, die sie vernichten wollen. Deshalb bin ich so froh über Ihre Anwesenheit. Das alles muß Ihren Mann maßlos erzürnen, Ma'am. Auch ich bin wütend, obwohl kein einziger Tropfen Indianerblut in meinen Adern fließt. Jedenfalls können Sie Sloan in dieser schlimmen Situation beistehen ... Ah, da sind Sie ja, Major!« rief Greenway, und Sabrina sah Sloan neben sich auftauchen.

»Darf ich, Lieutenant?«

»Natürlich, Sir.« Greenway ließ Sabrina los, und Sloan tanzte mit ihr weiter.

»Soeben hat er einen Sioux-Angriff erwähnt«, berichtete sie, »auf einen Handelsposten namens ...«

»Fort Pease.«

»Ja ... Sloan, da du gerade bei den Indianern warst, die diese Attacke durchführten – ist es nicht deine Pflicht, der Army mitzuteilen, wo sie sich aufhalten?«

»Ich war nicht bei den Indianern, die über das Fort Pease herfielen, sondern bei Crazy Horse. Wo er jetzt ist, weiß ich nicht. Vermutlich weiter oben im Norden. Ich befolgte meinen Befehl und informierte ihn über die Order der Regierung.«

»Die er ignoriert.«

»Curly würde dir gefallen.«

»Wer?«

»Curly – Crazy Horse. Für einen Indianer hat er eine erstaunlich helle Haut. Er ist vernünftig und rücksichtsvoll ...«

»Wenn er keine Weißen skalpiert.«

»Als die ersten Europäer in dieses Land kamen, skalpierten sie die Indianer, um zu beweisen, wie viele sie getötet hatten, und Kopfgeld einzuheimsen.«

»Diese Zeiten sind vorbei.«

»Täusch dich da nicht.«

»Aber – Sloan ...«

»Ich bin ein Offizier der US-Kavallerie. Genügt das?«

Mühsam schluckte sie und wünschte, es würde genügen. »Eines Tages wird Curly eine Kugel in dein Herz jagen. Da du zwischen zwei Welten stehst, ist das sein gutes Recht. Genauso wäre General Sherman berechtigt, dich zu erschießen.«

»Wenn das passiert, kannst du ihm applaudieren, meine Liebe. Hast du dich von deiner Schwester verabschiedet? Ich möchte vor der Morgendämmerung ein bestimmtes Ziel erreichen.«

»Vor der Morgendämmerung!« flüsterte Sabrina. »O Sloan ...«

»Unsere Pferde warten draußen, mit den Satteltaschen beladen, in die Meggie unseren Proviant gepackt hat. Höchste Zeit zum Aufbruch.«

»Welch ein gräßlicher Mann du bist ...«

»Daran mußt du dich gewöhnen.«

»Das würde ich lieber bei Tageslicht versuchen.«

»Würde ich nach deiner Pfeife tanzen, wäre ich nicht so gräßlich, was?« meinte er lächelnd. »Wir reiten heute nacht zum Fort. Damit mußt du dich abfinden. Du wußtest, daß ich dich irgendwann nach Hause holen würde. Oder hast du gehofft, ich würde vorher sterben?«

»Sei nicht absurd! Ich hoffte, du wärst inzwischen zur Vernunft gekommen – und mit einer Scheidung einverstanden.«

»Verabschiede dich endlich von deiner Schwester.«

»Die Party dauert noch an ...«

»Soll ich dich aus dem Haus tragen?«

»Vor den Augen der Offiziere und Stadtbewohner? Das wagst du nicht ...« Entsetzt verstummte sie, denn er hob sie hoch und ging zur Tür, die in die Halle führte. »Sloan!«

»Verzeihen Sie, Ladies und Gentlemen!« rief er lächelnd. »Wie Sie wissen, haben wir erst vor kurzem geheiratet!«

Während Sabrina sich verlegen auf seinen Armen umherwand, lachten die Gäste und klatschten Beifall.

»Vielen Dank für Ihre Glückwünsche!« fügte er hinzu. »Im Fort sehen wir uns wieder!«

»Laß mich runter, Sloan!«

»Erst wenn wir draußen sind.«

»Meine Schwester, mein Mantel ... So kann ich nicht reiten, ich würde mein Kleid ruinieren ...«

Nun hatten sie die Veranda erreicht. Die Nacht war kalt geworden. Vor den Stufen stand Willow mit zwei Pferden – Thomas, dem schwarzen Wallach des Majors, und Ginger, der scheckigen Stute, die Sabrina seit ihrer Ankunft in Mayfair geritten hatte. Sloan stellte seine Frau auf die Füße. Im selben Augenblick eilte Skylar aus dem Haus, gefolgt von Hawk, der den Mantel seines Freundes und das Cape seiner Schwägerin mitbrachte.

»O Skylar ...«, würgte Sabrina hervor.

»Das kommt so plötzlich, meine Liebe. Darauf war ich nicht vorbereitet.« Den Tränen nahe umarmten sich die Schwestern.

»Ich auch nicht.«

»Vielleicht läßt sich Sloan umstimmen«, wisperte Skylar.

»Ich hab's versucht. Umsonst ... Jetzt muß ich in einer Winternacht zum Fort reiten – und bei diesen schrecklichen Leuten leben ...«

»Die Offiziere sind doch sehr nett.«

»Aber diese tratschsüchtigen Frauen ...«

»Sloans Heirat hat alle überrascht. Natürlich wirst du einige Geschichten hören. Reg dich nicht darüber auf. Die meisten Klatschbasen sind einfach nur neidisch.«

»Tut mir leid, Skylar, ich wollte nicht jammern. Ich bin nur so verwirrt, weil Sloan mich überrumpelt hat ... Paß gut auf dich und das Baby auf. Bald komme ich zurück. Spätestens vor deiner Niederkunft. Da will ich bei dir sein.«

»Ja, das wünsche ich mir auch.«

Sabrina spürte eine Hand auf ihrem Arm. Sloans Hand. »Komm jetzt, meine Liebe.«

Ein letztes Mal umarmte sie ihre Schwester, dann ihren Schwager. Sloan legte ihr das Cape um die Schultern, hob sie auf ihre Stute und schwang sich in Thomas' Sattel. Nachdem er Skylar und Hawk zugewinkt hatte, ritt er in die Nacht. Sabrina folgte ihm notgedrungen und drehte sich immer wieder um, bis sie Skylar und Hawk ins Haus gehen sah. Wenig später verschwanden die Lichter hinter den Bäumen. Zweige schlugen in ihr Gesicht. Vor ihr erstreckte sich eine scheinbar endlose weiße Fläche, vom Mond versilbert.

Ohne sich um seine Frau zu kümmern, ritt Sloan in schnellem Trab dahin. »Das ist doch verrückt!« rief sie und wurde ignoriert. »Du grausamer Tyrann! Das verzeihe ich dir nie!«

Endlich zügelte er seinen Wallach. »Hattest du denn vor, mir zu verzeihen?«

»Keine Ahnung, wovon du redest.« Sein eindringlicher Blick mißfiel ihr. Als könnte er auf den Grund ihrer Seele schauen ...

»Oh, das weißt du sehr gut. Was du mir nicht verzeihen kannst, ist die Nacht in Gold Town. Aber in Wirklichkeit bist du böse auf dich selbst. Weil du jene Nacht gar nicht so schlimm gefunden hast.« Wütend versuchte Sabrina, ihr Pferd anzuspornen, doch er hielt ihre Zügel fest. »Das ist nicht der einzige Punkt, der dich stört. Dazu kommt noch mein wildes Sioux-Blut.«

»Wollen wir nicht weiterreiten?« fauchte sie. »Ich habe keine Lust, in der Kälte auf einem Pferd zu sitzen und mit dir zu streiten.«

»Wenn ich mich recht entsinne, habe ich geschwiegen, bis du mich einen grausamen Tyrannen nanntest.«

»Was du auch bist!« zischte sie. »Reiten wir?«

»Einverstanden.« Er ließ ihre Zügel los, drückte seine Knie in Thomas' Flanken und galoppierte davon. Sofort paßte sich die Stute dem Tempo des schwarzen Pferdes an.

Zum Glück war Sabrina eine gute Reiterin. Sonst wäre sie womöglich in den Schnee gefallen. Nach fünfzehn Minuten drosselte Sloan die Geschwindigkeit. Fröstelnd schaute sie sich um. Zur Linken lag ein dunkler Kiefernwald, vor ihr zog sich immer noch eine unübersehbare verschneite Fläche dahin.

Schweigend ritten sie weiter, eine Stunde lang. Sabrinas Glieder wurden steif. Natürlich war Sloan daran gewöhnt, ohne Ruhepause im Sattel zu sitzen. Eine ganze Nacht. Mittlerweile konnte sie ihre Beine kaum noch bewegen, die Zehen nicht mehr krümmen. Hätte sie sich doch umgekleidet ... Sie trug nicht einmal Reitstiefel, nur dünne Schnürschuhe mit kleinen Absätzen. In der Tasche ihres Umhangs hatte sie wenigstens Wollhandschuhe gefunden. Trotzdem waren ihre Finger völlig gefühllos.

Am liebsten hätte sie Sloan angeschrien. Aber sie biß auf die Zähne. Nein, sie würde nicht um Gnade bitten.

Die Kiefern schienen ein eigenes Leben zu besitzen. Wie riesige Gestalten schwankten sie im Dunkel. Als Sabrina ein Rascheln hörte, spähte sie nervös zwischen die Baumstämme. Nahe der Stadt waren Goldsucher getötet worden, die Indianer hatten das Fort Pease angegriffen ... Jetzt knackte es im Wald. War jemand auf einen Zweig getreten? Nicht nur die Kälte jagte ihr einen Schauer über den Rücken. Gegen ihren Willen verlor sie die Beherrschung, zügelte ihr Pferd und schrie: »Du arroganter, niederträchtiger Narr! Falls sich deine kostbaren Indianer nicht an uns heranpirschen und mich ermorden, werde ich erfrieren. Ich reite nicht mehr weiter ...« Abrupt verstummte sie. Wenn sie nicht weiterritt – was würde sie tun?

Sloan zügelte seinen Wallach, schwang ihn herum und musterte sie mit schmalen Augen. »Frierst du?« fragte er höflich. »Hättest du doch was gesagt.«

»Das habe ich ... Ich sagte, ich möchte nicht heute nacht zum Fort reiten – lieber morgen mit den anderen ...«

»Aber diese Mondnacht ist viel romantischer. Und wir sind jung verheiratet.«

»Romantisch? Ich fühle mich wie ein Eiszapfen!«

»Hm ... Weiter vorn steht ein Sioux-Zelt.«

»Nein – ich will nicht in einem Zelt schlafen ...«

Aber er ritt bereits weiter, und sie mußte ihm wohl oder übel folgen. Nach einer Weile bog er in den Wald. Irgendwie fand er in den dunkelgrünen Schatten einen Weg, der zu einer Lichtung führte. In der Mitte erhob sich ein großes, etwas schäbiges Wigwam. »Keine Bange, es steht seit vielen Monaten leer«, erklärte Sloan und stieg ab.

Noch nie hatte Sabrina ein Indianerzelt aus der Nähe gesehen. Die Bemalung war im Lauf der Zeit verblaßt. Trotzdem erkannte sie eine kunstvoll gestaltete Büffeljagd – eine rote Büffelherde stürmte dahin, verfolgt von Kriegern auf Ponys; Frauen und Kinder rannten hinterher, um das Ereignis zu beobachten.

Sloan wollte ihr aus dem Sattel helfen. Aber sie schüttelte den Kopf. »Ich kann selber absteigen.«

Lässig zuckte der die Achseln, ging zu seinem Pferd und öffnete die Satteltaschen.

Mit einiger Mühe bewegte Sabrina ihre steif gefrorenen Beine. Als sie vom Rücken der Stute glitt, blieb ein Fuß im Steigbügel hängen. Sie stürzte und fürchtete, Ginger würde in Panik geraten und sie durch den Wald schleifen. Aber da hob Sloan sie schon hoch und befreite ihren Fuß. »Warum mußt du dich mit deinem Eigensinn in Gefahr bringen? Mir würde so was Dummes nie passieren – nicht einmal, wenn ich direkt zwischen Custer und Crazy Horse stünde.«

»Laß mich runter! Ich kann gehen!«

Er ignorierte ihren Protest, trug sie ins Zelt und setzte sie auf den Boden, der mit Tierhäuten bedeckt war.

Durch eine kleine Öffnung fiel etwas Mondlicht in den dunklen Raum.

Sabrina hörte ein Streichholz aufflammen, und eine Minute später brannte ein kleines Feuer. »Wie schnell du das geschafft hast …«

»Auf meinem Weg nach Mayfair habe ich das Brennholz zurechtgelegt.«

Sie zitterte am ganzen Körper. Von ihren Füßen spürte sie nichts. Sloan kniete vor ihr nieder, zog ihr die Handschuhe aus und fluchte leise. »Warum hast du mir nicht gesagt, wie sehr du frierst?«

»Danach hast du nicht gefragt.«

»Trotzdem hättest du mich informieren müssen. Gib mir deine Füße.« Trotz ihres Widerstands schnürte er ihre zierlichen Tanzschuhe auf. »Warum trägst du keine Reitstiefel? Was für ein idiotisches Schuhwerk …«

»In der Tat. Aber ich wußte nicht, daß ich heute nacht zum Fort reiten würde.«

»Eine Stunde vorher gab ich dir Bescheid. Also hättest du genug Zeit gefunden, um dich vernünftig zu kleiden.«

»Oh …« Verwirrt hielt sie den Atem an, als er ihr einen Schuh auszog, den Strumpf vom Strumpfband löste und über die Wade nach unten streifte.

Allmählich erwärmten seine Finger ihren Fuß, so wie zuvor ihre Hände. Nach einer Weile lagen auch der andere Schuh und der Strumpf am Boden. Auch in den zweiten Fuß kehrte Leben zurück.

»Dein Umhang ist ganz feucht«, bemerkte er und nahm ihn von Sabrinas Schultern. »Jetzt mußt du dich erst einmal aufwärmen.« Sie wehrte sich nicht, als er sie hochhob und vor den Flammen auf den Boden setzte.

Die Arme vor der Brust verschränkt, zitterte sie immer noch. Aber sie genoß die Wärme der Flammen.

Sloan verließ das Zelt. Nach einigen Minuten schaute sie sich angstvoll um. Wenn sie ihm auch grollte, sie wollte nicht inmitten von Nirgendwo allein bleiben. Als sie aufstehen und nach ihm rufen wollte, kam er zurück, eine Kaffeekanne in der Hand, die er vors Feuer stellte. Dann holte er Satteltaschen und Bettzeug ins Zelt.

»Ist dir immer noch kalt?«

»Langsam taue ich auf.«

Er setzte sich zu ihr. Trotz ihrer Gegenwehr begann er ihre Schultern und Arme zu reiben. Ungeduldig fluchte er. »Du bist ja ganz naß!« Mit flinken Fingern löste er die komplizierte Verschnürung am Rücken ihres Kleides.

»Nein, bitte nicht ... Ich friere ...«

»Weil dieser feuchte Samt an deiner Haut klebt. Keine Bange. Ich habe dir erklärt, was ich von meiner Ehefrau erwarte. Aber ich werde dich zu nichts zwingen. In dieser Nacht werden wir nur tun, was du selber willst.«

»Ich will mich einfach nur wärmen. In meinen Satteltaschen sind ein paar Sachen, die Meggie eingepackt hat ...«

»Erst mal mußt du aus diesem feuchten Zeug raus.« Er zog ihr das Kleid aus, und sie beobachtete verwundert, wie er es sorgfältig am Boden ausbreitete. Nur mehr von ihrer Unterwäsche verhüllt, krümmte sie sich bebend zusammen. Sloan warf ihr eine Decke zu. »Zieh alles andere aus und wickle dich da hinein.«

Die Decke landete auf ihrer Stirn. Wütend befreite sich Sabrina davon und starrte ihn an.

»Du bist ein Diktator ...«, begann sie. Dann stockte ihr Atem, als er sie auf die Beine zog und ihr Korsett aufschnürte.

»Ja, verdammt, ich bin ein Diktator, und du bist ein verwöhntes Balg, das sich ständig angegriffen fühlt.«

»Ich brauche deine Hilfe nicht ...«

»Niemals würde ich zulassen, daß du dich allein bemühst, teure Gemahlin.« Das Korsett landete am Boden. Vergeblich versuchte sie, das weiche Baumwollhemd festzuhalten, das über ihren Kopf gestreift wurde. Plötzlich umfaßte Sloan ihre Knie, und sie stürzte, die nackte Haut bereits von der Feuerhitze erwärmt. Entsetzt schnappte sie nach Luft, als er die Bänder ihres Unterrocks und der Unterhose löste. Beides wurde von ihren Hüften gezerrt, obwohl sie verzweifelt stammelte, sie würde allein zurechtkommen.

Schließlich war sie splitternackt. Sie griff hastig nach der Decke, schlang sie um ihren Körper und kniete sich vors Feuer. »Wie kannst du behaupten, ich sei ein verwöhntes Balg ...«

»Jetzt müßte dir eigentlich warm geworden sein, meine Liebe. Ich habe noch kein einziges Dankeswort gehört. Aber das stört mich nicht. Ich bin dir sehr gern zu Diensten.«

»Mach dich nicht über mich lustig! Das alles übersteigt meine Kräfte. Für ein Leben in dieser Wildnis bin ich nicht geschaffen.«

»Wenn du etwas wirklich willst – dann kannst du's auch. Heute abend fiel es dir nicht allzu schwer, die charmante Majorsgattin zu spielen, die mit allen Offizieren flirtet.«

»Wie kannst du das behaupten? Ausgerechnet du! An diesem Abend habe ich einiges über deine Eroberungen erfahren ...«

»Meine Eroberungen gehören der Vergangenheit an. Jetzt geht es um die Gegenwart. Als ich heute abend in Mayfair eintraf, hast du geradezu unverschämt mit den jungen Gentlemen kokettiert.«

»Was fällt dir ein!« Erbost sprang sie auf. Beinahe wäre die Decke zu Boden geglitten, und Sabrina hielt sie hastig fest. »Wochenlang kümmerst du dich nicht um mich – dann tauchst du plötzlich auf und überhäufst mich mit ungerechten Vorwürfen ... Was willst du eigentlich von mir?«

»Das werden wir in dieser Nacht erörtern.«

Plötzlich erlosch ihr Kampfgeist. Sie wollte nicht mehr diskutieren und nur noch schlafen. »Bitte, Sloan, es ist schon spät ...« Bestürzt verstummte sie, als er zu ihr ging.

»In dieser Nacht«, wiederholte er. »Hier und jetzt.« Mühelos entriß er ihr die Decke.

Wie erstarrt stand sie da, während sein Blick gemächlich über ihren nackten Körper wanderte.

»Das ist nicht fair«, wisperte sie.

»Warum nicht?«

»Weil du im Vorteil bist ...«

»Soll ich mich auch ausziehen?«

»Nein!«

»Niemals würde ich dir deine ehelichen Rechte vorenthalten.«

»Verdammt, Sloan ...«

»Nun? Wollen wir die Situation klären? Ein für allemal?«

10

Fluchend griff sie nach der Decke. Aber Sloan entfernte sie aus ihrer Reichweite und warf sie hinter sich zu Boden. Als Sabrina an ihm vorbeilaufen wollte, hielt er sie am Arm fest.

»Mal sehen ...« Er ließ sie los und ging um sie herum. Dann zerrte er sie zurück, ehe sie sich wieder auf die Decke stürzen konnte. »Bleib stehen, ich möchte mein Urteil fällen. Sabrina Connor, eine verwöhnte junge Dame aus dem Osten ...«

»Wie kannst du so reden? Obwohl du weißt, daß ich im Haus eines Mörders aufgewachsen bin ...«

»Gewiß, du hast Brad Dillman gehaßt. Aber du warst mit deiner Mutter und Skylar zusammen. Und da der Senator den Anschein einer glücklichen Familie zu erwecken suchte, wurdest du gut erzogen und elegant gekleidet. Du hast in den besten gesellschaftlichen Kreisen verkehrt, von jungen Männern bewundert.«

»Was weißt du schon über meine Vergangenheit?«

»Eine ganze Menge. Du bist dir deiner Schönheit bewußt, und du verstehst es, zu flirten, die Gentlemen zu betören und um den Finger zu wickeln. Und du hast Mut bewiesen. Das gebe ich zu. Zweifellos mußtest du eiserne Willenskraft aufbringen, um dich nach Skylars Flucht gegen Dillman zu behaupten und zu warten, bis sie dir das Geld für die Reise in den Westen schickte. Was nichts an der Tatsache ändert, daß du ein kokettes kleines Biest bist und die Männer manipulierst.«

»So? Und warum willst mich dann nicht loswerden?«

»Daran wärst du gar nicht interessiert.«

»Wie eingebildet du bist!« Trotz ihrer Nacktheit fror sie nicht mehr. Vor lauter Zorn war ihr heiß geworden. Die Arme vor der Brust verschränkt, musterte er ihren Körper. Erbost erwiderte sie seinen Blick. »Da siehst du nichts Neues!«

»Manchmal läßt mich mein Gedächtnis im Stich. Und es ist schon lange her.«

»Würdest du mir die Decke zurückgeben? Hast du genug Mängel an mir entdeckt?«

»Keinen einzigen, Sabrina, dein Körper ist vollkommen.« Er hob die Decke auf und warf sie ihr zu. Hastig verhüllte sie ihre Blößen und trat zurück. Aber er folgte ihr und legte die Hände auf ihre Schultern. »In jeder Hinsicht bist du perfekt – zauberhaft und begehrenswert, eine Ehefrau, um die mich jeder Mann beneiden müßte. Doch die Schönheit bedeutet nichts, wenn sie kein Herz und keine Seele in sich birgt.«

»Und warum willst du mich trotzdem an dich fesseln?« flüsterte sie gequält.

»Das habe ich dir bereits erklärt. Weil ich das Feuer wiederfinden möchte, das ich vor langer Zeit in dir entzündet habe. Und ich müßte ein Heiliger sein, um deinen Reizen zu widerstehen.« Abrupt ließ er sie los und wandte sich ab. Er nahm zwei Blechbecher aus seiner Satteltasche, kniete vor den Feuer nieder und schenkte Kaffee ein.

Reglos stand Sabrina da, wütend und zutiefst gekränkt. Er begehrte sie. Ohne irgendwelche Gefühle zu empfinden. Für ihn zählte nur das Mädchen, das er für eine Hure aus dem Ten-Penny Saloon gehalten hatte. O Gott, wäre sie bloß nicht betrunken gewesen und willenlos in sein Bett gesunken … Dann wäre sie jetzt nicht in dieser schrecklichen Situation, müßte sich nicht immer wieder eingestehen, wie sehr er sie faszinierte. Und sie müßte nicht fürchten, er könnte sie schmerzlich verletzen, wenn sie der Versuchung nachgeben würde.

Plötzlich erkannte sie, daß sie mit ihm zusammenleben *wollte.* Aber zu ihren Bedingungen. In Mayfair, ohne Militär, ohne Sioux und ohne die Geschichten über andere Frauen, die eine so seltsame Eifersucht erregten …

»Der Kaffee ist fertig«, verkündete er. Einfach so. Nach allem, was er soeben gesagt hatte …

»Nein, danke«, antwortete sie kühl und ging davon, breitete ihr Bettzeug am Boden aus und legte sich hin.

Drückendes Schweigen erfüllte das Zelt. Nach einer Weile hörte sie ihn umhergehen, und schließlich streckte er sich auf der anderen Seite des Feuers aus. Trotz ihrer Erschöpfung fand sie keinen Schlaf. Es war zu kalt, und sie hatte sich zu weit von den Flammen entfernt. Während sie am ganzen Leib zitterte, stellte sie sich schlafend. Ihre Zähne begannen zu klappern. Würde er das hören?

Und dann zuckte sie erschrocken zusammen, weil er lauthals fluchte. »Verdammt, Sabrina, du bist stur wie ein Bock!« Nicht allzu sanft wurde sie hochgehoben, neben das Feuer gelegt und an Sloans kraftvolle Brust gedrückt. Vorhin hatte er sich ausgezogen. Nur eine Decke verhüllte seinen Körper.

Sabrina beobachtete die flackernden Schatten an den Zeltwänden, spürte Sloans Arm, der ihre Taille umschlang. Seine tröstliche Wärme lullte sie endlich in den Schlaf.

Als sie erwachte, drang Tageslicht ins Wigwam. Das Feuer war zu schwelender Asche herabgebrannt. Aber die Sonne verbreitete goldenen Glanz. Sloan hatte im Schlaf die Decke abgestreift, und Sabrina bemerkte, daß ihre eigene zur Taille hinabgeglitten war. Hastig verhüllte sie ihre Brüste. Eine Zeitlang lag sie unbeweglich neben ihm, und hoffte, er würde sich nicht rühren. Sollte sie versuchen, aufzustehen und sich anzuziehen, bevor er erwachte?

Statt dessen betrachtete sie ihn. Er wandte ihr den Rücken zu, und sie sah die zahlreichen Narben in der bronzebraunen Haut, die oberhalb der Taille noch dunkler war. Wahrscheinlich trug er kein Hemd, wenn er an warmen Tagen durch die Wildnis ritt. Mit der Kavallerie? Oder mit den Sioux? Er besaß einen perfekten Körper – breite Schultern, schmale Hüften, muskulöse Schenkel. Und sein dichtes, glänzendes dunkles Haar weckte den Wunsch, darüber zu streichen.

Während ihr Blick wieder nach unten glitt, wandte er sich plötzlich zu ihr. Auf einen Ellbogen gestützt, schenkte er ihr ein sonderbares Lächeln. »Guten Morgen.«

Verwirrt zog sie die Decke enger um ihren Körper und senkte die Wimpern. »Guten Morgen.«

»Hast du lange genug geschlafen?«

»Ja, danke.«

»Aber du bist schon eine ganze Weile wach und starrst mich an.«

Ein wütender Protest lag ihr auf der Zunge, doch sie besann sich anders und entgegnete honigsüß: »Oh, ich wollte nur herausfinden, was die Frauen dermaßen an dir entzückt.«

»Und? Was du bereits kennst, hat sich in der Zwischenzeit nicht verändert.«

»Diese vielen Narben ...«

»Die habe ich schon lange.«

Zögernd berührte sie eine der dünnen weißen Linien

auf seiner Brust. »Woher kommt das? Seit dieser Verletzung müssen Jahre vergangen sein.«

»Damals war ich noch ein Junge. Ich pirschte mich zusammen mit ein paar älteren Freunden an ein Crow-Lager heran, um Pferde zurückzuholen, die sie uns gestohlen hatten. Da griff mich ein riesengroßer Crow-Krieger mit seinem Messer an.«

»Und ich dachte, die Narben auf deiner Brust würden von einer Sioux-Zeremonie stammen.« Schaudernd fügte sie hinzu: »Ich habe gehört, dabei würde man einen Mann an Spießen aufhängen, die in seiner Brust stecken.«

»Ah, der Sonnentanz. Mein Vater starb, bevor ich an dieser Zeremonie teilnehmen konnte. Und in Georgetown wird sie nicht praktiziert.«

Verwundert runzelte sie die Stirn. Also hatte er einige Jahre seiner Jugend im Osten verbracht, in der Nähe ihrer eigenen Heimat. »Du hast mir von deinen Verwandten in Georgetown erzählt. Aber ich wußte nicht, daß du dort aufgewachsen bist.«

»Nur teilweise. Übrigens, mein Großvater kennt dich.«

Ein paar Sekunden lang dachte sie nach, dann stockte ihr Atem. »Ja, natürlich – Colonel Michael Trelawny, ein würdevoller älterer Gentleman. Und so freundlich. Einmal hat er mich sogar gerettet. Aber wie sollte ich ahnen, daß du mit ihm verwandt bist ...« Verlegen unterbrach sie sich.

»Meine Haut ist etwas dunkler als seine«, bemerkte er trocken. »Wovor hat er dich gerettet?«

»Bei irgendeiner gesellschaftlichen Veranstaltung benahm sich Dillman wieder einmal unmöglich, und dein Großvater entführte mich auf die Veranda. Da Colonel Trelawny in politischen Kreisen großen Einfluß besitzt, konnte Dillman nichts dagegen tun.« Lächelnd fügte sie hinzu: »An jenem Nachmittag blieb ich von meinem Stiefvater verschont.«

»Freut mich, daß mein Großvater dir behilflich war.

Inzwischen ist er zum General avanciert. Und er hat mir ein Geschenk für dich gegeben.«

»Ein Geschenk? Für mich?«

»Für meine frischgebackene Ehefrau. Soll ich's holen?«

Da müßte er aufstehen – splitternackt. »Das ist sehr freundlich von ihm, aber es eilt nicht.«

Sloans Augen funkelten. Natürlich wußte er, warum sie das Geschenk vorerst nicht entgegennehmen wollte. Aber er widersprach nicht. »Ich verdanke meine Existenz der militärischen Karriere meines Großvaters. Als meine Mutter ihn in die Prärie begleitete, wurde sie von den Sioux entführt.«

»O Gott, wie schrecklich muß sie gelitten haben ...«

»Vielleicht – am Anfang. Aber es dauerte nicht lange, bis sie meinen Vater zu lieben begann. Nach seinem Tod brachte sie mich in ihre Heimat, und wir lebten eine Zeitlang in Georgetown – oder auf Großvaters diversen militärischen Posten. Meine Mutter arbeitete bei einigen Komitees, nahm am gesellschaftlichen Leben teil und ging auf Partys, doch sie hat nie wieder geheiratet. Vor fünf Jahren ist sie gestorben.«

»Tut mir leid.«

»Mir auch. Sie war eine wundervolle Frau.«

»Sicher erinnerst du dich viel besser an sie als an deinen Vater.«

»Gewiß, weil sie länger am Leben blieb.« Sloan schwieg eine Weile, bevor er zögernd weitersprach. »Im Osten hat man einen ganz falschen Eindruck von den Prärie-Indianern gewonnen. Man glaubt, sie würden unentwegt morden und Frauen vergewaltigen und die Siedler bestehlen. In Wirklichkeit wurden die Weißen von vielen Indianern freundlich aufgenommen und auf ihrem Weg nach Westen unterstützt. Mein Vater entstammte einer großen Sioux-Familie. Jetzt leben zwei meiner Onkel nahe der Red Cloud Agency, zwei Vettern reiten an Crazy Horses Seite, und ein alter Onkel zählt seit Jahren zu Sitting Bulls Anhängern. Übrigens war mein Großvater mütterlicherseits gut mit Hawks Vater befreundet, den er oft in Mayfair besuchte. Und wenn David aus Schottland in die Staaten reiste, begleitete er Hawk und mich ins Lager unserer Sioux-Familien, wo wir mit den Kriegern zur Jagd gingen. Ich glaube, im großen und ganzen bin ich etwas normaler aufgewachsen als du.«

Sekundenlang las Sabrina eine seltsame Zärtlichkeit in seinen Augen, die sie verwirrte. »Nun ja, Skylar und ich haßten Dillman. Aber wir haben gelernt, damit zu leben.«

»Haßt du mich? Wirst du lernen, auch damit zu leben?«

»Ich hasse dich nicht.«

»Vorsicht!« mahnte Sloan lächelnd. »Dieses großzügige Zugeständnis könnte ich ernst nehmen.«

Auf diese beunruhigenden Worte ging sie nicht ein. Hastig berührte sie eine andere Narbe an seiner Schulter. »Woher kommt das?«

»Eine Erinnerung an den Sezessionskrieg. Ein Rebell aus Maryland, der in Lees Army von North Virgina diente, hat mich verwundet. Eigentlich sollte ich mich vor den Leuten aus Baltimore in acht nehmen.«

»Habe ich dich jemals verletzt?«

»Allerdings.«

»Wo?«

Grinsend kehrte er ihr den Rücken zu, und sie entdeckte ein paar winzige weiße Narben.

»Habe ich dich gekratzt?« fragte sie skeptisch. »Wann?«

»In Gold Town«, erklärte er und wandte sich wieder zu ihr. »Sicher nicht mit Absicht. Und das Vergnügen war mir die kleinen Kratzer wert.«

Brennend stieg ihr das Blut ins Gesicht, und sie wollte ihn schlagen. Aber er hielt ihr Handgelenk blitzschnell fest.

»Tut mir leid, Sabrina, damals dachte ich wirklich, du wärst eine Hure. Und du hast den Irrtum nicht berichtigt.«

»Hätte das einen Unterschied gemacht?«

»Natürlich, das weißt du doch.«

»Wie konnte ich dir denn trauen?« flüsterte sie.

Behutsam strich er über ihre Wange. »Es wäre besser gewesen, du hättest mir vertraut.«

Als Sabrina seine beschleunigten Atemzüge und seine wachsende Erregung bemerkte, schaute sie rasch weg. Ein heftiges Zittern erwärmte ihren Körper, und sie erschrak, weil sie Sloans Nähe so beglückend fand – so verführerisch. »Wir sollten uns anziehen und weiterreiten«, wisperte sie.

»Meinst du?« fragte er leise.

Sie nickte, und während er ihre Decke nach unten streifte, versuchte sie zu vergessen, daß ihre Brüste nackt waren. Sie spürte seine Herzschläge, seine Hitze, die verzehrende Intimität seiner Umarmung.

»Glaubst du wirklich, du kannst das Unausweichliche verhindern, Sabrina?«

Genau das hatte sie versucht.

»Beim ersten Mal hat's weh getan. Ebenso wie der erste Sturz von einem Pferd.«

»Wie – kannst du das vergleichen?« stammelte sie.

»Wenn du nicht sofort wieder in den Sattel steigst, fällt's dir immer schwerer.«

Entgeistert starrte sie ihn an und wußte nicht, ob sie lachen oder schreien sollte. »Dieses Risiko nehme ich gern auf mich.«

»Aber *ich* nicht.« Er umfaßte ihre Handgelenke, zog ihre Arme hinter ihren Kopf und hielt sie fest. Dann neigte er sich hinab, sein Mund streifte ihren. Begierig schob er seine Zunge zwischen ihre Lippen.

An ihrem Schenkel fühlte sie die harte Hitze seines Verlangens. Warmes Sonnenlicht schien ihren Körper zu durchströmen. Sie wollte sich diesem Bann entziehen.

Doch das konnte sie nicht. Es war beängstigend, wie schnell sie in eine unwiderstehliche Versuchung geriet, wie sehr sie sich danach sehnte, Sloans Drängen nachzugeben, berührt zu werden und ihn zu berühren. Erfolglos bemühte sie sich, diese Gefühle zu bekämpfen. Ein süßes Feuer brannte in ihrem Innern. Erst küßte er sie leidenschaftlich, dann zärtlich – und zuletzt nur noch fordernd, bis sie das aufreizende Spiel seiner Zunge erwiderte. Aber sein Mund verließ ihre Lippen, wanderte über ihre Brüste nach unten zu ihrem Bauch, liebkoste hingebungsvoll das weiche Fleisch.

Nun hatte er ihre Handgelenke losgelassen, und sie schlang die Finger in sein dunkles Haar. Seine Hand umschloß eine ihrer vollen Brüste. Mit seinem Daumen streichelte er die Knospe, die sich allmählich aufrichtete, und er begann daran zu saugen. Zitternd schloß sie die Augen und erinnerte sich an die Ekstase, die diese besonderen Zärtlichkeiten auslösten. Und dann an die Demütigung. Er hatte geglaubt, er würde sich mit einer Hure amüsieren …

Nein, so leicht würde sie sich nicht mehr verführen lassen, obwohl er jetzt ihr Ehemann war. Weil er ihr Ehemann war – und ein geübter Liebhaber, der Frauen mühelos eroberte.

»Hör auf, Sloan, ich will nicht …« Atemlos verstummte sie. Suchende, tastende Finger schoben sich zwischen ihre Schenkel. Als sie sich dagegen wehrte, spürte sie die intime Berührung noch intensiver. Und wo er sie liebkoste, schienen Flammen zu explodieren. Verzweifelt warf sie den Kopf hin und her. »Nein, Sloan, dazu bin ich nicht bereit …«

Dicht an ihrem Ohr hörte sie sein Flüstern. »Vertrau mir, meine Liebe, du bist bereit.« Dann spreizte er ihre Schenkel. Schreiend grub sie die Fingernägel in seine Schultern. Aber er drang unbeirrt in sie ein. Sie spürte einen brennenden Schmerz. Nicht so stark wie beim ersten Mal. So lange war es her. O Gott, wie das Feuer loderte – so wild, so süß. Nein, diese wachsende Sehnsucht wollte sie nicht spüren. Schluchzend klammerte sie sich an ihn und wußte, sie konnte die heißen Wellen der Lust nicht aufhalten, die ihn ebenso erfaßten wie sie selbst. Mit jeder Bewegung drang er noch tiefer in sie ein, und sie bemühte sich vergeblich, das Entzücken zu bekämpfen. Sie bekam kaum noch Luft. Jetzt preßte er auch noch seinen Mund auf ihren und nahm ihr den letzten Atem. Er richtete sich auf und küßte wieder ihre Brüste. In immer schnellerem Rhythmus jagte er glühende Ströme durch ihren Körper. Stöhnend hob sie ihre Hüften.

Nur vage bemerkte sie, wie sich seine Muskeln anspannten, wie seine Leidenschaft kraftvolle Erfüllung fand. Irgend etwas in ihr schien zu bersten, flüssige Flammen, die zwischen ihren Schenkeln explodierten und exquisite Gefühle in alle Glieder sandten.

Als er wieder zu Atem kam, glitt er von ihrem Körper hinab und streckte sich an ihrer Seite aus. Verblüfft starrte sie ins Leere, wütend auf sich selbst. Warum war es ihm so mühelos gelungen, sie zu verführen? Plötzlich ertrug sie seine Nähe nicht mehr, und sie schob die Hand weg, die er auf ihren Bauch gelegt hatte. »Kannst du mich noch immer nicht in Ruhe lassen?« fauchte sie, den Tränen nahe.

»Was meinst du?«

»Ich – ich habe getan, was du von deiner Frau erwartest. Genügt das nicht? Wenigstens fürs erste ...«

»Also hast du mir nur widerwillig meine ehelichen Rechte zugestanden, nicht wahr?« unterbrach er sie ungeduldig. »Und du hast es kein bißchen genossen, oder? Gut und schön – du hast deine Pflicht erfüllt, und damit gebe ich mich bis auf weiteres zufrieden.«

Gequält schloß sie die Augen, wickelte sich in die Decke und wünschte, sie könnte ihm erklären, was sie selber nicht verstand. Warum war sie so angriffslustig? Zusammengekrümmt lag sie neben der schwelenden

Asche, in einem Sonnenstrahl, der das Zelt erhellte. Sie hörte, wie Sloan aufstand und sich anzog. Aber sie rührte sich noch immer nicht. Er verließ das Wigwam, kehrte wenig später zurück und entfachte ein neues Feuer. Bald danach roch sie köstlichen Kaffeeduft.

»Steh auf!« Unsanft zog er die Decke von ihrem Körper. »Zieh dich an. Nicht das blaue Kleid. Irgendwas Praktisches, das sich für einen langen Ritt eignet.«

Die Augen geschlossen, blieb sie liegen, hilflos und zitternd.

»Muß ich dich auch noch ankleiden, Sabrina?« Da hob sie die Lider und begegnete seinem spöttischen Blick.

»Nein!« protestierte sie und sprang auf. Hastig schlüpfte sie in ihre Unterwäsche. Dann wühlte sie in der Satteltasche, die Meggie gepackt hatte und fand ein graues Reitkostüm mit enger Jacke und weitem Rock. Für Stiefel war kein Platz in der Tasche gewesen, und so mußte sie sich wohl oder übel mit ihren Tanzschuhen begnügen. Sloan ließ sie nicht aus den Augen. Während ihrer überstürzten Toilette schien er sich köstlich zu amüsieren. »Warum starrst du mich dauernd an?« zischte sie.

»Oh, ich passe nur auf, damit du vor lauter Hektik nicht ins Feuer fällst.«

»Ich kann auf deine Hilfe verzichten!«

»Natürlich.«

»Oder vielleicht doch nicht. Weil ich eine unfähige Majorsgattin bin und in den Osten zurückkehren sollte, wo ich hingehöre.«

»Meine Liebe, du gehörst hierher, zu mir. Und dein Ehegelübde zwingt dich, alle Unannehmlichkeiten zu ertragen. Übrigens, der Kaffee ist fertig.«

Mit bebenden Händen füllte sie einen Becher und ließ die Kanne fallen. Um zu verhindern, daß der ganze Kaffee verschüttet wurde, bückte sie sich blitzschnell – im selben Augenblick wie Sloan. Ihre Köpfe stießen zusammen. Von einem leichten Schwindelgefühl erfaßt, taumelte sie nach hinten. Auch der Becher rutschte ihr aus der Hand.

Seufzend hob er die Kanne auf und rieb seine Schläfe. »Von jetzt an werde *ich* deinen Kaffee eingießen.«

»O Gott, ich bin zu überhaupt nichts nütze ...«

»Beruhige dich, meine Liebe«, bat er und reichte ihr den gefüllten Becher. »In gewisser Hinsicht bist du unübertrefflich. Nur darauf kommt's an.«

»Zum Teufel mit dir!«

»Das sollte ein Kompliment sein.«

»Wenn ich eine von Loralees Huren wäre, müßte ich jetzt vor Stolz platzen!«

Ungeduldig verdrehte er die Augen. »Also gut, du bist nur mittelmäßig. Gefällt dir das besser?«

»Verdammt, Sloan ...«

»Pst! Trink deinen Kaffee und sieh zu, daß wir von hier wegkommen. Sonst erteile ich dir noch eine Lektion, um deine Liebeskünste zu vervollkommnen.«

»Sloan ...«

»In den Satteltaschen findest du Biskuits und Dörrfleisch.«

»Jawohl, Major!« zischte sie und rührte sich nicht vom Fleck.

»Ah, das liebe ich! Eine hilfsbereite freundliche Lebenskameradin, mit der ich durch dick und dünn gehen kann. Da du so großen Wert auf deine Unabhängigkeit legst, willst du sicher deinen Beitrag leisten.«

»Mit solchen Dingen pflege ich mich nicht zu befassen.«

»Dann mußt du's eben lernen. Los, an die Arbeit, Majorsgattin!« befahl er und gab ihr einen Klaps aufs Hinterteil.

»Eher eine Squaw«, murmelte sie.

»Wie du willst.«

Die Arme vor der Brust verschränkt, starrte sie ihn an. Aber dann meldete sich ihr Gewissen. In der Nacht hatte er die Satteltaschen ins Zelt getragen, zweimal Feuer gemacht und Kaffee gekocht. Vielleicht sollte sie sich tatsächlich ums Frühstück kümmern.

Andererseits – genausogut hätte sie diese Nacht in einem weichen Bett verbringen können. An der Seite einer schnarchenden Offiziersgattin. Aber das spielte keine Rolle. Sie war ihrem Mann nichts schuldig, nachdem er sie gegen ihren Willen in diese Wildnis geschleppt hatte. Deshalb mußte sie seine Wünsche nicht erfüllen.

Doch dann blieb ihr nichts anderes übrig, weil Sloan die Satteltasche öffnete und ihr ein Bündel zuwarf, das sie instinktiv auffing. Wütend starrte sie ihn an, dann packte sie Biskuits, Käse und Dörrfleisch aus. Die Speisen auf ihrem Schoß ausgebreitet, kostete sie ein Stück Käse.

»Wenn du so freundlich wärst ...«, begann Sloan in vielsagendem Ton.

»Wie, bitte?« erwiderte sie unschuldig.

»Würdest du mir auch was abgeben?«

»Oh, verzeih mir, bitte!« flötete sie und reichte ihm einen Teil des Proviants.

Schweigend verzehrten sie ihr Frühstück. Danach rollte Sloan das Bettzeug zusammen und packte die Essensreste ein, schnell und geschickt – ein Mann, der es gewohnt war, unterwegs zu kampieren. Bevor er die Satteltaschen nach draußen trug, wandte er sich zu Sabrina. »Mach das Feuer aus.«

»Zu Befehl, Major!«

»Demnächst soll ich befördert werden, und dann wird's dir noch schlechter ergehen.« Lachend ging er hinaus.

Sie löschte das Feuer und sammelte das Blechgeschirr ein. Unsicher trat sie ins Freie. »Wo soll ich die Becher und die Kanne spülen?«

»Da drüben findest du einen Bach. Sei vorsichtig! Wegen der Schneeschmelze ist er ziemlich tief.«

Sie nickte, eilte zum Ufer und spülte das Geschirr im

eiskalten Wasser. Dann wusch sie ihr Gesicht und die Hände und trocknete sich mit dem Rock ihres Reitkostüms ab.

Als sie nach dem Becher und der Kanne greifen wollte, erschrak sie. Unglücklicherweise hatte sie das Geschirr zu dicht ans Ufer gestellt, und nun wurde es von den Wellen davongetragen. Während sie hilflos und unschlüssig dastand, hörte sie Sloan schreien und drehte sich um. Das Wigwam brannte. Entsetzt rannte sie zu ihm und beobachtete, wie er mit einer Decke auf die Flammen einschlug, bis sie ausgingen. »Ich habe gesagt, du sollst das Feuer löschen – und nicht anfachen!« Mißtrauisch musterte er Sabrina und schien zu überlegen, ob sie ihm vielleicht absichtlich einen Streich gespielt hatte.

»Ich dachte – das hätte ich getan.«

»Hm … Ist das Geschirr sauber?«

»Ja.«

»Und wo ist es?«

»Etwas weiter unten – stromabwärts.« Sie biß in ihre Lippen und versuchte, nicht zusammenzuzucken, als er an ihr vorbeirannte. Nach wenigen Minuten kehrte er mit den Bechern und der Kanne zurück.

»Tut mir leid«, beteuerte sie nervös. »Aber ich hab's dir ja gesagt – so etwas kann ich nicht.«

»Und ich habe dir versichert, in jener Hinsicht, auf die's ankommt, bist du unübertrefflich«, antwortete er höflich. Dann verlor er die Beherrschung und schrie: »Verdammt, steig auf dein Pferd!«

Da in dieser Situation jeder Widerspruch unklug gewesen wäre, rannte sie zu Ginger, und er folgte ihr, um ihr in den Sattel zu helfen. »Laß nur, Sloan, das kann ich allein.«

»Wirklich?«

»O ja.«

Trotzdem hob er sie auf ihre Stute. »Ich will nicht riskieren, daß du dich verletzt – und nicht mehr imstande bist, mich mit jenen besonderen Fähigkeiten zu erfreuen.«

Sie schluckte mühsam ein Schimpfwort hinunter. »*Außerdem* kann ich sehr gut reiten.«

»Hm ...« Plötzlich lächelte er. »Das mußt du mir erst noch beweisen.« Offenbar redete er nicht von Pferden.

Da konnte sie sich nicht länger zurückhalten. »Ich wünschte, du würdest endlich aufhören, mich zu verspotten!« fuhr sie ihn an.

Sein Lächeln erlosch. »In Wirklichkeit wünschst du dir, wir hätten nie geheiratet. Doch das läßt sich nicht mehr ändern. Ich weiß nicht, welche Streiche du dir demnächst ausdenken wirst ...«

»Streiche!«

»Das Feuer, das Geschirr ...«

»Das war ein Versehen!«

»Mag sein. Aber ich warne dich. Solltest du weiterhin die unfähige Majorsgattin spielen, wirst du's bereuen.«

»Oh – wagst du es tatsächlich, mir vorzuwerfen ...«

»Weil wir verheiratet sind. Daran mußt du dich gewöhnen. Und an alles, was damit zusammenhängt.«

»Würdest du endlich aufsteigen? Wir sollten losreiten.«

»Ja, reiten wir weiter.« Er schwang sich in den Sattel, und Sabrina spornte ihre Stute an.

»Reiten wir!« murmelte sie. »In der Tat, er reitet sehr gern. Die Frage lautet nur – worauf reitet er am liebsten ...?«

»Wie, bitte, meine Liebe?«

Zu ihrer Bestürzung hatte er seinen Wallach neben ihr Pferd gelenkt und die letzten Worte gehört. Grinsend schlang er einen Arm um ihre Taille und zog sie zu sich herüber. Während die Tiere durch den Schnee stapften, drückte er einen langen Kuß auf ihre Lippen. Ihr Herz schlug schneller, und sie versuchte ihn wegzustoßen – voller Angst, er würde sie zu Boden reißen.

Aber ihre Sorge war unbegründet. Bevor er sie losließ,

half er ihr, das Gleichgewicht wiederzufinden. »Ist es nicht wundervoll, gemeinsam durch die Morgenluft zu reiten?«

»Am liebsten würde ich dir die Zähne einschlagen! Und es wäre mir egal, wie du dich rächen würdest!«

Lachend schüttelte er den Kopf. »Und wie läßt sich diese Drohung mit deinem Gelübde vereinbaren, mich zu lieben und zu ehren und mir zu gehorchen?«

»Dieses Gelübde kannst du dir sonstwohin ...«

»Tut mir leid, meine Liebe, ich verstehe dich nicht – der Wind pfeift mir um die Ohren!« Ohne eine Antwort abzuwarten, versetzte er seinen Wallach in schnelleren Trab. Prompt sprengte Ginger hinterher, und Sabrina hatte keine Wahl – wie eine gute Kavalleristenfrau folgte sie ihrem Mann.

11

Während des restlichen Vormittags behielt Sloan das zügige Tempo bei, und Sabrina fügte sich schweigend in ihr Schicksal. Glücklicherweise hatte sie Ginger seit ihrer Ankunft in Mayfair oft geritten. Auf einem ungewohnten Pferd wäre sie vermutlich vor Erschöpfung zusammengebrochen. Dank des Sonnenscheins und der erstaunlich milden Winterluft konnte sie wenigstens den Anschein erwecken, sie wäre *nicht* müde und kein einziger Knochen würde ihr weh tun.

Am Nachmittag machten sie endlich Rast. Sloan führte seine Frau in ein idyllisches Wäldchen, durch das ein plätschernder Bach floß. Erleichtert stieg sie ab und hoffte, ihre Beine würden sie tragen. Das Wasser war eiskalt und herrlich erfrischend. Nachdem sie ihren Durst gelöscht hatte, wusch sie ihr Gesicht und ließ es von der Sonne trocknen. Als sie aufstand und ihre Röcke glättete, spürte sie Sloans prüfenden Blick. Dann wandte er sich zu einer seiner Satteltaschen und packte den Proviant aus. »Sobald die Pferde getrunken haben, reiten wir weiter.«

»Machen wir keine Pause?«

»Der Wind hat sich gedreht.«

»Tatsächlich?« rief sie und stemmte ihre Hände in die Hüften. »Hör mal, ich habe getan, was du verlangst. Stundenlang bin ich geritten. Schnell wie ein Soldat, ohne ein einziges Mal zu klagen. Trotzdem tyrannisierst du mich unentwegt ...«

»Wir reiten weiter, oder wir müssen irgendwo ein Nachtlager aufschlagen. In absehbarer Zeit wird es schneien, und die Temperatur könnte drastisch sinken.«

»So?« Skeptisch schaute sie zur strahlenden Sonne hinauf.

»In diesem Land habe ich den größten Teil meines Lebens verbracht. Glaub mir, ich will dich nicht quälen. Der Wind hat sich gedreht, und das Wetter ist launischer als alle Frauen, die ich jemals kannte. Können wir bitte weiterreiten?«

Sabrina schluckte und fühlte sich wie eine Närrin. »Natürlich.« Sie eilte zum Bach, ergriff Gingers Zügel und führte sie zum Weg zurück. »Heute morgen haben Skylars und Hawks Gäste die Reise zum Fort angetreten. Und nun müßten sie in unserer Nähe sein, nicht wahr?«

»Vermutlich«, stimmte Sloan zu und gab ihr ein Stück Dörrfleisch.

»Also werden sie in die Schlechtwetterfront geraten.«

»Ja, aber sie sind besser ausgerüstet als wir – mit reichlich Proviant, Zelten und Wagen für die Frauen.«

»Oh ...« Diesmal protestierte sie nicht, als er sie in den Sattel hob. Alle Muskeln taten ihr weh.

Während sie weiterritten, beobachtete sie den Himmel. Eine Zeitlang leuchtete er in unverändertem klarem Blau, dann färbte er sich allmählich grau. Der Wind frischte auf, die Temperatur sank. Fröstelnd zog Sabrina ihre Handschuhe an. Die Köpfe gesenkt, kämpften die

Pferde gegen den Sturm und kamen nur langsam voran. Und dann begann es zu schneien.

Stundenlang ritten sie dahin, und Sabrina wußte nicht mehr, wie lange sie schon auf dem Rücken ihrer Stute saß.

»Alles in Ordnung?« fragte Sloan irgendwann, und sie versuchte zu nicken. Aber sie war sich nicht sicher, ob es ihr gelang.

Die Nacht brach herein und färbte die grauen Wolken schwarz. Plötzlich stieg Sloan ab. Im dichten Schneetreiben sah Sabrina nicht, was er tat. Wenig später stand er neben ihr, wickelte sie in eine Decke und zog sie über ihren Kopf. »Das wird dich wärmen.«

»Danke ...« Trotz der warmen Hülle fürchtete sie zu erfrieren. Wie lange würde die Tortur noch dauern?

Nach einer Weile rief Sloan: »Da vorn!«

Sie sah nur weiße Flocken ... Nein, die Umrisse einiger Gebäude. Thomas beschleunigte sein Tempo, und Ginger folgte ihm. Beinahe fiel Sabrina aus dem Sattel. Mit lautem Jubel wurde Sloan von den Wachtposten begrüßt. Und Sabrina ritt in ihr neues Heim.

Trotz Schneesturms eilten ihnen mehrere Soldaten entgegen. Einer der Männer half Sabrina abzusteigen und brachte sie schnell in ein Holzhaus. In der Mitte des großen Büros verbreitete ein Herd angenehme Wärme und Kaffeeduft. Die spartanische Einrichtung bestand aus Schreibtischen, Tischen und Stühlen.

»Willkommen, Mrs. Trelawny!« grüßte der braunhaarige junge Mann an ihrer Seite. »Ein furchtbares Wetter, nicht wahr?«

»Danke ... Ja, grauenhaft.«

Begleitet von einem eifrigen Soldaten, trat Sloan ein. Der Wind warf die Tür hinter ihnen zu.

»Meine Liebe, das ist Captain Tom Custer ...«, begann Sloan und nickte dem Offizier zu, der sie hereingeführt hatte.

»Custer?« fiel Sabrina ihm verwirrt ins Wort. Dann biß

sie zerknirscht in ihre Lippen. Es war sehr unhöflich gewesen, ihn zu unterbrechen. Aber dieser Name erregte verständliches Staunen, denn die Aktivitäten des berühmten Kriegshelden Custer wurden ständig in den Zeitungen erwähnt – Glanztaten ebenso wie Mißerfolge.

»Ich bin Tom, Ma'am«, erklärte der braunhaarige Captain lächelnd, »der Bruder des Colonels, von dem Sie so viel gehört haben.«

»Tut mir leid ...«

»Derzeit verbringt mein Bruder einen Urlaub im Osten, aber er müßte bald zurückkehren.« Tom Custer winkte den jungen Soldaten zu sich. »Private Smith!«

»Sir!«

»Tragen Sie Mrs. Trelawnys Gepäck ins Quartier des Majors. Wie ich höre, sind Glückwünsche fällig, Sloan.«

»Tatsächlich?«

»Einem Gerücht zufolge wurden Sie befördert, und ich nehme an, General Terry wird Ihnen demnächst die entsprechenden Papiere überreichen.«

»Das freut mich. Danke für die Information.«

»Nicht daß es für einen alten Späher wie Ihren Ehemann irgend etwas bedeuten würde, Ma'am.«

Tom zwinkerte Sabrina zu, die ihn sehr sympathisch fand. »Wie lautet der offizielle Titel, der's Ihnen gestattet, zu kommen und zu gehen wie der Wind, Sloan? Verbindungsoffizier? Von niemandem nimmt er Befehle entgegen, Mrs. Trelawny. Meines Wissens ist er der einzige Mann in der Army, der seit zehn Jahren immer nur das tut, was er will. Das versucht nicht einmal mein Bruder George, aber der gerät viel öfter in Schwierigkeiten als Sloan.«

»Oh?« Sie wandte sich zu ihrem Mann, dessen Miene nichts von seinen Gedanken preisgab, und sie fragte sich, in welcher Beziehung er zu all diesen Indianerfeinden stand.

»Sicher sind Sie müde von Ihrem langen, beschwerlichen Ritt, Mrs. Trelawny«, fuhr Tom fort. »Im Quartier des Majors ist alles für Ihre Ankunft vorbereitet, und ich hoffe, Sie sind mit unseren Bemühungen um Ihre Bequemlichkeit zufrieden.«

»Ganz sicher, Sir, vielen Dank.«

»Nun müssen Sie die Kälte nur noch ein paar Minuten lang ertragen.«

Sloan umfaßte Sabrinas Schultern und führte sie aus dem Büro. Ein eisiger Wind peitschte ihr Schneeflocken ins Gesicht, und sie mußte die Augen schließen. Als sie ins Dunkel blinzelte, sah sie, daß sie sich einem länglichen, ebenerdigen Holzhaus näherten. Sloan öffnete die Tür und schob seine Frau über die Schwelle.

»Willkommen, Sir, Ma'am!« Der junge Private Smith stand neben einem älteren, bärtigen Mann, der sich mit einer knappen Verbeugung vorstellte.

»Sergeant Dawson, Ma'am. Willkommen. Bitte, entschuldigen Sie uns jetzt und machen Sie sich's gemütlich. Hoffentlich fühlen Sie sich wohl bei uns, Sir!« Er wandte sich zu Sloan, salutierte und schlug die Hacken zusammen.

»Stehen Sie bequem, Sergeant. Danke.« Dawson nickte, eilte in die Kälte hinaus, und der junge Soldat wollte ihm folgen. Aber Sloan hielt ihn zurück. »Ist diese dampfende Badewanne im Schlafzimmer für meine Frau oder mich bestimmt, Private Smith?«

»Nun ja, Sir, nachdem Mrs. Trelawny so lange durch den Schneesturm geritten ist ...«

»In der Tat, Private. Besten Dank.«

Jetzt bemerkte Smith, daß er gehänselt worden war. Errötend grinste er und verließ das Haus.

Sabrina sah sich um. Unter einem breiten, von Bücherregalen flankierten Torbogen zwischen dem Büro und dem Schlafzimmer verströmte ein kleiner Backsteinherd angenehme Wärme. Ein Eßtisch stand davor. Neben der dampfenden Wanne aus Holz und Kupfer hatten Dawson und Smith einige Eimer voll heißem Wasser bereitgestellt.

»Am besten badest du sofort«, schlug Sloan vor. »Sonst wird das Wasser kalt.«

Unbehaglich nickte Sabrina. Dies war das erste Heim, das sie als Ehepaar bewohnen würden. In wachsender Nervosität dachte sie an die Neugier, die sie im Fort erregen würde. Sloans prüfender Blick machte sie noch unsicherer. »Mußt du dich nicht – irgendwo melden?«

Lachend zog er seinen Mantel aus und hängte ihn an einen Haken bei der Tür. »Nicht heute abend – nachdem ich wochenlang unterwegs war.« Er nahm ihr den Umhang ab und hängte ihn ebenfalls an die Garderobe, dann ging er zu einem Mahagonischreibtisch, auf dem Zeitungen, Briefe und Papiere lagen.

Da er vorerst beschäftigt war, seufzte Sabrina erleichtert. Nun schaute sie sich etwas genauer um und wanderte durch den Torbogen. Zwei Polstersessel standen links und rechts von dem kleinen Backsteinherd. Im Schlafzimmer, das sich dahinter befand, sah sie einen großen Schrank und zwei Kommoden aus Kirschbaumholz. Zu ihrer Verblüffung hingen mehrere Bilder an den Wänden. Sie hatte Sloan nicht für einen sentimentalen Mann gehalten, der sich mit persönlichen Dingen umgab. Über dem Bett entdeckte sie einen imposanten indianischen Kriegs-Kopfschmuck, an der Wand gegenüber das Porträt eines würdevollen Offiziers in einer Gala-Uniform – offensichtlich sein Großvater mütterlicherseits.

Oberhalb des Kamins hing das Bild eines jungen Kriegers, dessen langes schwarzes Haar im Wind flatterte. Die Arme ausgestreckt, blickte er zum Himmel hinauf. Dieses eindrucksvolle Kunstwerk verkörperte alles, was sich die Weißen unter einem edlen Indianer vorstellten – das Gemälde eines starken Mannes, der heldenmütig für seine Freiheit kämpfte.

»Mein Vater.« Verwirrt drehte sie sich zu Sloan um, der unbemerkt hinter sie getreten war. »Hunting Bear.«

»Ein attraktiver Mann.«

»Verzeih mir, daß ich dich bei der Besichtigung deines neuen Heims störe. Aber dein Bad wird kalt.«

»Nur noch einen Augenblick ... Das andere Porträt zeigt deinen Großvater, nicht wahr?«

»Ja.«

»Obwohl ich ihm vor langer Zeit begegnet bin, erinnere mich sehr gut an ihn. Er war so freundlich.«

»Also genießt wenigstens *ein* Trelawny dein Wohlwollen.« Ohne eine Antwort abzuwarten, wies er auf ein kleineres Porträt, das seine Kommode schmückte. »Meine Mutter.«

Aufmerksam musterte Sabrina das Bild einer attraktiven, etwa zwanzigjährigen blonden Frau, von der Sloan die hohen Wangenknochen und geschwungenen Brauen geerbt hatte. Nun wußte sie, warum er so faszinierend aussah. »Wie schön sie war ...«

»Freut mich, daß sie dir gefällt.«

»Sicher brach das Herz ihres Vaters, als sie von den Indianern entführt wurde.«

»Danach kannst du ihn ja fragen.« Sloan kehrte in den anderen Raum zurück, und sie folgte ihm.

»Werde ich ihn bald treffen?«

Geistesabwesend setzte er sich an den Schreibtisch und blätterte in seinen Papieren. »Ich weiß nicht genau, wann. Und mach dir bloß keine Hoffnungen – ich schicke dich nicht zu meinem Großvater nach Georgetown.«

»Vielleicht solltest du ihn öfter besuchen. Er ist schon ziemlich alt ...«

»... und kerngesund und sehr beschäftigt. Regelmäßig schreibt er Leitartikel und erklärt den Politikern in Washington, was er von ihnen hält. Wahrscheinlich wird er uns alle überleben.«

»Du müßtest dich trotzdem mehr um ihn kümmern.«

»Warum verfolgst du dieses Thema so hartnäckig? Vorerst werden wir nicht zur Ostküste fahren. Ich habe keine Zeit zu verschwenden.«

»Vielleicht wäre es besser, wir würden uns für eine Weile trennen und über unsere Ehe nachdenken …«

»Nein. Begreif doch endlich, daß du mich nicht zu einer Scheidung bewegen kannst. Bevor uns der Zufall zusammengeführt hat, war mir nicht bewußt, wie sehr ich mir eine Familie wünsche. Und dieses Ziel werde ich nicht erreichen, wenn ich dich in den Osten schicke.«

Bedrückt senkte sie den Kopf. Die Fehlgeburt hatte sie schmerzlich getroffen. Aber jetzt war sie noch nicht bereit, auf ein neues Baby zu hoffen, nicht hier draußen, in diesem gefährlichen Grenzgebiet. »Vielleicht kann ich keine Kinder mehr bekommen.«

»James sieht keinen Grund, der dagegen sprechen würde.«

»Und wenn er sich irrt?«

»Und wenn der Mond auf die Erde fällt? Sabrina, ich muß meine Korrespondenz durchsehen. Nimm endlich dein Bad.«

Sie zögerte immer noch. »Vermutlich gibt es viele Frauen, die dir nur zu gern Kinder schenken würden.«

»Mit denen bin ich nicht verheiratet. Soll ich dir beim Auskleiden helfen?«

»Nein!« fauchte sie, eilte ins Schlafzimmer und starrte die Wanne an. Es widerstrebte ihr, sich ins Sloans Nähe auszuziehen. Doch er blieb im anderen Raum. Sie hörte ihn mit seinen Papieren rascheln. Auf dem Bett lagen Handtücher und eine Seife.

Sabrina schlüpfte aus ihren Kleidern und stieg in die Wanne. Beinahe hätte sie geschrien, weil das Bad noch so heiß war. Aber dann tauchte sie unter, und es fühlte sich wundervoll an. Die Wanne war groß und tief. Für kräftig gebaute Soldaten bestimmt, dachte sie lächelnd. Sie begann sich zu waschen, genoß das sinnliche Vergnügen des warmen Wassers, den köstlichen Seifenduft. Nach einer Weile legte sie den Kopf an den hölzernen Rand und schloß die Augen.

Als sie die Lider hob, stand Sloan neben der Wanne,

einen Keramikbecher in der Hand. Verwirrt hielt sie den Atem an. Sie hatte seine Schritte nicht gehört. »Möchtest du Glühwein trinken? Den hat unser fürsorglicher Private Smith auf den Herd gestellt.«

»Danke ...« Sie nahm den Becher entgegen, und Sloan kehrte an den Schreibtisch zurück.

Langsam nippte Sabrina an dem heißen Wein, der ihr ausgezeichnet schmeckte – nach dem Ritt im Schneetreiben ein ebenso erfreulicher Luxus wie das Bad.

Wenig später kam Sloan wieder zu ihr. An den Torbogen gelehnt, schien er in Gedanken zu versinken, und sie fragte sich, ob er eine beunruhigende Nachricht erhalten hatte. Hastig leerte sie den Becher und stellte ihn auf den Boden. Dann ergriff sie ein Handtuch, das sie blitzschnell um ihren Körper wickelte, als sie aus der Wanne kletterte. »Falls du baden willst – das Wasser ist noch warm.« Sie nahm einen Morgenmantel aus der Satteltasche, die auf dem Bett stand, und zog ihn rasch an. Während sie ihr nasses Haar mit einer Bürste entwirrte, versuchte sie Sloan zu ignorieren.

Ungeniert kleidete er sich aus, stieg in die Wanne, und sie hörte ihn zufrieden seufzen. »Wenn du dein Haar beim Herd bürstest, wird's bald trocknen. Aber das willst du natürlich nicht, weil ich in der Nähe des Feuers bade ... Ist das nicht wundervoll? Flitterwochen in unserem ersten Heim ...«

»Das ist kein Heim, sondern ein militärischer Stützpunkt«, betonte sie nervös.

»Vor dem Herd steht ein bequemer Sessel.«

»Danke, ich komme sehr gut zurecht.«

»Du solltest dein Haar etwas schneller trocknen lassen. Sonst erkältest du dich.«

Irritiert ging sie zum Herd.

»Möchtest du noch etwas Glühwein?« fragte er.

»Soll ich dir welchen bringen?« erbot sie sich höflich.

»Das wäre sehr nett.«

Auf dem Herd stand eine Karaffe. Sabrina füllte zwei

Becher, drückte einen in Sloans Hand und vermied es angelegentlich, ins Wasser zu schauen. Dann sank sie in einen der Polstersessel, stellte ihren Becher neben sich auf den Boden und bürstete wieder ihr Haar.

»Seltsam ...«, bemerkte Sloan.

»Was meinst du?«

»Diese idyllische häusliche Szene.«

Erbost starrte sie ihn an. »Mußt du mich dauernd hänseln?«

»Das meine ich ernst.«

Sie wich seinem Blick aus, zutiefst verwirrt, weil er immer wieder unerwünschte Gefühle weckte.

In diesem Moment flog die Haustür auf. »Bist du da, Sloan? Ich habe gehört, du seist zurückgekommen ...« Zu Sabrinas Verwunderung stürmte eine Frau herein, riß ihren Umhang von den Schultern und versprühte Schneeflocken – eine atemberaubende Schönheit mit schwarzem Haar, elfenbeinweißer Haut und smaragdgrünen Augen. Obwohl sie gertenschlank war, drohten ihre vollen Brüste das Oberteil ihres Kleids zu sprengen. Sie mochte etwa zehn Jahre älter als Sabrina sein, was ihre Reize nicht beeinträchtigte. Offenbar entdeckte sie Sloan in der Wanne. Aber sie hatte Sabrinas Anwesenheit nicht bemerkt. Noch nicht. »Endlich bist du wieder da! Jedesmal, wenn du durch die Wildnis reitest, mache ich mir schreckliche Sorgen. Und ich habe dich so vermißt ... Oh!« Abrupt blieb sie vor dem Torbogen stehen und starrte Sabrina an. »Also ist es wirklich wahr – du hast geheiratet!« Sie erholte sich sehr schnell von ihrer Überraschung. »Als ich's erfuhr, konnte ich's gar nicht glauben. Was für ein reizendes Mädchen!«

Sabrina war sprachlos, Sloan nicht. Seelenruhig stieg er aus der Wanne und hüllte sich in ein Handtuch. »Guten Abend, Marlene. Ja, in der Tat, ich habe geheiratet. Das ist Sabrina, meine Frau. Sabrina, darf ich dir Marlene Howard vorstellen, die Tochter eines Colonels, unter dem ich im Sezessionskrieg diente, und die Witwe des

Kongreßabgeordneten Howard aus Delaware. Vor ein paar Monaten ist er gestorben. Außerdem ist sie die Schwester des Captains Jones von der Siebenten Kavallerie.«

»Was für ein Freude, Sie kennenzulernen, Sabrina!« beteuerte Marlene höflich. »Sicher wird es Ihnen im Fort gefallen. Nun will ich euch beide nicht länger stören.« Anmutig wandte sie sich ab, legte das Cape um ihre Schultern und verließ das Haus.

»Verdammt, warum habe ich den Riegel nicht vorgeschoben?« seufzte Sloan.

»Und warum läuft eine Frau herein, ohne anzuklopfen, wenn sie nicht jederzeit willkommen ist?« fragte Sabrina ärgerlich. »Hast du sie denn nicht erwartet?«

»Sei nicht albern. Daß ich eine gewisse Vergangenheit habe, war dir von Anfang an klar.«

»Eine Vergangenheit, die noch nicht lange zurückliegt.« Warum sie sich so verletzt fühlte, wußte sie selber nicht.

»Ich habe erst in Schottland geheiratet. Erinnerst du dich?«

»Und dann kamst du hierher zurück ...«

»Nur um Raleigh zu beauftragen, mein Quartier für meine Ehefrau herzurichten. Danach ritt ich sofort ins Sioux-Gebiet.«

»Mrs. Howard muß eine sehr gute – Freundin sein.«

»Eine alte Bekannte.«

»Ach, wirklich?«

»Müssen wir deshalb streiten?« Das Handtuch um die Hüften geknotet, trat er vor den Herd.

»Ich streite nicht, ich weise nur auf gewisse Fakten hin, um zu erläutern, wie lächerlich und sinnlos unsere Ehe ist.« Wütend fuhr sie mit der Bürste durch ihr Haar. Aus den Augenwinkeln sah sie, wie sich die Muskeln in seinem Magen anspannten, und sie verfluchte den Impuls, ihn zu berühren.

»Trotzdem sind wir verheiratet. Und ich wäre dir

dankbar, wenn du mir weitere Diskussionen über dieses Thema ersparen würdest.«

Sie stand auf und wandte sich ab. »Also gut, die Diskussion ist beendet. Ich würde ohnehin lieber allein bleiben. Wenigstens für eine Weile. Da du so schmerzlich vermißt wurdest – vielleicht könntest du den Abend mit deinen Freunden und Freundinnen verbringen.« Sie ging ins Schlafzimmer, nicht zu schnell, nicht zu langsam – würdevoll und königlich.

Bevor sie das Bett erreichte, packte Sloan ihren Arm und drehte sie zu sich herum. »Gewiß, ich habe eine Vergangenheit. Aber ich werde dir nicht erlauben, mit dieser Tatsache unsere Zukunft zu zerstören.«

»Laß mich los!«

»Ein für allemal – wir sind verheiratet, und ich wünsche mir eine Familie.«

»Nicht heute abend ...«

»Doch, heute abend!«

»Darf ich dich noch einmal an die Frauen erinnern, die liebend gern eine Familie mit dir gründen würden?«

Seine Augen funkelten, aber sie wußte nicht, ob er Belustigung oder Zorn empfand. »Diese Frauen begehre ich nicht. Nur dich. Weil du mich unentwegt mit sanften, zärtlichen Worten betörst ...«

»Hör auf, mich zu verspotten ...« Bestürzt verstummte sie, als er sie hochhob und aufs Bett warf. Eine Sekunde später wurde sie von seinem Gewicht auf die Matratze gepreßt und war hilflos gefangen.

»Und ich begehre dich, weil ein süßes Feuer in dir brennt, obwohl du dich dagegen wehrst – weil ich von dir besessen bin. Finde dich endlich mit deinem Schicksal ab. Ich lasse dich niemals gehen.«

»Hast du deine Geliebten auch so leidenschaftlich bedrängt?« wisperte sie und erschrak über ihre qualvolle Eifersucht.

»Nein. Und sei beruhigt – in diesem Bett habe ich keine einzige meiner Geliebten umarmt.«

Plötzlich wünschte Sabrina, sie könnte ihm glauben. Und sie kämpfte vergeblich gegen eine heiße Sehnsucht an. Ja, sie *wollte* in diesem Bett liegen und Sloans Nähe spüren.

Sein Mund berührte den Puls an ihrem Hals, seine Hände öffneten ihren Morgenmantel. Als das Handtuch von seinen Hüften glitt, hielt Sabrina den Atem an. Seine Finger wanderten über ihre Brüste, ihre Schenkel. Fest entschlossen reglos und passiv zu bleiben, senkte sie die Wimpern. Wenn er es auch nicht wahrhaben wollte – seine Vergangenheit stand zwischen ihnen. Und wie sollte sie einem Mann vertrauen, der sie nur wegen ihrer Schwangerschaft geheiratet hatte? Aufreizend liebkoste seine Zunge eine ihrer Brüste und umkreiste die Knospe. Betörende Küsse zogen eine verführerische Spur zu ihrem Bauch hinab. Behutsam schob er ihre Schenkel auseinander, und sie wappnete sich energisch gegen die nächsten Angriffe auf ihre Sinne.

Nun küßte er eine Kniekehle, einen Fußknöchel, während er die Innenseite eines Schenkels streichelte. Und dann folgten seine Lippen den betörenden Fingern. Doch bevor sein Mund die intimste Stelle ihres Körpers fand, begann ein wildes Feuer in ihr zu lodern, und sie konnte einen leisen Schrei nicht unterdrücken.

»Nein – nein ...«, protestierte sie immer wieder, zerrte an seinem Haar, grub ihre Nägel in seine Schultern, bis sie keine Worte mehr fand und sich in hemmungslosem Verlangen umherwand.

Und dann verschloß ihr ein verzehrender Kuß den Mund, während er sich mit ihr vereinte. Warum begehrte sie ihn so sehr? Vom Rhythmus des unwiderstehlichen Liebesakts besiegt, strich sie über seinen Rücken, klammerte sich an ihn, hob ihm die Hüften entgegen. Inbrünstig sehnte sie sich nach der süßen Ekstase, die sie auf dem Gipfel der Lust empfinden würde. O Gott, wenn sie bloß nicht wüßte, wie wundervoll das war ... Es dauerte nicht lange, bis sie von einem intensiven

Höhepunkt erschüttert wurde, bis sie Sloans zitternde Anspannung und das flüssige Feuer seiner Erfüllung in sich spürte.

Danach strich er ihr das wirre Haar aus dem Gesicht, und sie las ein dunkles, sinnliches Lächeln in seinen Augen. »Wenn du auch furchtbar halsstarrig bist, Sabrina – unter deinem Eis brennt ein beglückendes Feuer und dafür danke ich dem Himmel.« Ihre gerunzelte Stirn bewog ihn, in schallendes Gelächter auszubrechen, was ihren Zorn noch schürte. Mit aller Kraft stemmte sie ihre Hände gegen seine Brust, und das erheiterte ihn erst recht. »Habe ich dich beleidigt?«

»Allerdings! Warum mußt du mich dauernd mit Hohn und Spott überschütten, du Bastard?« Ihre Faust traf sein Kinn, und sekundenlang fürchtete sie seine Rache.

Aber er strich nur über die mißhandelte Stelle, als hätte ihn die Kraft ihres Schlags verblüfft – und ihm eine Lektion erteilt. »Ja, das bin ich«, stimmte er leise zu. »Ein Bastard.« Er stand auf, nahm einen Morgenmantel aus blauer Wolle von einem Haken neben dem Bett und schlüpfte hinein. Dann ging er zum Torbogen.

»Sloan!« Ihr Ruf überraschte sie selbst. »Tut mir leid.«

»Weil du mich geschlagen hast?« fragte er und drehte sich um.

»Nein, das hast du verdient. Ich meine – was ich gesagt habe.«

»Mir tut's auch leid.«

Verwirrt starrte sie ihn an. Was bedauerte er? Daß er ein Bastard war? Daß er mit ihr geschlafen hatte? Daß sie eine so problematische Ehe führten? In ihren Augen brannten Tränen, und sie wußte nicht mehr, was sie wollte.

Nur …

Sloans Wärme, seine Nähe. Beides hatte sie besessen – und von sich gestoßen. Sie erinnerte sich an ihren Wunsch, die Ehe annullieren zu lassen, in den Osten zurückzukehren, zu lachen und zu tanzen und Partys zu besuchen – statt hier zu leben, inmitten eines blutigen Krieges und vor Angst zu vergehen.

Vor Angst um Sloan …

Gequält vergrub sie ihr Gesicht im Kissen. Der Stolz verbot ihr aufzustehen und ihrem Mann in den Nebenraum zu folgen.

Das Kinn in die Hände gestützt, saß er am Schreibtisch. Er sollte sie gehen lassen. Vielleicht würde sie sich jahrelang nach ihrer Freiheit sehnen. Und wann immer er sie liebte, würde er sie gewissermaßen bezwingen.

Erschöpft fuhr er mit allen Fingern durch sein Haar. Nein, er konnte sie nicht gehen lassen. Noch nicht. Er verdrängte seine deprimierenden Gedanken und konzentrierte sich wieder auf die Briefe, die ihn so beunruhigt hatten.

12

Unglücklicher denn je, räumte Sabrina am nächsten Morgen Sloans Sachen in seine Kommode und packte die wenigen Kleidungsstücke aus, die Meggie ihr geschickt hatte. Für diesen Tag erschien ihr ein aquamarinblaues Kleid mit einem leinenen Unter- und einem wollenen Überrock geeignet. Nachdem sie sich angezogen hatte, steckte sie ihr Haar zu einem strengen Knoten hoch, um möglichst würdevoll zu wirken. Bald würde sie die Klatschbasen treffen, die sie auf der Party in Mayfair kennengelernt hatte.

Als die Sonne unterging, klopfte es an der Tür, und Sabrina ließ eine junge Frau herein. »Hallo, Mrs. Trelawny, ich bin Cissy. Neulich haben wir uns im Haus Ihrer Schwester getroffen.«

»Oh, natürlich, ich erinnere mich.« Das Mädchen, das ständig gekichert hatte … »Treten Sie doch näher.«

»Eigentlich wollte ich Sie abholen. Die Männer spielen gerade mit ihren Landkarten Krieg, und Maggie Calhoun, Toms und Colonel Custers Schwester, gibt eine Dinnerparty. Erst mal trinken wir Sherry und unterhalten uns – und hoffen, die Gentlemen werden auftauchen, bevor sich die gebratenen Fasane in Steine verwandeln.«

»Das ist sehr freundlich, aber ...«

»Bitte, Mrs. Trelawny, kommen Sie mit!« drängte Cissy. »Wir Frauen bilden eine verschworene Gemeinde im Fort. Wenn die Männer davonreiten, wissen wir nie, ob sie zurückkommen, und deshalb stehen wir uns besonders nahe. Vielleicht haben Sie in Mayfair den Eindruck gewonnen, wir wären gräßliche Klatschmäuler. Aber so schlimm sind wir gar nicht. Und außerdem – wenn Sie sich zu uns gesellen, können wir nicht über Sie reden.«

»Da haben Sie recht«, stimmte Sabrina lächelnd zu und entsann sich, daß sie nicht in Einsamkeit und Selbstmitleid zu versinken plante. Und wenn sie Feindinnen im Fort hatte, wollte sie feststellen, wer das sein mochte. »Besten Dank für die Einladung. Einen Augenblick, ich hole nur rasch mein Cape. Vielleicht sollte ich eine Nachricht für meinen Mann hinterlegen ...«

»Nicht nötig, er weiß, wo er Sie findet.«

Inzwischen hatte es zu schneien aufgehört. Während sie durch das Fort gingen, zeigte Cissy auf verschiedene Gebäude und erklärte, welchem Zweck sie dienten. »Sicher bewohnen die Offiziere im Osten schönere Quartiere. Hier ist alles ein bißchen rustikal.«

»Sloans Haus gefällt mir sehr gut.«

»Das freut mich. Hoffentlich werden Sie sich bald bei uns einleben.«

»Im Augenblick kommt mir alles so fremd vor ... Aber ich bin schon sehr interessanten Leuten begegnet«, fügte Sabrina trocken hinzu.

Ihr sarkastischer Unterton entging Cissy nicht. »Nun, ich weiß nicht, wen Sie schon kennen. Bitte, beurteilen

Sie uns nicht zu hart. Wir führen ein seltsames Leben in diesem Fort ...« Prüfend schaute sie Sabrina an. »Major Trelawny muß sich Hals über Kopf in Sie verliebt haben. Mit seiner Heirat hat er uns alle verblüfft ... Natürlich freuen wir uns mit ihm«, beteuerte sie hastig. »Ah, da sind wir!« Sie eilte zwei hölzerne Verandastufen hinauf, klopfte an die Haustür und öffnete sie. Höflich ließ sie ihrer Begleiterin den Vortritt und schloß die Tür hinter sich. »Ich habe Mrs. Trelawny mitgebracht«, verkündete sie voller Stolz.

Aufmerksam musterte Sabrina die Frauen, während Cissy sie zu der attraktiven Gastgeberin führte. Margaret, die Schwester der beiden Custers, war mit Lieutenant James Calhoun verheiratet, dem Kommandanten der Kompanie L. von der Siebenten. Sabrina wurde mit Sarah bekannt gemacht, der Frau des Pastors, mit Jean, der schüchternen Gemahlin eines Captains. Schließlich folgte sie Cissy zu den beiden Frauen, die sie in unangenehmer Erinnerung hatte – Louella und Norah.

Zu ihrer Verwunderung eilte Louella auf sie zu und schüttelte ihre Hand. »O Mrs. Trelawny, ich muß mich bei Ihnen entschuldigen. Hier draußen im wilden Grenzgebiet vergessen wir manchmal unsere Manieren. Und weil wir in einer so abgeschiedenen Gegend wohnen, tratschen wir viel zu gern.«

»Schon gut – es ist verständlich, daß Sie um das Wohl eines Mitbewohners besorgt sind«, erwiderte Sabrina, gern bereit, Frieden zu schließen.

Cissy wechselte einen triumphierenden Blick mit Louella, als wäre Sabrina eine besonders kluge Schülerin, die genau die richtige Antwort gegeben hatte.

»Wunderbar, dann sind wir alle Freundinnen!«

Norah legte ihr Strickzeug beiseite, ergriff Sabrinas Hand und führte sie zu einem Sofa, das mitten im Zimmer vor einem Backsteinofen stand. »Wenn's Ihnen nichts ausmacht, Mrs. Trelawny – bitte, erzählen Sie uns doch, was mit Senator Dillman passiert ist.«

Dieser indiskrete Wunsch schockierte Sabrina. Natürlich wußte sie, daß der Tod ihres verbrecherischen Stiefvaters einen Skandal heraufbeschworen hatte. Und vielleicht galt sie seither, ebenso wie Skylar, nicht mehr als ›salonfähig‹, obwohl sie beide unschuldig waren. Zweifellos würden einige Gentlemen unter den gegebenen Umständen weder die eine noch die andere Schwester heiraten. Die Frauen im Fort mochten sich zwar etwas rüde benehmen, aber ihre direkte Art gefiel Sabrina. Sie hatte nichts dagegen, wenn sie ihr freimütige Fragen stellten, statt hinter ihrem Rücken über sie zu tuscheln.

»Leider ist das eine sehr traurige Geschichte«, meinte sie und nahm Platz.

Maggie Calhoun brachte ihr eine Tasse Tee, und Sabrina bedankte sich lächelnd.

»Bitte, wir würden so gern die Einzelheiten hören!« drängte Louella.

»Nun – in meiner frühen Kindheit war Brad Dillman der beste Freund meines Vaters. Wir vertrauten ihm rückhaltlos. Dann geriet der Bruder meines Vaters in Schwierigkeiten und mußte nach Virginia zurückkehren. Papa versuchte ihm zu helfen. Wenig später erzählte uns Dillman, die Konföderierten hätten meinen Vater für einen Unionsspion gehalten und heimtückisch ermordet. Aber meine Schwester Skylar hatte Papa vor seinem Tod gesehen und kurz mit ihm gesprochen. Und dann beobachtete sie, wie Dillman sein Messer reinigte ...«

Entsetzt preßte Toms Frau eine Hand auf ihr Herz. »O Gott, die Tatwaffe!«

»Ja«, bestätigte Sabrina. »Aber niemand glaubte ihr. Meine Mutter war völlig verzweifelt, und Dillman stand ihr fürsorglich bei. Welch ein raffinierter Schauspieler ... Mama ärgerte sich über Skylar und mich, weil wir unseren Haß gegen den Schurken nicht verhehlten, und sie versuchte geduldig, Frieden zu stiften. Schließlich heiratete sie ihn.«

»Wie grauenhaft!« seufzte Sarah. »Aber letzten Endes hat die himmlische Gerechtigkeit doch gesiegt, nicht wahr?«

Gerührt über die ehrliche Anteilnahme der jungen Pastorengattin, lächelte Sabrina. Diese Frauen hatten vermutlich alle über sie geklatscht. Jetzt bemühten sich offenbar aufrichtig, das wiedergutzumachen. Und sie wollte die Freundschaft, die ihr angeboten wurde und die sie in dieser gefährlichen Gegend sicher brauchte, nicht zurückweisen.

Ehe sie weitersprechen konnte, flog die Tür auf, und Marlene Howard stürmte herein. Fröstelnd stampfte sie auf den Boden und nahm ihren Umhang ab.

»Was für ein eisiger Winter! Bitte, Norah, schenk mir doch einen Sherry ein! Eigentlich sollten wir die schlimme Kälte wie die Männer mit Whiskey und Zigarren bekämpfen.«

Norah erfüllte ihren Wunsch. »Setz dich zu uns, Marlene. Mrs. Trelawny erzählt gerade eine fantastische Geschichte.«

»Ah, Mrs. Trelawny!« Marlene eilte zu Sabrina, die sich zögernd erhob, und umfaßte ihre Hände. »Willkommen in unserer kleinen Gemeinde! Eine fantastische Geschichte? Wundervoll!«

»Aber es geht um Senator Dillman«, warnte Sarah.

»Natürlich.« Marlene nippte an ihrem Sherry und setzte sich Sabrina gegenüber. »Da mein verstorbener Mann dem Kongreß angehörte, bin ich dem Senator gelegentlich begegnet. Er machte einen intelligenten, charmanten Eindruck, und ich fürchte, Mrs. Trelawny, die halbe Welt hält Sie und Ihre Schwester immer noch für undankbare Stieftöchter.«

Obwohl ein bedauernder Unterton in ihrer Stimme mitschwang, spürte Sabrina, daß diese Frau sie verletzen wollte. Sie zwang sich zu einem Lächeln. »Glücklicherweise – oder besser, unglücklicherweise waren wir Zeuginnen seiner Verbrechen.«

»Erzählen Sie doch das Ende der Geschichte«, bat Sarah.

»Bis zum Tod unserer Mutter führten wir ein halbwegs normales Leben. Dann starb sie ...«

»Armes Kind!« flötete Marlene gedehnt.

Sabrina senkte den Blick und verbarg ihren Ärger. Sorgfältig wog sie ihre nächsten Worte ab, denn sie wollte nicht allzuviel über das Schicksal ihrer Schwester verraten. »Dillman erlitt einen Unfall und gab Skylar die Schuld daran. Kurz danach zog sie in den Westen und heiratete Hawk Douglas. Ich blieb zunächst bei Dillman und pflegte ihn. Als ich meiner Schwester folgte, fuhr er mir nach, um mich zurückzuholen. Wahrscheinlich wollte er sich mein Erbe aneignen. Er versuchte Skylar zu töten – vielleicht, weil sie über seinen Mord an unserem Vater Bescheid wußte. Zuerst beauftragte er Crow-Indianer, Skylar umzubringen. Dieser Versuch schlug fehl, und dann ...«

Begeistert klatschte Cissy in die Hände. »Dann kam's zum großen Showdown, und Ihre Schwester wurde von Hawk und Sloan gerettet. Wie romantisch! Dabei haben Sie den Major kennengelernt. Er ritt herbei, ein Ritter in schimmernder Rüstung auf einem weißen Schlachtroß ...«

»Ein Sioux auf einem schwarzen Wallach namens Thomas«, warf Marlene trocken ein.

Aber Cissy beachtete sie nicht und erfand ihre eigene Geschichte. »Gemeinsam mit Hawk hat er Sie beide vor dem niederträchtigen Senator beschützt, Mrs. Trelawny ...«

»Und sobald er Sie erblickte, verliebte er sich leidenschaftlich in Sie«, ergänzte Sarah.

»Sieht das unserem Sloan ähnlich?« fragte Marlene sanft. »Was ist wirklich geschehen, Mrs. Trelawny?«

»Oh, Sloan eilte uns tatsächlich zu Hilfe, wie der sprichwörtliche edle Ritter auf einem weißen Pferd. Dann mußten meine Schwester und Hawk nach Schottland fahren, und ich begleitete sie. Sloan folgte uns, weil er Hawk in einer schwierigen Situation beistehen wollte …«

»Und weil er sich nach Ihnen sehnte«, fügte Sarah hinzu.

Wohl kaum, dachte Sabrina. »Nun ja – in Schottland beschlossen wir zu heiraten.«

»Kurz danach kehrte er hierher zurück – ohne Sie«, betonte Marlene.

»Weil er seine Pflicht erfüllen mußte. Verständlicherweise geht ihm das Sioux-Problem sehr nahe.«

»Ich weiß, er hat Freunde und Verwandte unter den Sioux«, erwiderte Marlene ungeduldig. »Aber wir führen nun mal Krieg gegen die Indianer, die uns feindlich gesinnt sind, und das sollte er akzeptieren. Er ist lange genug bei der Army. Wenn er nicht aufpaßt, wird man ihm vorwerfen, er würde seine Berichte über die Kampfkraft und Anzahl der Feinde fälschen. Und wenn er weiterhin mit diesen Sioux sympathisiert, könnte man ihn vor ein Kriegsgericht stellen.«

»Niemals würde er etwas Ehrloses tun«, protestierte Sabrina.

»Meine Liebe, Sie stammen aus dem Osten, Sie sind hier fremd, und Sie verstehen nicht, was im Grenzgebiet vorgeht. Informieren Sie sich ein bißchen genauer über die Situation. Sonst gefährden Sie das Leben Ihres Mannes. Bitte, Norah, schenk mir noch mal Sherry ein. Erzählen Sie doch weiter, Mrs. Trelawny. Von plötzlicher Liebe überwältigt, haben Sie Sloan in Schottland geheiratet. Dann kehrte er nach Hause zurück und fand sie – wo?«

Auf Marlenes Frage konzentriert, hörte Sabrina nur mit halbem Ohr die Schritte auf der Veranda. Noch ehe sie antworten konnte, erklärte Cissy: »Natürlich im Haus ihrer Schwester!«

»Entschuldigt mich bitte, ich will mal nachsehen, was da los ist.« Norah sprang auf und lief zur Tür.

»Ah, ich verstehe.« Marlene ließ Sabrina nicht aus den Augen. »Nach Ihrer Rückkehr in die Staaten wollten Sie dem militärischen Lebensstil so lange wie möglich entrinnen, Mrs. Trelawny. Schämen Sie sich!«

Sabrinas gezwungenes Lächeln begann zu erlöschen. »In den ersten Wochen mußte ich auf Sloan warten – wo, spielte keine Rolle. Natürlich bin ich dort zu Hause, wo mein Mann lebt.«

»Wie charmant, meine Liebe ...«, meinte Marlene gedehnt.

»Ja, in der Tat!« rief eine wohlklingende Tenorstimme. Sabrina sah einen bebrillten jungen Mann mit rotblondem Haar und breitem Grinsen auf sich zukommen. Liebevoll tätschelte er Sarahs Kopf, dann schüttelte er Sabrinas Hand und stellte sich vor: »David Anderson, Sarahs Ehemann. Willkommen, Mrs. Trelawny. Wir hatten bereits das Vergnügen, Ihre Schwester kennenzulernen. Und Sie sind ebenso schön – wenn auch auf andere Weise.«

»Vielen Dank.«

»Gerade hat Sabrina uns eine wundervolle, romantische Geschichte erzählt, David.« Sarah stand eifrig auf und trat an die Seite ihres Mannes. »Wie sie von Sloan aus höchster Not gerettet wurde – wie sie sich verliebten und bald danach vor den Traualtar traten!«

»Haben Sie das gehört, Sloan?« Belustigt wandte sich David zur Tür. »Ich wünschte, meine Gemahlin wäre genauso enthusiastisch, wenn sie von *mir* redet.«

»Oh, du bist schrecklich!« klagte Sarah. »Behaupte ich nicht immer wieder, der Himmel habe dich zu mir geschickt?«

Sloan schlenderte lächelnd zu dem Sofa, auf dem Sabrina saß. Erstaunt und verlegen erhob sie sich. Weil sie wußte, daß Marlene sie beobachtete, stieg ihr das Blut in die Wangen. »Also hast du unsere faszinierende Liebesgeschichte erzählt?« fragte er, zog sie an sich und küßte sie.

Es war kein leidenschaftlicher Kuß. Genau richtig in der Öffentlichkeit. Flüchtig – und doch zärtlich …

»So genau weiß ich nicht mehr, was ich gesagt habe«, erwiderte sie leise.

Bis jetzt hatte er Marlene keinen Blick gegönnt. Warum war die Frau so fest entschlossen, ihr irgendwelche Geständnisse zu entlocken? Wußte sie, daß Sloan nicht aus Liebe geheiratet hatte?

Seltsamerweise war Sabrina dankbar, weil Sloan sich in Gegenwart der anderen Frauen wie ein guter Ehemann benahm. Zu dieser schauspielerischen Leistung gehörte auch sein Lächeln – belustigt, charmant und sinnlich. Nicht zum erstenmal spürte sie seine unwiderstehliche erotische Aura.

Am liebsten hätte sie ihm ihre Hand entzogen, denn sie fürchtete sich plötzlich vor den Gefühlen, die er in ihr weckte.

Nun wandte er sich zu den anderen. »Was Sabrina Ihnen erzählt hat, weiß ich nicht. Aber da auch ich ständig mit Fragen bestürmt werde, sollten wir die tatsächlichen Ereignisse schildern. Es war eine sehr sonderbare Situation. Gewissermaßen riß ich Sabrina gewaltsam in meine Arme.« Er grinste boshaft, und ihr Magen drehte sich um. Würde er wirklich die Wahrheit gestehen?

»Sprich doch weiter, Sloan«, bat Marlene.

Er setzte sich auf das Sofa und zog Sabrina an seiner Seite hinab. Nervös wartete sie auf seine nächsten Worte. »Bei unserer ersten Begegnung saß sie in einem Wagen, der von Senator Dillmans indianischen Spießgesellen angegriffen wurde. Als Hawk und ich auftauchten, um Sabrina zu retten, entstand der Eindruck, auch wir würden zu den Angreifern zählen. Ich trug eine Uniform. Aber man konnte mich für einen Sioux halten, der einen Kavalleristen getötet hatte, um ihm die Kleidung zu stehlen. Also mußte ich Sabrina zwingen, sich retten zu lassen. Nach Dillmans Tod wollte ich das Mißverständnis aufklären. Doch da fuhr Sabrina plötzlich mit Skylar und Hawk nach Schottland. Und mir blieb nichts anderes übrig, als ihr zu folgen.«

»Wunderbar!« rief Cissy.

»In der Tat«, stimmte Marlene trocken zu. Sabrina starrte auf ihren Rock hinab.

»Was für eine grandiose Geschichte«, bemerkte Tom Custer, der inzwischen hereingekommen war. »Trinken wir auf die Frischvermählten!«

Bereitwillig nahm Sloan von Tom ein Glas Whiskey entgegen. Alle standen auf und prosteten einander zu. Nun traten weitere Männer ein, und Sarah half den Frauen in der Küche, das Essen vorzubereiten.

Währenddessen setzten sich die Männer und diskutierten. Hin wieder drangen ein paar Worte zu Sabrina, und ihr Eindruck verstärkte sich, in Sloans Abwesenheit hätte sich etwas Unangenehmes ereignet. Sie hörte ihn mit einem der jungen Offiziere – Captain Jenkins, der mit der schüchternen Jean verheiratet war – über die Winter-Offensive gegen die Sioux sprechen.

»Geben Sie's doch zu, Sloan!« entgegnete Jenkins. »Die Kampagne mißfällt Ihnen. Immer wieder entschuldigen Sie all die Greueltaten, die Ihre indianischen Freunde an den Weißen verüben!«

Als Sabrina eine Suppenschüssel auf den Tisch stellte, beobachtete sie ihren Mann und spürte, daß er sich nur mühsam beherrschte.

»Ich entschuldige keine Greueltaten«, erwiderte er, »ganz egal, wer sie begeht. Aber den meisten Leuten bedeuten die Verträge nichts, die sie abgeschlossen haben – kein Sioux darf etwas besitzen, das ein Weißer für sich beansprucht.«

»Offenbar vergessen Sie die Massaker ...«

»Bei der Washita-Kampagne im Jahr 1868 erhielten die Unionssoldaten den Befehl, ein Cheyenne-Lager zu überfallen, alle Krieger zu hängen, die Zelte zu zerstören, Frauen und Kinder gefangenzunehmen. Den Zeitungsberichten zufolge starben 103 Krieger – und nach den Aussagen der Cheyenne nur elf. Die anderen waren Frauen, Kinder und alte Männer.«

»Laut Aussage der *Cheyenne*!« stieß Jenkins zwischen zusammengebissenen Zähne hervor.

Sloan ignorierte den Einwand. »Aufgrund eines Vertrags zwischen der Regierung und den Sioux gehören die Black Hills den Indianern. Was die Massaker betrifft – Sie wissen ebenso gut wie ich, daß die Kavallerie unschuldige Menschen niedergemetzelt hat ...«

»Wenn die Indianer uns attackieren, ermorden sie alles, was sich bewegt«, fiel Jenkins ihm ins Wort. »Denken Sie doch an das Fetterman-Massaker!«

»Gewiß, Fetterman hat uns eine Lektion erteilt. Sein Kommandant wußte, daß ihm nicht genug Soldaten für eine richtige Schlacht zur Verfügung standen. Deshalb erhielt Fetterman die Order, die Indianer nicht zu verfolgen. Dieser Prahlhans verkündete, seine Vorgesetzten seien Narren und er könne die Indianer mit achtzig Mann beseitigen. Zusammen mit Fetterman wurden diese achtzig Mann getötet. Offenbar starb er zum Wohl der Siedler. Die Weißen im Osten forderten die Regierung auf, alle Indianer abzuschlachten. Und das geschieht seither immer wieder.«

»Unentwegt verteidigen Sie die Sioux!«

»Wie Sie wissen, kämpft unser George Armstrong Custer verbissen gegen die Indianer. Trotzdem hörte ich ihn sagen, er könne verstehen, daß ein Sioux sich lieber gegen die Weißen wehrt, als die miserablen Almosen anzunehmen, die verdorbenen, verfaulten Lebensmittel, die sie in die Reservate schicken.«

»Zum Teufel mit Ihnen, Sie gehören zu diesen Rothäuten ...«

Sloan holte tief Atem und beugte sich vor. »Wenn ich zu ihnen gehörte, würde ich in der Prärie leben. Wann immer es möglich ist, versuche ich, Frieden zu stiften und Gefangene zu befreien. Niemand kämpfte härter als Red Cloud zu seiner Zeit. Als er nach Washington fuhr, sah er selbst, was ich ihm oft genug erklärt hatte – daß die Weißen niemals aufhören würden, in den Westen zu strömen. Natürlich muß der Konflikt ein Ende finden. Tausende von Siedlern und Goldsuchern und Abenteurern ziehen hierher, und irgendwann werden die Weißen *alle* Indianer, die Sioux eingeschlossen, in die Regierungsreservate treiben. Ist das richtig? Nein. Wird es jemals Gerechtigkeit geben? Wer kann das sagen? Die Rees und Crow sind stets bereit, an der Seite unserer Kavallerie gegen die Sioux zu kämpfen, weil sie glauben, die hätten sie aus ihren Jagdgründen verscheucht. Und immer mehr Weiße verdrängen die Sioux in Richtung Westen. Da es mehr Sioux als Crow gibt, müssen auch die Crow nach Westen ausweichen. Irgendwann wird das alles aufhören – aus dem gleichen Grund, der dem Norden zum Sieg im Sezessionskrieg verholfen hat. Im Gegensatz zu den Südstaaten konnten wir dauernd neue Soldaten ins Feld schicken.«

»Major!« schrie Jenkins entrüstet. »Schlagen Sie sich auch noch auf die Seite der verdammten Rebellen?«

»Allmählich nimmt diese Debatte absurde Formen an, Captain. Wie Sie wissen, habe ich für die Union gekämpft. Aber ich will verdammt sein, wenn es mir Vergnügen bereitet hätte, meine Freunde, Lehrer und Klassenkameraden aus dem Süden zu töten. Und jetzt finde ich es ebenso schrecklich, ein Volk mitsamt seiner Kultur sterben zu sehen.«

»Sie sprechen wie ein Verräter, Major Trelawny!« fauchte Jenkins.

»Bitte, Lloyd!« flehte Jean, eilte zu ihrem Mann und berührte warnend seinen Arm.

»Halt dich da raus, Jean«, befahl er und schüttelte ihre Hand ab, so unsanft, daß Sabrina erschrak.

Nun mischte sich Marlene mit ruhiger Stimme ein. »Seien Sie doch vernünftig, Captain. Der Major ist kein Verräter. Davon sind wir alle überzeugt.«

Sabrina wußte nicht, warum sie sich dermaßen über

Marlenes Versuch ärgerte, Sloan zu verteidigen. Von plötzlicher Kampflust erfüllt, trat sie vor. »Captain Jenkins, die Geschichten über die brutalen Attacken der Indianer erschüttern mich. Das gebe ich zu. Und wenn ich auch keine Erfahrungen aus erster Hand sammeln konnte – meine Schwester hat eine Zeitlang in einem Indianerlager gewohnt. Deshalb gewann ich gewisse Erkenntnisse. Jeden Konflikt muß man von zwei Seiten betrachten, und es ist zweifellos tragisch, den Untergang eines Volkes und seiner Kultur mit anzusehen.«

»Besten Dank für eure Mühe, meine Damen«, seufzte Sloan irritiert, »aber ich kann selber für meine Loyalität und Ehre eintreten. Entschuldigt mich jetzt und genießt euer Dinner.«

»Major ...« Jenkins schluckte krampfhaft. »Verzeihen Sie mir meine schlechten Manieren. So hätte ich mich in weiblicher Gesellschaft nicht benehmen dürfen. Bleiben Sie hier, wenn Sie wollen, und ich gehe.«

Mit einem frostigen Lächeln schüttelte Sloan den Kopf. »Ich nehme Ihre Entschuldigung an, Captain Jenkins. Aber jetzt sehne ich mich nach frischer Luft.«

Er ging zur Tür, nahm seinen Mantel von einem Haken und warf ihn um seine Schultern. Als Sabrina ihm pflichtbewußt folgte, umfaßte er ihre Hände.

»Meinetwegen sollst du nicht auf das Dinner verzichten, meine Liebe. Reverend Anderson wird dich später zu meinem Quartier begleiten.« Flüchtig küßte er ihre Lippen – ein vollendeter, höflicher Ehemann. Außer ihr würde niemand bemerken, daß er keinen Wert auf ihre Gesellschaft legte. Er verließ den Raum und schloß die Tür hinter sich.

»Verdammt, Jenkins!« fluchte Tom Custer und schaute Sabrina verlegen an.

»Tut mir leid«, erwiderte Jenkins. »Ich bin nun mal ein Weißer. Und die Indianer bringen weiße Siedler um. Deshalb läßt sich dieser Krieg nicht vermeiden. Crook geht bereits gegen die Sioux vor – das ist es, was den

Major heute abend so beunruhigt. Bei seiner Rückkehr fand er Briefe von Sherman, Sheridan und Terry vor, die ihn auffordern, alle Informationen über die Indianer sofort weiterzuleiten. Neue Verhandlungen sind nicht geplant. Wenn ich Major Trelawny beleidigt habe, bedaure ich das zutiefst. Trotzdem sehe ich lieber die Sioux sterben als die Weißen.« Die Schultern gestrafft, wandte er sich zu Sabrina. »Verzeihen Sie mir bitte, Ma'am, in Ihrer Anwesenheit hätte ich mich zurückhalten müssen.«

»Nicht nur Sloan vertritt den Standpunkt, unsere Politiker würden die Sioux grausam behandeln«, betonte Marlene, bevor Sabrina antworten konnte. »So denken viele Unionssoldaten. Doch sie führen ihre Befehle aus, und sie kämpfen, wo immer man sie hinschickt – selbst wenn sie wissen, daß sie ein Unrecht begehen. Und seien Sie doch ehrlich, Gentlemen – Sie alle wollen möglichst viele Indianer töten, um Ruhm und Ehre zu erlangen.«

Jenkins knirschte mit den Zähnen. »Vielleicht. Die meisten Soldaten sehnen die Konfrontation herbei. Nur ein Krieg wird die feindseligen Sioux daran hindern, uns zu ermorden.«

»Dann freuen Sie sich doch, Captain – man hat Ihnen befohlen, an diesem Krieg teilzunehmen.« Gähnend stand Marlene auf. »Ich glaube, ich werde auch auf das Dinner verzichten. Inzwischen ist es spät geworden. Guten Abend.«

»So viel Mühe haben wir uns gegeben!« jammerte Sarah. »Und jetzt will niemand essen.«

»Oh, ich schon!« log Sabrina. Sie verspürte nicht den geringsten Appetit. Doch sie wollte die arme Maggie nicht enttäuschen, die so hart gearbeitet hatte. »Wie köstlich die Fasane duften! Mir läuft das Wasser im Mund zusammen!« Entschlossen eilte sie in die Küche, um die vorbereiteten Platten zu holen, und Jean half ihr.

Bevor Marlene die Tür hinter sich schloß, schenkte sie Sabrina ein seltsames Lächeln. Würde sie Sloan folgen?

Und würde er ihre Gesellschaft schätzen, nachdem er seine Frau zurückgewiesen hatte?

Hastig verdrängte Sabrina diese Gedanken. Mochte sie auch eine unglückliche Ehe führen – vor den Nachbarn im Fort würde sie mit ihrem Mann eine geschlossene Front bilden.

13

Während des höflichen Tischgesprächs entstand der Eindruck, alle Anwesenden würden sich nur vorsichtig äußern. Captain Jenkins schilderte die Streiche, die er zuammen mit seinen Kameraden in der Militärakademie West Point vollführt hatte und David Anderson amüsante Mißgeschicke auf seiner langen Reise nach Westen. Lächelnd hörte Sabrina zu und erweckte den Anschein, sie würde sich keinerlei Sorgen machen.

Sie bemerkte, wie nervös Jenkins immer noch war, trotz seiner lustigen Geschichten. Diese innere Anspannung zeigte er allerdings nur, wenn seine Frau zu ihm kam. Einmal schrie er sie beinahe an, als sie ihm noch ein paar Kartoffeln servierte, und warf ihr einen eisigen Blick zu. Sabrina sagte sich, sie würde ihn nur wegen seines Streits mit Sloan so unsympathisch finden und vielleicht sei er in Wirklichkeit gar nicht so übel. Wie auch immer, sie mochte ihn nicht. Um so besser gefiel ihr die scheue, sanftmütige Jean.

Nach der Mahlzeit wurde der Tisch abgeräumt und das Geschirr gespült. Der junge Reverend Anderson und seine Frau begleiteten Sabrina nach Hause. In der Nähe von Sloans Quartier bat Sarah: »Warte hier, David, ich bringe Mrs. Trelawny zur Tür.«

»Klatschbase!« seufzte er, und sie runzelte entrüstet die Stirn. »Schon gut, geh nur.«

Sarah ergriff Sabrinas Arm, führte sie zu den Verandastufen und wisperte: »Lassen Sie sich von dieser Frau nicht einschüchtern.«

»Wie bitte?«

»Oh, Sie wissen sehr gut, wovon ich rede. Ihr Mann liebt Sie offensichtlich. Also ärgern Sie sich nicht über diese Person.«

»Aber ...«, begann Sabrina.

Sarah hauchte einen Kuß auf ihre Wange, rannte davon, und Sabrina öffnete die Tür. Zu ihrer Überraschung saß Sloan am Schreibtisch. Das hatte sie nicht erwartet. Dank des Gesprächs vor dem Dinner wußte sie nun, was ihn seit seiner Rückkehr ins Fort beunruhigte.

Als sie die Tür hinter sich schloß, wandte er sich zu ihr. »War die Party nett?«

»O ja, du hättest dableiben sollen.«

»Dann wär's nicht so nett gewesen. Jenkins und ich haben uns noch nie vertragen.«

»Was die Indianer betrifft, sind viele Leute seiner Meinung.«

»Bei den Differenzen zwischen dem Captain und mir geht's nicht nur um die Sioux.«

»Trotzdem ...«

»Jedenfalls mußte ich die Party verlassen. Und so sehr ich dein Engagement für die Indianerkultur auch schätze – meine Kämpfe fechte ich lieber allein aus.«

Sabrina zögerte kurz. »Nicht nur ich habe dich verteidigt.«

»Ah, du meinst Marlene. Ihre Einmischung mißfiel mir gleichermaßen. Geh jetzt ins Bett. Sicher bist du müde.«

Mit diesen Worten wurde sie weggeschickt. Sie fühlte sich elend. Doch sie durfte ihm nichts verübeln, denn sie hatte sich am Vorabend unmöglich benommen. »Jenkins ist ein Narr, und es stand ihm nicht zu, dich zu attackieren.«

»Besten Dank für dein Wohlwollen.«

»Sloan ...«

»Ja?«

»Kurz nach dir ist auch Marlene verschwunden.«

»Ich habe ihr nicht bedeutet, mir zu folgen.«

»Das behaupte ich ja gar nicht.«

»Vielleicht ist sie mir nachgerannt. Aber sie holte mich nicht ein. Danach wolltest du mich fragen, nicht wahr?«

»Nein ...«

»Doch«, widersprach er belustigt. »Laß dich nicht nervös machen, sonst würde Marlene ihr Ziel erreichen. Sie genießt es, andere Leute zu ärgern. Und wie gesagt, sie ist nur eine alte Bekannte. Ich hatte keine Affäre mit ihr. Bitte, geh jetzt schlafen. Da ich ziemlich schlecht gelaunt bin, wäre dir meine Gesellschaft unangenehm.«

Sie nickte bedrückt. »Wenn ich dich noch um etwas bitten dürfte ... Im Zelt hast du ein Geschenk von deinem Großvater erwähnt, das du mir geben sollst, und ich würde es gern sehen.«

»Oh, das ist nichts Besonderes.« Sloan stand auf, zog eine Kette mit einem Medaillon hervor und legte sie in Sabrinas Hand. »Als er erfuhr ich würde kein Foto von dir besitzen, war er entsetzt und meinte, dann müßtest du wenigstens eins von mir bekommen. Für dich wird's einfach nur eine Erinnerung an den Mann sein, den du nicht heiraten wolltest. Aber das Medaillon ist ein Familienerbstück. Zuletzt hat's meine Mutter getragen.«

Sabrina öffnete den winzigen Verschluß und betrachtete das Bild eines jüngeren Sloan, mit weniger Fältchen um die Augen. Jetzt gefiel ihr sein Gesicht besser, weil es seinen Charakter widerspiegelte. »Ein wunderbares Geschenk ... Morgen schreibe ich deinem Großvater einen Dankesbrief.«

»Darüber wird er sich freuen.« Sloan setzte sich wieder an den Schreibtisch, und sie spürte erneut sein Bedürfnis, allein zu bleiben. Das mußte sie akzeptieren – angesichts ihrer feindseligen Haltung, die sie oft genug gezeigt hatte. Langsam ging sie ins Zimmer nebenan. In all den Wochen hatte sie sich nach ihrer Freiheit gesehnt. Und nun war sie gekränkt, weil er sie zurückwies.

Sie kleidete sich aus und schlüpfte in ihr Nachthemd. Dann sank sie ins Bett und lauschte, hörte Papiere rascheln und das Kaminfeuer im Schlafzimmer knistern. Nach einer Weile schloß sie die Augen und schlummerte ein.

Irgendwann erwachte sie, weil sie eine tröstliche Wärme spürte, eine seltsame Hitze in ihrem Körper. Sloan lag hinter ihr und streichelte ihren Körper. Offenbar entfachte er schon seit einiger Zeit ihr Verlangen. Obwohl sie bisher geschlafen hatte ...

Provozierend küßte er ihren Rücken durch das Nachthemd hindurch. Sie spürte seine suchende Hand zwischen ihren Schenkeln. Plötzlich drang er in sie ein, und jene süßen Flammen begannen zu lodern, die sie schon so gut kannte.

Der leidenschaftliche, explosive Liebesakt dauerte nicht lange, und Sabrina fand keine Gelegenheit, zu protestieren oder ihrem Mann Gefühle zu zeigen. Vielleicht war er inzwischen zu der Ansicht gelangt, sie würde ohnehin niemals zugeben, wie sehr sie ihn begehrte – wie leicht er sie verführen konnte.

Bald schlief sie wieder ein, in seinen Armen, sicher und geborgen.

Bestrebt, endlich zur Siebenten Kavallerie zurückzukehren, verließ George Armstrong Custer das Hauptquartier in Chicago und fuhr mit der Bahn in die Richtung des Forts. Dort wollte er seine dreizackige Zangenbewegung vorbereiten, die Großoffensive gegen die Sioux.

Aber der Zug wurde von Schneewehen aufgehalten, und er bat seinen Bruder telegrafisch um Hilfe.

Das erfuhr Sloan am nächsten Morgen. Als es an seiner Tür klopfte, schlüpfte er aus dem Bett – ganz vorsichtig, um Sabrina nicht zu stören. Verwundert erkannte er, welche Freude es ihm bereitete, sie schlafen zu sehen. Das kastanienbraune Haar war auf dem Kissen ausgebreitet, ihre Lippen lächelten im Traum.

Während er sich anzog, hielt er sekundenlang inne.

Sonderbar – das Eheleben gefiel ihm. Das hätte er nie für möglich gehalten. Aber es beglückte ihn, neben Sabrina zu liegen und sie an sich zu drücken, sie zu lieben, an ihrer Seite zu schlafen und zu erwachen. Wenn sie auch nicht jederzeit gewillt war, in seine Arme zu sinken ... Behutsam strich er über ihre Locken. Wie würde die Ehe verlaufen, wenn sie das Baby nicht verloren hätten? Gewiß, sie konnten andere Kinder bekommen, und er wünschte sich nach wie vor eine Familie. Aber seltsamerweise war ihm seine Frau noch wichtiger. In diesem Augenblick wurde ihm bewußt, daß seine Gefühle für Sabrina über körperliches Verlangen hinausgingen.

Im übrigen schien sie sich mit ihrer Ehe abzufinden. Am letzten Abend hatte sie ihn sogar verteidigt.

Es klopfte wieder an der Tür. Seufzend setzte er seinen Hut auf und betrachtete Sabrinas Profil. Vielleicht hatte sie es nur für ihre Pflicht gehalten, ihn vor Jenkins in Schutz zu nehmen. Er mußte auf sein Herz und seine Seele aufpassen. Andererseits hatte sie sich über das Medaillon gefreut ... Oder resignierte sie nur?

Widerstrebend öffnete er die Tür, gegen die immer energischer gehämmert wurde. Ein Soldat informierte ihn über General Custers Probleme und erklärte, Tom würde demnächst mit ein paar Männern in einem Maultierwagen zum Zug fahren, um seinen Bruder, seine Schwägerin Libbie und einige Hunde abzuholen.

Daß Custer im Schnee festsaß, interessierte Sloan herzlich wenig. Aber er mochte Libbie und wollte ihr beistehen. Die lebhafte kleine Frau war die eifrigste Anhängerin ihres Mannes, und niemand konnte ihrem gewinnenden Wesen widerstehen.

Nach einer anstrengenden Fahrt durch einen verschneiten Tag und klirrende nächtliche Kälte erreichte der Maultierwagen den Zug, der in hohen Schneewehen steckengeblieben war. Sloan erwiderte die Umarmung einer lächelnden Libbie. Dann schüttelte er Custers Hand. Obwohl er den Colonel arrogant und unleidlich fand, bereiteten sie einander nur selten Schwierigkeiten. In der Position eines Verbindungsoffiziers mußte sich Sloan vor Sherman verantworten. ›Offiziell‹ gehörte er Custers Siebenter Kavallerie nicht an.

Libbie schwatzte – etwas nervös, wie Sloan feststellte – und erzählte von diversen Familienmitgliedern. Enthusiastisch erläuterte der Colonel seine geplante Offensive und berichtete von seiner Aussage gegen die indianischen Mittelsmänner und den korrupten Kriegsminister Belknap, den der Skandal zum Rücktritt gezwungen hatte. Darüber war Custer überglücklich, ebenso wie Sherman, der sein Hauptquartier nach Washington zurückverlegt hatte.

Während der Fahrt im Maultierwagen wirkte Libbie immer noch angespannt, trug aber ihre gewohnte heitere Miene zur Schau. Sloan staunte immer wieder über seine Freundschaft mit dieser Frau – insbesondere, weil Custer zu verkünden pflegte, er würde sie lieber tot sehen als in der Gewalt feindseliger Sioux. Und Sloans Abstammung war unübersehbar. Vielleicht machte der Colonel einen Unterschied zwischen einem Indianer und einem Halbblut.

Schließlich erreichten sie das Fort, von Wind und Wetter erschöpft. Sloan betrat sein Quartier, in der Hoffnung, seine Frau würde ihn mit Kaffee und einer heißen Suppe bewirten.

Auf dem Herd stand kein dampfender Topf, und Sabrina ließ sich nicht blicken.

Wenigstens brachte ihm Raleigh – ein Zivilist, der für mehrere Offiziere arbeitete – genug warmes Wasser für ein Bad. Danach schlüpfte Sloan wieder in seine Uniform und streckte sich auf dem Bett aus. Unbehaglich dachte er an seine Order, der Sheridan und Terry in ihren

Briefen Nachdruck verliehen hatten. Keiner der beiden schien ihm zu trauen.

Als er müde die Augen schließen wollte, klopfte es an der Tür, und Tom Custer trat ein.

»George möchte Sie sprechen, Sloan. Macht's Ihnen was aus?«

Sloan hielt sehr viel von dem freundlichen, kompetenten jungen Offizier und bedauerte, daß nicht Tom, sondern dessen machthungriger Bruder den höheren Rang einnahm.

»Immerhin ist er der Colonel.« Sloan stand auf, knöpfte sein Jackett zu und folgte Tom zum Hauptquartier.

Vor der Tür trennten sie sich. Sloan trat ein, salutierte, und George Custer erwiderte den Gruß. »Wie ich höre, werden Sie demnächst befördert.« Der Colonel warf seinen Hut auf den Schreibtisch und setzte sich. »Gratuliere. War auch höchste Zeit. Wahrscheinlich ist's der Regierung schwergefallen, einem Sioux so viel Anerkennung zu zollen.«

»Mag sein.«

»Dann werde ich im Rang nicht mehr über Ihnen stehen«, meinte Custer grinsend.

»Nein.«

»Nicht, daß es eine Rolle spielen würde – Sie waren schon immer Shermans Liebling.«

»Shermans Liebling? Darf ich betonen, daß ich mit Sherman *und* Sheridan zusammenarbeite? Beide halten den Krieg gegen das Volk meines Vaters für unabdingbar – ebenso die Vernichtung aller feindlich gesinnten Indianer.«

»Nun ist Ihr Vater schon lange tot, und Ihr Großvater übt immer noch großen Einfluß in Washington aus.«

»Leider kann die Stimme seiner Vernunft mit dem Gold in den Black Hills, das die Weißen unwiderstehlich anlockt, nicht konkurrieren.«

»Trotzdem sind Sie Shermans Liebling, und ich wünschte, ich könnte das auch von mir behaupten.«

»Immerhin wurden Sie mehrmals von Sherman und Sheridan unterstützt.«

»Weil ich kämpfen kann und die meisten Jungs, die wir in Uniformen stecken, keinen Schritt vorwärts wagen. Während Sie ...«

»Ich befinde mich in einer ganz anderen Situation, und ich hatte verschiedene Aufträge.«

»Verdammt, Sloan, ich will nicht mit Ihnen streiten«, seufzte Custer. »Ich brauche Hilfe, das wissen Sie. Nicht zuletzt, weil ich die Dinge beim Namen nenne.«

Was Custer sagte, konnte Sloan nur bestätigen.

George war ein einzigartiger Mann, stets erfolgsorientiert, und er liebte es, nach seinen eigenen Regeln Krieg zu führen. Manchmal hatte Sloan ihn verachtet. An mehreren militärischen Operationen, die zum Tod zahlreicher unschuldiger Indianer aus verschiedenen Stämmen geführt hatten, war Custer beteiligt gewesen.

Am Anfang des Sezessionskrieges zum Brevet*-General befördert, hatte er nach Kriegsende, so wie viele Offiziere, diesen Titel verloren und den Posten des Lieutenant-Colonel der neuformierten Siebenten Kavallerie angenommen. Bei seinem ersten Kampf gegen die Indianer im Jahr 1867, der schlecht organisierten Kampagne namens Hancock's War, waren freundlich gesinnte rote Krieger zu Feinden geworden.

Man suspendierte Custer für ein Jahr und stellte ihn vors Kriegsgericht. Aber General Philip Sheridan wollte ihn auf einem Feldzug gegen die Kiowas und Southern Cheyenne mitnehmen und ließ die Strafe aufheben. Custer nahm an der Schlacht am Washita River teil, wo das Volk der Black Kettle fast ausgerottet wurde.

Wegen der Taktik, die Custer im Kampf gegen die Cheyenne anwandte, hatte Sloan ihn verabscheut. Auch

---

* Offizierspatent, das nur einen höheren Rang, aber keine höhere Besoldung mit sich bringt.

in seinen eigenen Reihen machte sich George Feinde, weil er schlecht für seine Männer sorgte. Nach einer Schlacht verfolgten ein Major namens Joel Elliott und sein Kommando flüchtende Indianer. Custer erfuhr, die Truppe sei nicht zurückgekehrt. Doch er nahm die Situation auf die leichte Schulter. Später erfuhr er, Elliotts Truppe sei nur wenige Meilen vom Hauptquartier entfernt niedergemetzelt worden.

Custer hätte das Leben dieser Männer mühelos retten können. Seit damals war die Siebente Kavallerie in zwei Lager gespalten. Custers Familie und seine Freunde unterstützten ihn, andere Männer wandten sich zu Captain Frederick Benteen, der Custer abgrundtief haßte. Nur weil Custers Feinde verschiedene Kompanien der Siebenten auf anderen Posten kommandierten, wurden ernsthafte Probleme vermieden.

Wohlweislich ging Sloan dem treuergebenen Späher des Generals namens Bloody Knife – halb Ree, halb Sioux – aus dem Weg, und so gab es auch in diesem Punkt keine Schwierigkeiten. Custer kannte die Unterschiede zwischen den Prärie-Indianern und verstand sehr viel von der indianischen Lebensweise. Nun befand er sich in einer besonders diffizilen Lage – er mußte seine Soldaten verteidigen und konnte nichts für die Indianer tun.

»Während diese Waschlappen in ihren komfortablen Lehnstühlen sitzen, erteilen sie uns Befehle und bringen uns in unmögliche Situationen«, stieß Custer hervor. »Verdammt, Sloan! Kurz bevor meine Männer die Indianer für immer vernichten sollen, werde ich nach Washington beordert!«

»Sie sind eben erst aus Washington zurückgekehrt, Sir«, wandte Sloan verwirrt ein, und Custer nickte.

»Zum Teufel mit den Politikern! Dauernd muß ich zwischen Ost und West hin und her reisen. Was hier passiert, kümmert die hohen Tiere in Washington nicht – solange wir die gewünschten Resultate vorweisen.«

Sloan hob die Brauen. Da Custer nur selten fluchte, mußten seine Nerven beträchtlich flattern.

»Diese elenden Heuchler! Tötet die Indianer – aber besudelt uns nicht mit ihrem Blut! Schließt Freundschaft mit den Indianern, aber das darf uns nichts kosten! Natürlich habe ich ihnen die Wahrheit ins Gesicht geschleudert, auf die Korruption hingewiesen und erklärt, Präsident Grants aufgeblasener Bruder würde sich an Regierungsverträgen bereichern. Und weil ich die Wahrheit aussprach, muß ich nach Washington zurückfahren, während meine Männer der Gefahr ohne mich ins Auge schauen.«

Bevor Sloan antwortete, zögerte er kurz. »Wann immer ich Sie um eine vernünftige Erklärung für die Regierungspolitik bitte, erwidern Sie: ›So ist das nun einmal.‹ Deshalb wurde unser alter General Grant zum Präsidenten ernannt. Weil es nun einmal so ist. Deshalb ist sein Bruder korrupt, was er vermutlich sogar zugibt. Aber indem Sie dagegen vorgehen, machen Sie sich nicht sonderlich beliebt, Sir. Wenn Sie nach Washington zurückkehren, sollten Sie alle Fragen beantworten, die man Ihnen stellt, Ihr Bestes tun, und sich dabei ehrlich und zugleich diplomatisch verhalten.«

Custer starrte ihn an und schüttelte den Kopf. »Wie zum Teufel haben Sie's in all den Jahren geschafft. Sie sprechen aus, was Sie denken, rebellieren gegen Sheridan, der übrigens fürchtet, Sie könnten ihn eines Tages skalpieren. Trotzdem wurden Sie bisher nicht gehängt.«

»Weil ich mich niemals mit dem Bruder des Präsidenten angelegt habe.«

»Was für eine verdammte Farce!« Er schob einen Brief über den Schreibtisch. »Schauen Sie sich das an! Diese Debatte habe ich eröffnet, weil Belknap zahlreiche Soldaten zwang, ihre Vorräte bei korrupten Auftragnehmern zu kaufen. Ich argumentierte, solche Dinge müßten vom Militär organisiert werden, nicht von unfähigen Dieben und Räubern im Ministerium für Indianerangelegenheiten. Was die Lebensmittellieferungen in die Reservate betrifft – da geht's genauso drunter und drüber. Unsere ›guten‹ Indianer verhungern, weil die Zuschüsse der Regierung von deren Auftragnehmern gestohlen werden. Und so haben hunderte, vielleicht tausende friedliche Indianer Gebiete wie die Red Cloud Agency verlassen, um sich den Feinden anzuschließen – wo immer sie sich gerade herumtreiben! Die Regierung wirft uns vor, wir würden unsere Feinde nicht bestrafen. Und bei jedem Feldzug sorgt sie dafür, daß uns neue Feinde gegenüberstehen.«

Sloan überflog den Brief. Mit dieser Situation hatte er mehr oder weniger gerechnet.

»Schließen sich die Indianer, die ihre Reservate verlassen, tatsächlich unseren Feinden an, Major?« fragte Custer.

»Vermutlich. Was würden Sie unter diesen Umständen tun?«

Fluchend sprang Custer auf und begann umherzuwandern. »Wie Sie wissen, plant Sheridan eine dreizackige Zangenbewegung. Jeder, der zehn zusammenhängende Sätze lesen kann, ist über diese Strategie informiert. General Crook ist bereits aus dem Fort Fetterman Richtung Norden geritten – angeblich als Beobachter, während Joe Reynolds als Kommandant fungiert. Aber ich kenne Crook. Sicher führt er selber das Kommando. Er wird die erste Zacke von Sheridans Zangenbewegung bilden. Währenddessen fahre ich nach Washington!«

»Sie haben keine Wahl, Sir. Und Sie kennen ebenso wie General Terry die Gefahren einer Winter-Offensive. General Crook und seine Truppen könnten monatelang irgendwo festsitzen.«

»Aber er kämpft vor Ort«, stöhnte Custer, dann räusperte er sich. »Wir sind oft verschiedener Meinung, Trelawny. Aber in diesem Fall bitte ich Sie um Hilfe.«

»Vorerst bekleiden Sie immer noch einen höheren Rang als ich«, erinnerte ihn Sloan.

»Trotzdem will ich Ihnen keinen Befehl erteilen. Ich ersuche Sie, mich in einer Angelegenheit zu unterstützen, die mir nicht so viel bedeutet wie Ihnen. Wenn Sie Sherman, Sheridan und Grant schreiben, wäre ich Ihnen zu Dank verpflichtet. Was die Sioux betrifft, mögen sie uns feindlich oder friedlich gesinnt sein, respektiert man Ihre Meinung. Wenn Sie die Gentlemen über die Korruption in den Reservatsbehörden informieren ...«

»Was das betrifft, können Sie sich auf meinen Beistand verlassen, Sir.«

»Gut.« Custer blickte auf seine zitternden Hände hinab und schlang die Finger fest ineinander. Die langen blonden Locken, auf seinem ruhmreichen Weg durch den Sezessionskrieg sein Markenzeichen, hatte er längst abgeschnitten. Jetzt wirkte er viel älter – und ernsthaft wie nie zuvor. Sloan salutierte und verließ das Büro.

Auf der hölzernen Veranda vor dem Hauptquartier blieb er stehen. Er würde Custer unterstützen, weil er es für richtig hielt. Aber was für eine Ironie ... Der Colonel würde zurückkehren und gegen die Sioux kämpfen. Und in dieser Phase des Konflikts konnte Sloan nichts tun, um seinen indianischen Freunden und Verwandten beizustehen.

Crazy Horse wollte Krieg führen, und Sitting Bull, der die Achtung vieler Lakota Sioux aus allen Stämmen genoß – Miniconjou, Brulé, Oglala, Hunkpapa, und so weiter – vertrat einen unerschütterlichen Standpunkt.

Wäre ich doch nie zu dieser verdammten Kavallerie gegangen, dachte Sloan müde.

14

Ohne sich von Sabrina zu verabschieden, hatte Sloan das Fort verlassen. Am Morgen kam ein junger Soldat zu ihr und erklärte, der Major sei mit Tom weggefahren, um

George und Libbie Custer aus einem Zug zu holen, der in Schneewehen steckengeblieben war. Als er abends nicht zurückkehrte, erkannte sie verwirrt, wie sehr sie ihn vermißte. Ständig betrachtete sie das Bild in dem kleinen Medaillon, das sein Großvater ihr geschenkt hatte.

Am ersten Morgen, den sie allein im Fort verbrachte, erschien ein sonderbarer, magerer Engländer namens Raleigh in ihrem Quartier, mit schütterem grauem Haar und der Energie eines Kolibris. Er brachte ihr Zeitungen, bot ihr seine Hilfe bei der Hausarbeit an und teilte ihr mit, er würde den Offizieren im Fort Abraham Lincoln schon sehr lange dienen. Freundlich dankte sie ihm und erwiderte, sie würde ihm Bescheid geben, wenn sie seinen Beistand brauchte.

Erstaunt stellte sie fest, wieviel in den Zeitungen über die Aktivitäten der Army stand. Offenbar drangen zahlreiche Geheimnisse an die Öffentlichkeit. Außerdem prangerten mehrere Schlagzeilen die Korruption in hohen Regierungsbehörden an. Der erzwungene Rücktritt des Kriegsministers Belknap erregte allgemeine Erleichterung. Auch der Präsident wurde attackiert. Und demzufolge General Custer von Grant.

In Sloans Abwesenheit besuchte sie Sarah, Jean und ihre einstigen Feindinnen Norah und Louella. Sie arbeiteten gemeinsam an Steppdecken. Natürlich konnten die Damen wesentlich besser nähen als Sabrina, und nach einer Weile begann sie, ihnen Zeitungsartikel vorzulesen. Sie interessierten sich sehr für die neuesten Nachrichten und diskutierten darüber.

Bei Libbie Custers Ankunft hielt sich Sabrina gerade in Maggie Calhouns Quartier auf und wurde mit der Gemahlin des Colonels bekannt gemacht. Wie die meisten Menschen fühlte sie sich sofort zu der warmherzigen Frau hingezogen. Libbie lächelte liebenswürdig, war aber sichtlich besorgt. Kaum hatte ihr Mann das Fort erreicht, wurde er schon wieder nach Washington beordert, um vor einem Untersuchungsausschuß auszusagen. Um ihn aufzumuntern, wollte Libbie an diesem Abend eine Tanzparty im Hauptquartier geben.

Sabrina ging nach Hause und kleidete sich für das gesellschaftliche Ereignis um. Zu ihrer Enttäuschung blieb Sloan verschwunden, und sie machte sich Sorgen.

Sollte sie auf ihn warten? Das kann Stunden dauern, sagte sie sich ungeduldig und verließ ihr Quartier. Wenn er sie sehen wollte, würde er wissen, wo sie zu finden war.

Und so traf er sie nicht zu Hause an, während sie Sherry trank, lachte und plauderte und ihre Angst verbarg.

»Wenn wir auf den nächsten Einsatz warten, versuchen wir uns zu amüsieren«, bemerkte Captain Jenkins.

»Es gibt ja auch keinen Grund, warum uns das Leben im Grenzgebiet die Freuden der Zivilisation versagen sollte«, meinte Norah.

»Hin und wieder ein Picknick, ein Tagesausflug ...« Louella strahlte den attraktiven Captain an ihrer Seite an.

»Oh, ein Picknick!« rief Sarah entzückt. »Was für eine gute Idee! Sobald es wärmer wird, sollten wir uns dieses Vergnügen gönnen.«

»Und wir müssen Mrs. Trelawny die atemberaubende Landschaft rings um das Fort zeigen«, warf Louellas Captain ein.

»Das wäre nett«, murmelte Sabrina. Endlich hatte sie Sloan entdeckt.

»Ah, meine Liebe!« Mit einem charmanten Lächeln, das vermutlich für die Partygäste in ihrer Nähe bestimmt war, ging er zu ihr und küßte sie auf die Wange. »Ich habe dich in unserem Quartier vermißt.«

»Und ich dich«, erwiderte sie kühl.

»Tanzen wir?«

»Wie du willst.«

Höflich verneigte er sich vor den Damen und den

Offizieren, bevor er Sabrina auf die Tanzfläche führte. »Nun, wo warst du?«

»Eine seltsame Frage … Wo warst *du*?«

»Bevor ich das Fort verließ, beauftragte ich einen Soldaten, dich zu informieren. Du hast noch fest geschlafen.«

»Bei anderen Gelegenheiten schlief ich auch, was dich nicht davon abhielt, mich zu stören.« Zu ihrem Ärger stieg brennende Röte in ihr Gesicht. »Ich lernte Mrs. Custer kennen, ich traf Tom und mehrere Leute. Nur dich nicht. Obwohl ihr alle zur selben Zeit angekommen seid.«

»Als ich unser Quartier betrat und mich nach Wärme sehnte, war die Asche im Herd kalt.«

»Dann kannst du dich nur kurz in unserem Heim aufgehalten haben.«

»Ja«, gab er zögernd zu.

»Weil du zu tun hattest.«

»Stimmt.«

»Und ich habe deinen Rat befolgt und Freundschaften geschlossen.«

»Mit allen Kavalleristen?«

»Das versuche ich«, entgegnete sie honigsüß. »Da du so eng mit sämtlichen Damen befreundet bist …«

»Und was wirst du unternehmen, wenn unser Trupp in den Kampf zieht?« fragte er, immer noch leichthin, und wirbelte sie herum.

»Begleitest du ihn?«

»Vermutlich wird man mich schon vorher abkommandieren.«

»Ach ja, und wenn ich Glück habe, wirst du's mir sogar mitteilen. Dann muß ich dem Himmel für meine Freunde danken, die mir die Zeit aufs angenehmste vertreiben.«

Sloan runzelte die Stirn. »Offenbar macht's dir Spaß, mich zu ärgern.«

»Was auf Gegenseitigkeit beruht.«

»In meiner Abwesenheit wirst du das Fort nicht verlassen. Verstanden?«

»Wie bitte?«

»Du bleibst hier. Ganz egal, ob du diesen Befehl grausam findest oder nicht – du wirst keine Ausflüge mit deinen Freunden unternehmen.«

»Sloan, ich bin kein Kind.«

»Nein, meine Frau …« Vielleicht hätte er noch einiges hinzugefügt. Aber nun klopfte ihm ein junger Lieutenant auf die Schulter und bat etwas nervös um die Ehre eines Tanzes mit Mrs. Trelawny. Widerwillig trat Sloan beiseite.

Später sah sie ihn mit Libbie Custer tanzen und lachen. Obwohl Sabrina wußte, daß seine Partnerin ihren George vergötterte, empfand sie wieder diese sonderbare Eifersucht.

Da im Vergleich zu den Männern nur wenige Frauen das Fort bewohnten, ließ Sabrina keinen Tanz aus. Einmal beobachtete sie, wie Sloan mit Marlene Howard dahinwirbelte, und ihr Herz krampfte sich schmerzhaft zusammen. Ein schönes Paar … Angeregt unterhielten sich die beiden und Marlenes leuchtende Augen schienen Sloan zu verschlingen. Als wüßte sie, welch kraftvolle Muskeln sich unter seiner Uniform verbargen …

Während Sabrina bei Norah und Louella stand, holte ihr der Lieutenant ein Glas Punsch.

»Wie können Sie das ertragen!« zischte Louella. »Ihr Mann und Marlene, seine alte Flamme …«

»So eine schamlose Person!« fauchte Norah.

Sabrina zwang sich, lässig die Achseln zu zucken. »Nun, sie ist erst seit kurzem verwitwet. Vielleicht fühlt sie sich einsam.«

»Wohl kaum.« Louella schnaufte geringschätzig. »Jahrelang hat sie ihrem armen Mann Hörner aufgesetzt.«

Mit Sloan? Nur mühsam verkniff sich Sabrina diese Frage.

»Die ganze Zeit bereute sie ihren Entschluß, Howard

zu heiraten, und sie behauptete, genausogut hätte sie Sloan gekriegt.«

Das konnte Sabrina nicht ignorieren. »Tatsächlich?«

»Oh, das ist schon lange her. Nach dem Sezessionskrieg war Marlenes Vater, Colonel Warren in Minnesota stationiert. Auch Sloan wurde dorthin beordert – für ihn ein sehr vorteilhafter Posten. Da wurden keine Indianer bekämpft, sondern Gesetzlose. Angeblich hatte er eine heiße Affäre mit Marlene ...« Louella verstummte wirkungsvoll.

»Und dann?« drängte Sabrina.

»Ihr Vater wollte sie nicht mit einem Halbindianer verheiraten, und Mr. Howards politische Karriere nahm bereits ihren Lauf ...«

»Ganz zu schweigen von dem Vermögen, das er mit seinem Pelzhandel verdient hat«, warf Norah ein.

»Also heiratete sie ihn und machte in Washington Furore.«

»Aber sie besuchte ihren Papa und ihren Bruder auf verschiedenen Posten«, fuhr Norah fort. »Anfangs war Howard ein attraktiver Mann gewesen, dann wurde er immer dicker und verlor seine Haare ...«

»Und man braucht Sloan ja nur anzuschauen«, warf Norah ein.

»Oder die anderen Soldaten«, ergänzte Louella hastig.

Norah seufzte. »Zum Glück ist der Major jetzt Ihr Ehemann, Sabrina, und Marlene muß sich wohl oder übel anständig benehmen. Wahrscheinlich wird sie bald wieder heiraten ...«

Während die beiden Frauen Marlenes Eskapaden aufzählten, drehte sich Sabrinas Magen um. Dankbar nahm sie das Glas Punsch entgegen, das der Lieutenant ihr reichte, und ging mit ihm davon.

In der nächsten Tanzpause plauderte sie mit der jungen Emma Reed, als sie plötzlich eine Hand auf ihrem Arm spürte. Verwirrt wandte sie sich zu Sloan, der eine höfliche Verbeugung vor ihrer Gesprächspartnerin andeutete. »Miss Reed ... Meine Liebe, wenn es dich nicht stört, würde ich mich gern zurückziehen.«

»Natürlich stört es mich nicht«, erwiderte Sabrina. »Geh nur.«

Sloan hob die Brauen, und Emma lachte leise. »Sicher möchte sich Ihr Mann mit *Ihnen* zurückziehen, Sabrina. Die Offiziere sind so selten mit ihren Frauen zusammen, und ich verstehe den Wunsch des Majors. Gute Nacht.« Lächelnd nickte sie den Trelawnys zu und ging zu einigen Freundinnen.

»Gehen wir?« Sloan ergriff Sabrinas Hand.

»Ich will noch hierbleiben. Neulich hast du eine Party ohne mich verlassen. Warum sollte ich dich diesmal begleiten?«

»Nimm dich in acht, Sabrina«, mahnte er. »Ich würde nicht zögern, dich hinauszutragen.«

Das wußte sie. Am liebsten hätte sie ihn mitsamt seinen ehemaligen Gespielinnen und Bräuten zum Teufel geschickt. Stocksteif stand sie da und ließ sich von Sloan ihr Cape um die Schultern legen.

Ohne ein einziges Wort zu wechseln, eilten sie zu ihrem Quartier. Im Büro angekommen, nahm er ihr den Umhang ab, und sie wandte sich abrupt zum Torbogen.

»Was in Gottes Namen ist jetzt schon wieder los?« fragte er ärgerlich.

»Eine alte Bekannte! Ha!«

»Wen meinst du?«

Wütend drehte sie sich um. »Die charmante Witwe Howard – die du einmal heiraten wolltest!« Sie hielt den Atem an, beobachtete seine Miene und merkte ihm sofort an, daß ihre neuen Freundinnen die Wahrheit erzählt hatten.

»Und?« stieß er hervor.

Warum fühlte sie sich so verletzt? »Darüber hättest du mich informieren können.«

»Welchen Unterschied hätte das gemacht?«

»Welchen Unterschied?« wiederholte sie. Verstand er wirklich nicht, in was für einer peinlichen Situation sie sich befand? Oder es war ihm gleichgültig. Er hatte sie nur geheiratet, um eine Familie zu gründen, und nie behauptet, er würde irgend etwas für sie empfinden. »Jetzt wäre ich gern allein, Sloan«, erklärte sie und ging zum Schlafzimmer.

Aber er holte sie ein und umklammerte ihren Arm. »Nein, Sabrina ...«

»Am Abend vor deiner Abreise wolltest *du* allein sein. Jetzt solltest du mir das gleiche Recht zugestehen. Laß mich los!«

»Ich war wegen eines *aktuellen* Problems besorgt. Und du regst dich über Dinge auf, die vor hundert Jahren passiert sind.«

»Aber – du hast mir das alles verschwiegen.«

»Weil es nichts mit der Gegenwart zu tun hat.«

»Wart ihr ein Liebespaar?«

»Spielt das eine Rolle?«

»Ich will es wissen.«

»Also gut – ja! Aber jetzt ist es vorbei, seit vielen Jahren. Denk nicht mehr dran.«

Schweigend erwiderte sie seinen Blick. Sie fühlte sich so unsicher und hilflos ... Plötzlich fluchte er wütend, hob sie hoch und sank mit ihr aufs Bett. Sein Gewicht nahm ihr fast den Atem. »Nein, Sloan ...«, protestierte sie.

Seine Stimme nahm einen heiseren Klang an. »In diesen letzten Tagen habe ich dich so vermißt.«

Und ich dich ... Die Worte lagen ihr auf der Zunge. Aber sie wagte es nicht, dieses Geständnis auszusprechen. Er schaute in ihre Augen, schien irgend etwas zu suchen. Dann richtete er sich ein wenig auf und drehte sie zur Seite, um die Knöpfe an ihrem Rücken zu öffnen. Ungeduldig zerrte er am Stoff ihres Partykleids, und sie hörte, wie ein paar Knöpfe klirrend am Boden landeten. »Du könntest mir helfen!« stieß er hervor.

»Wenn du mein Kleid zerreißt, soll ich dir auch noch helfen?«

»Das würde ich nicht tun – wenn du nicht so verdammt borniert wärst.«

»Ich bin nicht borniert, ich bin ...«

»Eifersüchtig.«

»Mach dich nicht lächerlich!« kreischte sie und hoffte, die brennende Röte in ihren Wangen würde sie nicht verraten. Um ihr Gesicht zu verbergen, half sie ihm, das Partykleid mit dem üppigen Rock über ihren Kopf zu ziehen. Erbost warf sie es zu Boden.

»Danke«, flüsterte Sloan lächelnd. Geschickt löste er die Verschnürung ihres Korsetts.

Sobald seine Finger ihre nackten Brüste streiften, schlug ihr Herz schneller, und das Atmen fiel ihr schwerer.

Wie benommen lag sie da, und Sloan nutzte die Gunst des Augenblicks, um die restliche Unterwäsche möglichst rasch auszuziehen. Schließlich lag sie nackt vor ihm und wartete. Er stand auf, löschte die Lampen, und sie hörte, wie er sich auskleidete. Wenig später spürte sie sein Gewicht an ihrer Seite.

Sie fühlte seine Hände, seine pulsierende Erregung. Oh, sie begehrte ihn so sehr. Beschämt biß sie in ihre Lippen. Doch sie konnte ihr Verlangen nicht bezähmen. Sloans Körper preßte sich an ihren. Mit letzter Kraft wollte sie protestieren und erklären, nach den Ereignissen dieses Abends sei sie zu verstört ... Doch die Worte blieben ungesagt, weil ihr ein verzehrender Kuß den Mund verschloß.

Während seine Zunge mit ihrer spielte, drang er langsam in sie ein, so tief wie möglich, und bewegte sich in ihr mit einer drängenden Glut, die sofort mitriß. Erst jetzt wußte sie, wie sehr er ihr in den letzten Nächten gefehlt hatte. Aber ihr Stolz verbot ihr, das einzugestehen. Insbesondere, weil sie fürchtete, er würde ihr immer mehr bedeuten – zuviel ...

Die Finger in ihr Haar geschlungen, küßte er sie unentwegt. Allmählich beschleunigte er seinen Rhythmus. Sie wand sich unter ihm umher, hob ihm begierig die Hüften entgegen, umklammerte seine Schultern, streichelte seinen Rücken. Aufreizend wanderten seine Lippen an ihrem Hals hinab, über die Brüste, saugten an einer Knospe. Und Sabrina glaubte, in einem wilden Feuer zu vergehen, strebte nur noch nach ihrer Erfüllung und vergaß alles andere. Dann geschah es viel zu schnell. Ein erschütternder Höhepunkt brachte sie fast um den Verstand, und sie nahm kaum wahr, wie Sloan laut aufstöhnte und sein eigenes Verlangen stillte.

Danach lag sie reglos da, zitterte vor Erschöpfung und fror, weil er von ihrem Körper geglitten war und sich neben ihr ausstreckte. Doch er nahm sie sofort wieder in die Arme. »So sehr habe ich dich vermißt, Sabrina ...«

Sie gab keine Antwort, genoß einfach nur seine Nähe, und plötzlich wußte sie, daß sie an ihrer Ehe festhalten wollte. Andererseits ... Immer deutlicher wurde ihr bewußt, warum sie sich so lange gegen Sloan gewehrt hatte. Es war zu leicht, ihn zu begehren, zu bewundern – zu lieben.

Denn es fiel ihm viel zu leicht, sie zu verletzen.

Was sie für ihn empfand, erschreckte sie, und sie rückte ein wenig von ihm ab. Warum tat die Liebe so weh?

»Was hast du?« fragte er leise.

»Nichts ...« Wie konnte sie ihren Herzenskummer in Worte fassen? »Ich will einfach nicht ...«

»Was?«

»Nichts. Bitte, Sloan, ich bin müde ...«

Da stellte er keine weiteren Fragen, und Sabrina schlief ein.

Sloan blieb noch lange wach. Auf einen Ellbogen gestützt, betrachtete er seine Frau, verwirrt und beunruhigt. Mit jedem Liebesakt schien seine Leidenschaft zu wachsen. Wenn er von ihr getrennt war, verfolgten ihn

Erinnerungen an ihre Stimme, ihren Duft, ihr Gelächter, ihr seidiges Haar. Und doch …

Nichts, hatte sie geantwortet und ihm den Rücken gekehrt.

Was wollte sie nicht? War sie nicht bereit, ihm Kinder zu schenken? Ja, er wünschte sich eine Familie. Aber verdammt, Sabrina war ihm noch viel wichtiger. Spürte sie das alles nicht? Mußte sie das Glück, das in greifbarer Nähe wartete, mit Füßen treten?

In dieser Nacht beschloß Sloan, sie nicht mehr zu verführen. Nächstes Mal mußte *sie* zu *ihm* kommen.

Und wenn er vergeblich darauf wartete?

Rasch verdrängte er diesen Gedanken. Natürlich würde sie zu ihm kommen.

Sie wußte, daß sie es nicht tun durfte … Doch die Versuchung war zu groß. Sabrina durchsuchte Sloans Schreibtisch.

Den ganzen Tag war er unterwegs gewesen. Sie hatte das Haus sauber gemacht. Am frühen Abend wußte sie nichts mehr mit sich anzufangen. Und so beschloß sie, den Mann, der sie beinahe in den Wahnsinn trieb, besser kennenzulernen.

In den meisten Schubfächern lagen Korrespondenzen, die seine verschiedenen Aufträge betrafen. Als sie ihn in Gold Town zum erstenmal gesehen hatte, war er offenbar zu einem Sioux-Lager in einem nicht abgetretenen Gebiet geritten, um die Indianer über das Ultimatum bezüglich der Rückkehr in die Reservate aufzuklären.

Hin und wieder führte Sloan ein Tagebuch. »Sogar Red Cloud würde sich am liebsten von den Weißen abwenden und sich den sogenannten ›feindlich gesinnten‹ Indianern anschließen«, lautete eine Eintragung. »Nur die Sorge um die Menschen in seinem Reservat, wo er als Mittelsmann fungiert, hält ihn zurück. Wir müssen offen und ehrlich miteinander reden. Erstaunlich, wie viel man ohne Worte sagen kann. Das Ende rückt immer näher, ein Ende mit Schrecken und Blutvergießen.«

Als sie ein Geräusch auf der Veranda hörte, schloß sie das Tagebuch. Sie wartete angespannt, aber niemand klopfte an die Tür.

Hastig legte sie das Tagebuch an seinen Platz zurück und öffnete die unterste Schublade, in der sie ein Album voller verblaßter Fotos fand.

Auf den ersten Seiten klebten Bilder aus dem Sezessionskrieg. Dann betrachtete sie Aufnahmen von Sloan, Hawk und David, von Häusern und schönen Landschaften. Mehrere Bilder zeigten ein Indianer-Lager, ein Krieger, nur mit einem Lendenschurz bekleidet, saß auf einem Pony. Sloan – unverwechselbar. Fasziniert blätterte Sabrina in seinem Album. Hawk mit einer schönen jungen Indianerin und einem Baby. Und wieder Sloan, bis zur Taille in einem Teich, mit einer lachenden Indianerin, die ihn anspritzte. Die Cheyenne-Frau, über die Norah und Louella getuschelt hatten?

Von plötzlicher Übelkeit erfaßt, legte Sabrina den Kopf auf den Schreibtisch. Im selben Augenblick wurde die Tür geöffnet. Erschrocken sprang Sabrina auf und eilte vor den Schreibtisch. Aber Sloan hatte das Album bereits gesehen, die Bilder aus dem Indianerlager. »Was machst du da?«

»Oh – ich wollte mir nur die Fotos ansehen …«

»Und wieso wußtest du, wo du sie finden würdest?« War er belustigt oder verärgert? »Komm, ich zeig sie dir alle.« Mit einer Hand ergriff er das Album, mit der anderen Sabrinas Arm. Er führte sie zu einem Polstersessel, setzte sich und zog sie auf seinen Schoß.

»Bitte, Sloan …« Sie versuchte sich loszureißen, aber er hielt sie eisern fest.

»Schauen wir uns die Bilder gemeinsam an. Ich finde dein Interesse an meiner Vergangenheit sehr schmeichelhaft, meine Liebe. Mal sehen … Ah, das bin ich in voller Kriegsbemalung, kurz vor einem Kampf gegen die

Crow. Die Sioux und die Crow sind traditionelle Feinde, insbesondere wegen diverser Jagdgründe. Und die Cheyenne verbünden sich seit eh und je mit den Sioux. Ach ja – und dieses Gesicht müßtest du kennen. Der berühmte Crazy Horse! Siehst du die Narbe? Nach den Gesetzen der Sioux darf eine Frau ihren Ehemann verlassen. Aber Crazy Horse verliebte sich in ein Mädchen, das mit einem sehr eifersüchtigen Krieger verheiratet war, und der schoß ihn mitten ins Gesicht. Zum großen Kummer der Weißen blieb er am Leben. Einer der interessantesten Männer, die mir je begegnet sind – bei den Indianern *und* den Weißen ... Sein Charisma liegt in der Kraft seiner Überzeugung, in seinem Engagement für sein Volk. Und hier siehst du den Großvater deines Schwagers, zwei seiner Vettern, Ice Raven und Blade. Vor kurzem standen wir uns noch sehr nahe. Und da – Hawk mit seiner ersten Frau und seinem Kind.«

»Armer Hawk ... Sie war so schön.«

»Meinst du das ernst?«

»O ja. Diese feingezeichneten Züge, die exotischen Augen ...«

»Erstaunlich – die meisten Weißen erkennen nicht, wie schön ein Indianergesicht sein kann.«

»Sloan, ich glaube, du hast mich immer mißverstanden. Natürlich verstehe ich, daß die Sioux ihre guten und schlechten Seiten haben, so wie jedes Volk. Aber ich fürchte mich vor grausamen, blutrünstigen Kämpfen.«

»Davor fürchten sich alle Menschen.« In Sloans Augen lag wieder jener seltsame, zärtliche Ausdruck. »Und die Angst ist berechtigt. Viele sind gestorben, viele werden noch sterben.« Plötzlich änderte sich sein Tonfall, und er wechselte das beklemmende Thema. »Ja, Hawks Frau war schön und sanftmütig. Jetzt bin ich froh, weil er eine so glückliche Ehe mit Skylar führt.« Er blätterte die nächste Seite des Albums um. »Und das ...« Lächelnd zeigte er ihr ein Porträt der Frau, mit der er auf einem anderen Foto im Wasser gespielt hatte. Auch sie war wunderschön, mit stark ausgeprägten Wangenknochen, großen dunklen Augen und einem sinnlichen Lächeln.

»Du mußt mir nichts erzählen, Sloan ...«

»Doch, du solltest über meine Vergangenheit Bescheid wissen. Das ist Earth Woman. Sicher hast du schon von ihr gehört.«

»Bitte, Sloan ...«

»Neulich warst du böse, weil ich dir nichts von Marlene erzählt habe. Ich möchte ehrlich zu dir sein.«

»Also gut.«

»Earth Woman und ich waren jahrelang zusammen, aber nicht fest aneinandergebunden. Zuvor hatte sie einige Ehemänner verloren, und sie wollte nicht mehr heiraten. Aber sie versteht, daß ich eine Familie gründen will.«

»Das freut mich.« Unbehaglich wich Sabrina seinem prüfenden Blick aus. »Bitte, Sloan, laß mich aufstehen.«

»Gewiß, meine Liebe, verzeih meine schlechten Manieren.« Er hob sie von seinem Schoß, stellte sie auf die Beine und legte das Album auf den Schreibtisch. Dann öffnete er ein Schubfach, um eine Feder und Papier herauszunehmen. Sabrina sank in den Polstersessel. Unvermittelt wandte er sich zu ihr. »Kannst du kochen?«

»O ja.« Inzwischen hatte sie herausgefunden, daß Sloan von Sergeant Dawson mit Lebensmitteln versorgt wurde, und der Vorratsschrank immer gut gefüllt war. Lächelnd hob er die Brauen, befaßte sich wieder mit seiner Korrespondenz und blickte nicht einmal auf, als Töpfe und Pfannen klirrten. Plötzlich fand sie es sehr wichtig, für ihren Mann zu sorgen und ihm ein gemütliches Heim zu bieten.

Schweigend verspeisten sie ihr Abendessen. Sabrina wußte, daß der Rindsbraten mit Zwiebeln und Kartoffeln sehr gut schmeckte. Aber Sloan gab keinen Kommentar ab und bat nur: »Würdest du mir das Salz reichen?«

Nach dem letzten Bissen kehrte er sofort an den

Schreibtisch zurück. Sabrina spülte das Geschirr, dann spähte sie über Sloans Schulter und betrachtete die Landkarten, die er zeichnete – das Gebiet westlich der Black Hills, von den Flüssen Powder, Tongue und Rosebud durchzogen. »Was machst du da?«

Sloan drehte sich verwundert um, als würde er ihre Anwesenheit erst jetzt bemerken. »Nun, ich skizziere die drei Zacken von Custers Zangenbewegung, der geplanten Offensive gegen die Sioux. Hier liegen das Fort Fetterman, das Fort Laramie und das Fort Abraham Lincoln. Und da, in diesem Gebiet, erwartet der Colonel, die Sioux aufzuspüren.«

»Wird ihm das gelingen?«

»Das weiß ich nicht. Die Indianer reisen in großen Scharen. Deshalb kampieren sie nicht allzulange an ein und demselben Ort, weil sie immer wieder neue Nahrung für sich selbst und ihre Ponys suchen müssen.«

»Für wen zeichnest du die Karten?«

»Für mich selber. Vorerst habe ich keine Order erhalten. Aber ich nehme an, demnächst werde ich zwischen den Zacken hin und her reiten und Informationen weiterleiten.«

»Warum suchst du nicht um Urlaub an?«

Er warf ihr einen scharfen Blick zu. Dann beugte er sich wieder über die Landkarten. »Weil der Anfang vom Ende bevorsteht. Deshalb muß ich hierbleiben.« Abrupt stand er auf. »Ein paar meiner Hemden sind zerrissen. Würdest du sie flicken?«

Wie seltsam seine Stimme klang – so fremd ... »Natürlich, Sloan.«

»Ah, die perfekte Kavalleristenfrau.« Er ging ins Schlafzimmer und kehrte mit zwei Baumwollhemden zurück. Nachdem Sabrina ihren Nähkorb geholt hatte, setzte sie sich wieder in den Polstersessel, und Sloan überdachte die potentiellen Truppenbewegungen.

Als Sabrina ihre Arbeit beendete, war es spät geworden. Sorgsam faltete sie die Hemden zusammen.

Sloan saß immer noch am Schreibtisch und studierte seine Landkarten.

Unsicher trat sie an seine Seite, aber er beachtete sie nicht. »Ich gehe jetzt schlafen, Sloan.«

»Gute Nacht«, erwiderte er, ohne sie anzuschauen.

Resignierend wanderte sie ins Schlafzimmer, zog sich aus und schlüpfte in ihr Nachthemd. Irgendwann würde er ihr folgen. Wann es ihm beliebte.

Sie fand keinen Schlaf. Nach Mitternacht kam er ins Schlafzimmer, kleidete sich lautlos aus und kroch unter die Decke.

Diesmal wahrte er Abstand. Stundenlang lagen sie nebeneinander und starrten ins Dunkel. Er rührte Sabrina nicht an, und sie rückte nicht zu ihm hinüber.

15

Während der nächsten Wochen wuchsen Sabrinas Verwirrung und Kummer. Sloan behandelte sie höflich und rücksichtsvoll. Aber er verbrachte den Großteil seiner Zeit mit den anderen Offizieren im Hauptquartier und saß meistens bis in die Nacht hinein am Schreibtisch.

Willow kam mit ihren restlichen Sachen aus Mayfair ins Fort, und sie freute sich, ihn wiederzusehen. Als sie ihn begrüßte, spürte sie den prüfenden Blick ihres Mannes. Vergeblich fragte sie sich, was Sloan denken mochte. Er pflegte seine Gedanken nicht mit ihr zu teilen.

Stundenlang saßen die beiden Männer beisammen und diskutierten.

Sobald Sabrina eine Gelegenheit fand, mit Willow zu sprechen, erkundigte sie sich besorgt nach Skylars und Hawks Befinden. Der Sioux versicherte ihr, alles sei in Ordnung.

Am nächsten Abend überraschte Sloan seine Frau mit

dem Vorschlag, sie könnten für ein paar Tage nach Mayfair fahren.

Dort hielten Sloan und Hawk jede Nacht ausführliche Besprechungen in der Bibliothek ab. Erst in den frühen Morgenstunden, wenn Sabrina längst schlief, ging ihr Mann zu Bett. Bei der Abreise des Ehepaars Trelawny wollte die hochschwangere Skylar die beiden vor die Haustür begleiten. Mühsam schlüpfte sie in ihren Mantel.

Als Sabrina mitfühlend lachte, wurde sie von ihrem Schwager gehänselt: »Wart nur ab, bis du dich selber in diesem Zustand befindest! Sicher dauert's nicht mehr lange. Und dann wird dir das Lachen vergehen.«

Das verging ihr schon jetzt. Geflissentlich wich sie Sloans Blick aus.

»Sabrina ist sich nicht sicher, ob sie im Grenzgebiet eine Familie gründen soll«, erklärte er in beiläufigem Ton und drängte zum Aufbruch.

Diesmal erlebten sie keine romantische Nacht im Wigwam. Willow begleitete sie bis zum Fort und transportierte das Hochzeitsgeschenk, das sie von Skylar und Hawk bekommen hatten – eine reichgeschnitzte Großvateruhr mit der eingravierten Inschrift: ›Die Zeit wartet nicht auf den Menschen.‹

Custer kehrte nach Washington zurück, und seine Offiziere bereiteten den Teil der Zangenbewegung vor, der vom Fort Abraham Lincoln aus vorrücken sollte. In diesen Tagen erhielt Sloan die Nachricht, man würde ihn Ende des Sommers in einer offiziellen Zeremonie zum Lieutenant Colonel befördern.

Ereignislos ging der Winter in den Frühling über. Milde Tage und strenger Frost wechselten sich ab. Aber es war nicht das Wetter, das Sabrina frieren ließ. Sloan distanzierte sich von ihr. Früher hatte er sie zielstrebig mit seiner Leidenschaft verfolgt. Und jetzt ... Gewiß, er begegnete ihr sehr freundlich, in Gesellschaft anderer sogar charmant. Trotzdem gewann sie den Eindruck, er wäre ihrer müde geworden – nachdem sie erkannt hatte, wie sehr sie sich nach ihm sehnte.

Das Eheleben erschien ihr unerträglich. Aber wie sie bald feststellen sollte, war ein Leben ohne Sloan die Hölle.

Er wurde beauftragt, Informationen über eine Aktion Crooks zu sammeln, der lauthals verkündete, seine Männer hätten unter Reynolds Kommando Crazy Horses Lager zerstört und somit den ersten nennenswerten Sieg im Krieg gegen die Sioux errungen.

Was Sloan vorhatte, erfuhr Sabrina von Sergeant Dawson, der sie bat, ein paar Sachen für ihren Mann zu packen. Vermutlich würde sein Erkundungsritt mehrere Wochen dauern.

Schweren Herzens machte sie sich an die Arbeit. Sie wickelte gerade Hemden in Sloans Bettzeug, als er ins Quartier kam. An den Torbogen gelehnt, beobachtete er sie mit ernsten dunklen Augen. »Auf dem Herd – steht eine Kaffeekanne«, würgte sie hervor.

»Danke«, erwiderte er und füllte eine Tasse.

»Glaubst du, Crazy Horses Lager wurde wirklich zerstört?«

Nachdenklich nippte er an seinem Kaffee und zuckte die Achseln. »Niemand hat behauptet, er habe Crazy Horse getötet. Und ich persönlich bezweifle, daß irgendwelche Sioux von Crook attackiert wurden. Offenbar stießen seine Soldaten auf ein Camp und töteten einige Indianer. Er hatte sein Heer geteilt und blieb mit vier Kompanien zurück, um den Nachschub zu bewachen, während sechs Kompanien einer Indianerspur folgten. Obwohl er sich mit einem triumphalen Sieg brüstet, erweckt sein Bericht den Eindruck, die Attacke wäre miserabel organisiert gewesen. Reynolds Trupp wurde in drei Bataillons zu je zwei Kompanien gespalten, unter drei Captains – Noyes, Mills und Moore. Anscheinend bewies nur Mills eine gewisse Kompetenz. Seine Männer konnten das Lager zwar zerstören, aber nach einem

Gegenangriff der Indianer blieben zahlreiche verwundete Soldaten zurück und wurden skalpiert.«

»Oh, mein Gott!« hauchte Sabrina.

»Wenn ich mich nicht irre, attackierten Crooks Leute ein paar Cheyenne, die einfach nur in einem nicht abgetretenen Gebiet hausten und der Regierung keinen Schaden zufügten. Nun dürften auch diese Indianer – so wie die Bewohner der Reservate, die von korrupten Auftragnehmern ausgehungert wurden – nordwärts ziehen und die Oglala oder Hunkpapa um Hilfe bitten. Also werden sich die ›feindlich Gesinnten‹ zu einer riesigen Schar vereinen, die sich kein weißer Kommandant vorstellen kann.«

»Und warum mußt du in die Wildnis reiten?«

»Um herauszufinden, welche Indianer Crook angegriffen hat«, antwortete Sloan.

»Oh ...« Nachdem sie seine restlichen Sachen gepackt hatte, verschränkte sie zitternd die Arme vor der Brust. »Was wird geschehen, wenn du eines Tages nicht mehr zwischen den Welten stehen kannst? Die Weißen wollen das Resultat deiner Mission wahrheitsgemäß erfahren. Und falls die Sioux einen Verräter in dir sehen – könnten sie dich töten, obwohl du ihr Freund bist?«

»Vermutlich werde ich keinem einzigen Sioux begegnen«, entgegnete er und stellte die Tasse ab. »Der Kaffee war sehr gut. Danke für deine Mühe.« Das Bettzeug unter dem Arm, das sie zusammengerollt hatte, ging er zur Tür.

»Sloan ...« Hastig folgte sie ihm, und er drehte sich um. »Paß auf dich auf.«

»Natürlich. Ich weiß, wie man sich in solchen Situationen verhält.«

»Aber die Zeiten ändern sich.«

»Trotzdem werde ich dir nicht den Gefallen erweisen und sterben. Glaub mir, meine Liebe, ich komme zurück.« Mit diesen Worten verließ er das Quartier.

Sekundenlang starrte sie die geschlossene Tür an, riß

sie auf und lief hinaus. Sloan stieg gerade auf Thomas' Rücken und sprach mit Lieutenant Black. Nach kurzem Zögern rannte Sabrina die Verandastufen hinab, und die zwei Männer wandten sich zu ihr.

»Ah, Mrs. Trelawny – ich will Sie beide nicht stören.« Bevor Blake davonging, salutierte er vor Sloan, der den Gruß erwiderte.

»Wie konntest du so etwas Schreckliches sagen?« fragte Sabrina leise.

»Was?«

»Du würdest mir nicht den Gefallen erweisen und sterben.«

Lächelnd hob er die Brauen. »Wärst du nicht erleichtert?«

»Natürlich nicht!«

»Also gut, tut mir leid. Freut mich, daß du voller Ungeduld auf meine Rückkehr warten wirst. *Hier* – nirgendwo anders.«

»Wohin sollte ich denn gehen?«

»Das weiß ich nicht. Keine Exkursionen, verstanden?«

Welch ein kühler Abschied ... Sie wünschte, sie wäre letzte Nacht unwiderstehlich gewesen und er hätte sie in die Arme genommen. Dann könnte sie sich wenigstens an eine schöne Erinnerung klammern, in schlaflosen Nächten, wenn sie um sein Leben bangen würde ...

... während sie hoffte, er würde sich nicht mit einer indianischen Geliebten vergnügen.

»Keine Exkursionen, Sabrina«, wiederholte er, spornte seinen Wallach an und ritt davon, an salutierenden Soldaten vorbei. Bedrückt starrte sie ihm nach. Kein einziges Mal drehte er sich um. Schließlich ging sie fröstelnd in ihr Quartier zurück, sank aufs Bett und betrachtete die Zimmerdecke. Bis zu Sloans Heimkehr gab es nichts anderes zu tun.

Im Fort wurden hektische Vorbereitungen für die Kampagne getroffen, Maultierwagen beladen, neue Rekruten gedrillt. Sabrina fühlte sich müde und völlig kraftlos. Aber ihre neuen Freundinnen ließen sie nicht allein. Ständig wurde sie zu Dinner- und Lunchpartys eingeladen, zu Leseabenden und Nähkränzchen.

Auch Marlene nahm daran teil und beobachtete sie mit einem beunruhigenden Lächeln. Sabrina versuchte sie zu ignorieren und sagte sich, Sloan habe sie nicht belogen. Zweifellos gehörte Marlene seiner Vergangenheit an. In Gesellschaft spielte Sabrina stets die einsame, unglückliche Ehefrau, was ihr nicht schwerfiel.

Die Presse berichtete weiterhin über korrupte Politiker. Außerdem konzentrierten sich die Journalisten auf den bevorstehenden 4. Juli, an dem die USA ihr hundertjähriges Bestehen feiern würden – verglichen mit den europäischen Staaten eine junge Nation. Aber nach dem Leid des Sezessionskriegs war die Hundertjahrfeier ein besonderes Ereignis. Interessiert las Sabrina mehrere Artikel über die geplante Ausstellung in Philadelphia, Feuerwerke in Washington und andere Festivitäten.

Doch der Juli lag noch in weiter Ferne. Anfang April marschierte Colonel John Gibbon mit seiner Zacke der Zangenbewegung aus dem Fort Ellis, zwei Wochen später sollte das Kontingent des Forts Abraham Lincoln aufbrechen. Custer blieb in Washington, heftig attackiert von Präsident Grant. Doch seine Soldaten setzten ihre Vorbereitungen fort. Alle warteten.

»Diesmal werden die Männer lange wegbleiben«, bemerkte Norah, während sie mit ihren Freundinnen wieder einmal an einer Steppdecke arbeitete. Sabrina, die soeben einen langen Brief von Skylar las, hörte ihr kaum zu. »Sehr lange …«

»Vielleicht spüren sie die Indianer bald auf«, erwiderte Libbie, »und feiern einen überwältigenden Sieg.«

»Oder auch nicht«, seufzte Louella.

»Was ich damit sagen wollte – wir sollten uns irgendwie die Zeit vertreiben«, erklärte Norah. »Wie wär's mit einem Ausflug?«

Jetzt erregte sie Sabrinas Aufmerksamkeit. »Obwohl die Soldaten so viel zu tun haben?«

»Und wenn sie noch so beschäftigt sind ...« Trotz ihrer Sorge um Custer lächelte Libbie belustigt. »Im Grunde sind alle Männer kleine Jungs, die sich amüsieren wollen. Mein George reitet sogar mitten in einer Kampagne davon, um zu jagen. Damit hat er seine Vorgesetzten oft zur Weißglut gebracht. Ach, der Ärmste ... Grant hat ihm untersagt, die Offensive zu kommandieren oder auch nur daran teilzunehmen.«

»Sicher wird sich alles zum Guten wenden, Libbie«, meinte Louella.

»Organisieren wir ein Picknick«, schlug Norah vor. »Das würde den Männern gefallen – ein Tagesausflug. Nun warten die Offiziere schon so lange auf den Feldzug, und sie langweilen sich.«

»Außerdem haben wir versprochen, Sabrina die schöne Umgebung des Forts zu zeigen, nicht wahr?« fügte Louella hinzu.

Lächelnd nickte Sabrina, fest überzeugt, daß man diesen Plan nicht verwirklichen würde.

Trotz des schlechten Wetters, das den ganzen April anhielt, ritt Sloan in zügigem Tempo westwärts. Während er der Fährte von Crooks Kompanien folgte, entdeckte er Travois*-Spuren, die nach Süden führten, in die Richtung der Reservatsbehörden. Offenbar versuchten viele Indianer, den Wunsch der Regierung zu erfüllen.

Nach zwei Wochen fand er die Reste des Camps, das Reynolds Männer angegriffen hatten, und durchsuchte den Schutt. Zweifellos ein Cheyenne-Lager.

Als er sich über die verbrannte Puppe eines Kindes beugte, spürte er eine Bewegung in unmittelbarer Nähe.

---

* Transportgerät der Indianer aus zwei am Boden schleifenden Stangen, auf denen Querbretter oder Netze befestigt sind.

Blitzschnell sprang er hinter einen Felsen, zog seinen Colt und wartete. Obwohl er niemanden sah, wußte er, daß er beobachtet wurde. Mehrere Minuten verstrichen. Schließlich hörte er das Geräusch nackter Füße. Jemand rannte durch das Wäldchen, das direkt vor Sloan lag. Vorsichtig verfolgte er die hastigen Schritte, bis der Boden unter seinen Sohlen kaum merklich bebte. Er fuhr herum und erblickte zu seiner Verblüffung einen Freund, Hawks Vetter Ice Raven, der sich offenbar schon seit einiger Zeit an ihn herangepirscht hatte. Nun kauerte er, nicht weit entfernt, auf seinen Fersen.

Erleichtert senkte Sloan seine Waffe. »Ice Raven!«

Der Sioux erkannte ihn, zögerte aber, bevor er sein Messer wegsteckte. »Reitest du mit den Soldaten, die hierherkamen?«

»Nein, ich bin allein unterwegs.«

»Gut. Ich würde dich nur ungern töten, Cougar-in-the-Night. Aber in diesen Zeiten verlieren alte Freundschaften ihre Bedeutung.«

Sloan nickte. »Gewiß, eine schreckliche Situation ... Jene Soldaten dachten, sie hätten Crazy Horses Lager vernichtet, und ich wollte herausfinden, was wirklich geschah. Was machst du hier, in einem Cheyenne-Camp?«

»Wie du weißt, haben wir Freunde unter den Cheyenne. Offensichtlich haben sich deine Soldaten geirrt. Sie glaubten, sie würden Crazy Horses Lager angreifen, weil sein alter Freund He Dog hier war, der oft an seiner Seite gekämpft hat. Aber He Dog beschloß ins Reservat zurückzukehren. Wenn er auch ein tapferer Mann ist – seine Frauen und Kinder drohten zu verhungern. Nur deshalb war er bereit, die Order der Regierung zu befolgen. Jetzt ist er zu Crazy Horse zurückgekehrt. Erwartest du, ich würde dich zum Sioux-Lager führen, damit du den Soldaten Bescheid geben kannst?«

»Keineswegs, Ice Raven, ich freue mich, dich wiederzusehen. Aber deine Anwesenheit überrascht mich, und so frage ich dich, was du hier machst.«

»Ich besuchte eine junge Cheyenne-Frau, deren Familie mich willkommen hieß. Als es geschah, war ich hier.«

»Erzähl mir alles«, sagte Sloan und setzte sich auf den Felsboden.

»Unsere Späher entdeckten die Soldaten, doch sie konnten das Volk nicht rechtzeitig warnen. Und so brannten die Zelte nieder – und alles was sich darin befand. Danach feuerten wir zurück und töteten ein paar weiße Männer. Doch die überlebenden Cheyenne haben alles verloren. Sie ritten zu Crazy Horse, der sie aufnahm, obwohl er fürchtete, er könnte so viele Leute nicht ernähren. Bald wird der Sonnentanz stattfinden, und Sitting Bull hat alle Stämme dazu eingeladen. So wie jedes Jahr wird das Fest beim Wankatanka stattfinden, beim großen Geheimnis, und Crazy Horse führt seine Leute zu Sitting Bull.«

Als einer von Hawks Vettern, war Ice Raven kein Fremder in der weißen Welt. Er sprach ausgezeichnet Englisch, hatte oft genug Breeches und Baumwollhemden getragen, in Tavernen und Restaurants gegessen und sich gut in dieser anderen Welt zurechtgefunden. Jetzt nicht mehr, dachte Sloan, die Hungersnot und das Gemetzel haben ihn verändert.

Und nun würden sich Crazy Horse und Sitting Bull mit ihren vereinten Streitkräften gegen ihre Feinde wehren. Die weißen Kommandanten glaubten, jeder Stamm würde für sich handeln, getrennt von den anderen. Doch inzwischen hatten die Indianer sehr viel von den Weißen gelernt. Um ihrer Vernichtung entgegenzuwirken, schlossen sie sich zusammen.

»Was du hier mit ansehen mußtest, bedaure ich zutiefst«, versicherte Sloan. »Hat deine Freundin den Angriff überlebt?«

»Ja, und sie wird sich immer daran erinnern. Jetzt ist sie bei ihren Leuten und pflegt die Verletzten. Der weiße Kommandant hat viele seiner Verwundeten zurückgelassen und manche wurden bei lebendigem Leib skalpiert. Natürlich werden uns die Weißen verdammen. Aber jedes Volk führt Krieg auf seine Art.«

»Ich wünschte, das alles ließe sich ändern.«

»Den Lauf der Zeiten kann leider niemand aufhalten«, entgegnete Ice Raven. »Obwohl ich das weiß, fürchte ich die Zukunft. Die Krieger sollen ein Land bestellen, auf dem nicht einmal Gras wächst. In den Reservaten sah ich Männer, die einst tapfer gekämpft haben und sich jetzt betrinken, um zu vergessen, Frauen und Kinder, die vor Hunger weinen. Wie soll sich das jemals ändern? In riesigen Scharen, mit Waffengewalt, werden die Siedler unsere Prärie überrollen. Einige Krieger beugen sich dem weißen Mann, um zu überleben, andere werden bis zum letzten Atemzug kämpfen. Und nach dem Krieg sind wir der Gnade eines Volkes ausgeliefert, das uns Wilde nennt und unsere Lebensart haßt. Aber im Grunde ihres Herzens werden die Weißen wissen, daß sie uns das Land gestohlen haben, das sie für ihr Eigentum halten.«

Bedrückt dachte Sloan an die Stämme im Osten, die kaum noch existierten. »Eure Lebensart wird nicht untergehen ...«

»Von betrunkenen Männern bewahrt, die in den Reservaten unfruchtbare Felder bebauen!«

»Wie wirst du dich entscheiden? Für den Kampf oder die Kapitulation?«

»Das weiß ich noch nicht. Wohin reitest du von hier aus, Cougar-in-the-Night?«

Sloan lächelte wehmütig. Mit der Zeit erschien es ihm immer seltsamer, seinen alten Sioux-Namen zu hören. »Zurück zum Fort. Was ich erfahren wollte, habe ich festgestellt.«

»Ich werde dich ein Stück begleiten. Für das Volk, das hier lebte, habe ich genug getan. Nun muß ich für mich selber sorgen. Bevor ich einen Entschluß fasse, möchte ich meinen weißen Vetter sehen. Stört dich die Gesellschaft eines Vollblut-Sioux? Vielleicht werden dich deine

Soldaten-Freunde sehen und niederschießen, und glauben, du wärst einer von uns.«

»Wenn wir nur zu zweit reiten, wird man uns wohl kaum entdecken.«

»Vielleicht können wir für ein paar Tage die Zeit zurückdrehen«, meinte Ice Raven lächelnd und stand auf. »Gehen wir auf die Jagd. In diesen letzten Wochen habe ich nur wenig gegessen. Zu viele Frauen und Kinder müssen ernährt werden.«

»Ja«, stimmte Sloan zu. »Gehen wir auf die Jagd, so wie früher.«

»Morgen findet unser Picknick statt«, verkündete Norah.

Verwirrt blickte Sabrina von ihrem Tagebuch auf, das sie seit Sloans Abreise führte. Ohne anzuklopfen, war Norah hereingekommen. »Unser Picknick?«

Norah nickte freudestrahlend. »Hoffentlich hält das gute Wetter an. Wir reiten zu einem Bach, etwa fünf Meilen entfernt. Dort verbringen wir die Nacht, und am nächsten Tag kommen wir zurück.«

»Eine Nacht im Freien? Ist das nicht zu gefährlich?«

»Wo bleibt denn deine Abenteuerlust, Sabrina? Wenn wir nach Mayfair oder in eine der kleinen Städte fahren, übernachten wir ja auch in Zelten. Und die Soldaten beschützen uns. Am Anfang eines Feldzugs werden die Offiziere oft von ihren Frauen begleitet. Oh, ich finde es einfach wundervoll, im Freien zu kampieren.«

Unbehaglich schüttelte Sabrina den Kopf. »Ich weiß nicht recht, ob ich mitkommen soll, Norah.«

»Warum nicht? Sogar Libbie will an unserem Picknick teilnehmen.«

»Ja, aber ...« Sabrina verstummte und dachte an ihren Mann, der ihr verboten hatte, das Fort zu verlassen. Andererseits – nur der Himmel wußte, wann er zurückkommen würde. Wenn überhaupt ... Entsetzt verdrängte sie diesen Gedanken. Natürlich würde er zurückkehren. Und in der Zwischenzeit saß sie hier fest und wartete.

»Bitte, komm doch mit, Sabrina!« drängte Nora. »Wir werden uns köstlich amüsieren.«

»Wenn wir im Wald schlafen?« erwiderte Sabrina skeptisch. Das klang nicht sonderlich verlockend. In letzter Zeit fühlte sie sich außerdem oft erschöpft. Die ständig wechselnden Temperaturen hatten eine Grippewelle im Fort ausgelöst, und sie fürchtete, sie könnte sich angesteckt haben.

»Sei kein Feigling!« schimpfte Norah. »Wir sind Abenteurerinnen, die tapferen Heldinnen vom Fort Abraham Lincoln!«

Nachdenklich blickte Sabrina vor sich hin. Vielleicht würde es ihr guttun, das Fort für eine kleine Weile zu verlassen. »Kommt Marlene auch mit?«

»Hast du's nicht gehört? Sie ist schon abgereist.«

»Oh? Wohin?«

»Nach Gold Town. Sie hat ein Telegramm bekommen.«

In Marlenes Abwesenheit würde Sabrina das Picknick um so erfreulicher finden. Nur sekundenlang überlegte sie, ob ihre Rivalin nach Gold Town gefahren war, weil Sloan ihr das Telegramm geschickt hatte. Mit solchen Sorgen wollte sie sich nicht mehr befassen. »Ein Picknick! Was für eine wundervolle Idee!«

Sloan genoß die Tage, die er mit Ice Raven verbrachte. Wie in alten Zeiten gingen sie auf die Jagd, fischten und überquerten Flüsse, die immer noch vereist waren. Ice Raven ritt mit Sloan westwärts, in die Richtung des Forts.

Bald würde er nach Süden abbiegen, um Mayfair anzusteuern. Sloan überlegte, ob er ihn begleiten sollte. Aber Terry erwartete seinen Bericht und mußte so schnell wie möglich erfahren, daß Crooks Männer kein Sioux-, sondern ein Cheyenne-Lager angegriffen hatten.

Und Sloan wollte endlich heimkehren – zu Sabrina. Würde sie ihn aus eigenem Antrieb umarmen? In diesen letzten Wochen war es die Hölle gewesen, seinem Entschluß treu zu bleiben, Nacht für Nacht neben ihr zu liegen und sie nicht anzurühren. Deshalb hatte er die Order, die ihn in die Wildnis führen würde, erleichtert begrüßt.

Was würde ihn im Fort erwarten? Inständig wünschte er, Sabrina würde ihn freudig willkommen heißen. War sie inzwischen bereit, ihrem Ehemann den lang ersehnten Sohn zu schenken?

Ice Raven hatte Sabrina in Mayfair kennengelernt, bevor sie mit Hawk und Skylar nach Schottland gefahren war. Gleichzeitig hatte auch Sloan seinen Blutsbruder besucht. Daß er Skylars schöne Schwester geheiratet hatte, amüsiert Ice Raven, wenn er auch keinen Kommentar dazu abgab. Er nahm an, die überstürzte Hochzeit hätte wegen einer Schwangerschaft stattgefunden. Offenbar hatte Sabrina das Baby verloren. Während er an Sloans Seite ritt, erzählte er von Freunden, deren Frauen nach Fehlgeburten noch viele Kinder bekommen hatten.

Auf einem Grat zügelten sie ihre Pferde und sahen Aasgeier am Himmel kreisen. Sie wechselten einen kurzen Blick. Dann ritten sie weiter und überquerten den nächsten Hügel, an dessen Fuß ein seichter Fluß plätscherte. Hier hatten vor kurzem mehrere Goldsucher gearbeitet.

Schon aus der Ferne erblickten Sloan und Ice Raven vier halbnackte Leichen, von Pfeilen durchbohrt. In schnellem Trab ritten sie zum Ufer, stiegen ab und inspizierten den Schauplatz des Gemetzels.

Über drei verstümmelte, mit Wunden übersäte Gestalten krochen unzählige Fliegen. Die vierte, eine etwa dreißigjährige Frau, war unversehrt, bis auf den Pfeil, der in ihrem Herzen steckte. Sogar im Tod war sie eine ausgesprochene Schönheit.

Ice Raven zog einen Pfeil aus der Brust eines Mannes. »Cheyenne. Blutige Rache. Vielleicht wollten sie die Frau nicht töten, sondern gefangennehmen, und streckten sie nur nieder, weil sie sich erbittert wehrte.«

Kalte Angst krampfte Sloans Herz zusammen. Inzwischen waren sie viel zu nahe ans Fort Abraham Lincoln herangekommen, und der Anblick der toten Frau beschwor grausige Visionen herauf. Angewidert schüttelte er den Kopf. »Ein übereifriger weißer Kommandant schlachtete friedfertige Cheyenne ab. Und diese armen Menschen mußten mit ihrem Leben dafür bezahlen.«

»Niemand hat sie gezwungen, in die Black Hills zu kommen«, erwiderte Ice Raven grimmig.

Statt zu antworten, ging Sloan in die schäbige Hütte der Goldsucher und fand dort einen Spaten. Eine Zeitlang beobachtete Ice Raven, wie sein Freund Gräber aushob, dann holte er einen zweiten Spaten und half ihm.

»Danke«, sagte Sloan leise.

»Ich hasse nicht alle Weißen. Aber ich verabscheue niederträchtige Mörder. Was im Cheyenne-Lager geschah, war ein Massenmord. Auch hier wurde gemordet. Die eine Tat ist so verwerflich wie die andere.«

Schweigend nickte Sloan und bedeutete seinem Freund, die Leichen so schnell wie möglich zu begraben. Nun konnte er es kaum noch erwarten, das Fort zu erreichen, und Ice Raven verstand den Grund der plötzlichen Eile.

An der Weggabelung, wo sie sich trennen würden, hörten sie Stimmen und Gelächter und Wortfetzen in englischer Sprache. Warnend legte Ice Raven einen Finger an die Lippen und gab seinem Freund zu verstehen, er würde sich im Gebüsch verstecken. Sloan erklärte ihm in der Zeichensprache, daß er herausfinden wollte, was da vorging. Dann stieg er ab und tauchte in einem Dickicht unter. Zwischen den Zweigen sah er das Ufer eines Flusses, wo fünf Soldaten und einige Frauen picknickten. Und mitten darunter – Sabrina.

Vielleicht lag es an der unerfüllten Sehnsucht während des langen Ritts. Oder an der dreisten Mißachtung seines Verbots. Oder an der beklemmenden Angst, die er beim Anblick der Frauenleiche empfunden hatte. Wahrscheinlich kamen alle Faktoren zusammen, um sein Blut in Wallung zu bringen. Noch nie in seinem Leben war er so wütend gewesen.

Hätte Sabrina in diesem Augenblick vor ihm gestanden …

Statt dessen watete sie im seichten Wasser umher und ließ sich von Lieutenant Jimmy Blake erklären, wie man angelte.

Mühsam bekämpfte Sloan seinen Zorn und kehrte zu der Stelle zurück, wo er sich von Ice Raven getrennt hatte. Er stieß einen leisen Vogelruf aus, und sein Freund erschien wenige Sekunden später. »Ein paar Leute aus dem Fort«, erklärte Sloan.

»Deine Freunde?«

»Ja. Und Sabrina ist bei ihnen.«

»Darüber solltest du dich freuen.«

»Keineswegs.«

»Ach ja, die tote Frau. Aber die Cheyenne-Krieger würden sich nicht so nah ans Fort heranwagen.«

»Das kann man nie wissen.«

Ice Raven zuckte die Achseln. »Nun werde ich weiterreiten. Am besten gehst du zu deinen Freunden …«

»Würdest du bis nach Einbruch der Dunkelheit hierbleiben?«

Erstaunt hob Ice Raven seine ebenholzschwarzen Brauen. »Was hast du vor?«

»Ich möchte meiner Frau eine Lektion erteilen.« In knappen Worten erklärte Sloan seinen Plan. Im Schutz der abendlichen Finsternis pirschte er sich wieder an das kleine Lager heran, entdeckte Tom Custer und versuchte, seine Aufmerksamkeit zu erregen.

Verwirrt drehte sich Tom um, spähte nach allen Seiten und schien einen Hinterhalt zu befürchten. Es dauerte eine Weile, bis er den Mann in den nächtlichen Schatten erkannte. »Major!«

»Pst!«

»Endlich sind Sie wieder da! Was haben Sie herausgefunden?«

»Reynolds hat ein Cheyenne-Lager attackiert. Bitte, übergeben Sie Sergeant Dawson meinen schriftlichen Bericht, er soll ihn sofort zu Terry bringen.«

»Da wir uns in der Nähe des Forts befinden, möchten Sie den Sergeant sicher persönlich informieren …«

»Nein, ich will meine Frau überraschen. Wie ich sehe, ist sie bei Ihnen.«

»Ja, gewiß«, bestätigte Tom grinsend. »Soll ich Bescheid sagen?«

Sloan schüttelte den Kopf. »Unterwegs traf ich einen Freund und ritt mit ihm hierher. Etwa zehn Meilen von diesem Fluß entfernt, fanden wir ermordete Goldsucher. In diesen Zeiten wäre es klüger gewesen, Sie hätten den Frauen untersagt, das Fort zu verlassen.«

»Ermordet? Von Sioux?«

»In den Leichen stecken Cheyenne-Pfeile. Künftig muß Sabrina im Fort bleiben. Aber das werde ich selbst mit ihr besprechen, wenn ich Sie überrasche. Bitte, erzählen Sie ihr nichts.«

»Natürlich nicht. Auf keinen Fall möchte ich die anderen Frauen erschrecken.«

»Halten Sie Augen und Ohren offen, Tom.«

Voller Stolz betrachtete Sabrina den größten Fisch des Tages, den sie gefangen hatte. Nun half sie Jean, das Abendessen vorzubereiten. Die scheue junge Frau brach nur selten ihr Schweigen und schien sich vor ihrem eigenen Schatten zu fürchten.

An diesem Picknick nahm ihr Mann, Captain Jenkins, nur widerstrebend teil. Von ihren Freundinnen bestürmt, hatte er letzten Endes nachgegeben – unter der Bedingung, daß Jean endlich fischen lernen würde.

Sabrina, Sarah, David Anderson und Lieutenant Jimmy Blake zeigten ihr, wie man Würmer an Haken festmachte. Von einem bewundernden Publikum ermuntert, fing Jean ihren ersten Fisch.

Nach der Mahlzeit beobachteten sie den Sonnenuntergang. Der ereignisreiche, vergnügliche Tag hatte Sabrina ein wenig von ihrer Sorge um Sloan abgelenkt. Zum erstenmal seit langer Zeit war ihr etwas leichter ums Herz. Die Offiziere hatten Zelte mitgebracht, und sie sollte eins mit Louella teilen.

Während sie sich auszogen, stolperten sie über die Säume ihrer Röcke und fielen lachend auf die Matratzen.

»Oh, Sabrina!« japste Louella. »Tut mir leid, daß wir damals in Mayfair so schlecht über dich geredet haben. Da wußten wir noch nicht, wie lieb und gut du bist. Wir waren natürlich wütend, weil du den Mann unserer Träume geheiratet hast, den charmantesten auf Erden ... Darum beneide ich dich immer noch. Ach, ich wünschte, ich würde nicht wie ein Pferd aussehen.«

»Unsinn, so siehst du nicht aus.«

»Und ich bin eine alte Jungfer.«

»Nein, du bist noch nicht alt. Eines Tages wirst du den Richtigen finden. Vielleicht dauert es eine Weile, nachdem so viele junge Männer im Krieg gefallen sind.«

»Also glaubst du, daß ich einmal heiraten werde?«

»Ganz bestimmt.«

»Hoffen wir's ...« Louella umarmte Sabrina, dann schlüpften sie in ihre Nachthemden und krochen unter die Decken. Wenig später hörte Sabrina ein leises, rhythmisches Schnarchen. Sie selbst blieb noch lange wach und dachte an den Mann, um den sie beneidet wurde – der sie nicht mehr begehrte. Irgendwann fielen auch ihr die Augen zu.

Sie wußte nicht, wie lange sie geschlafen hatte. Plötzlich wurde sie von einer Hand geweckt, die sich auf ihren Mund preßte. Sie blinzelte verwirrt, begann sich instinktiv zu wehren – und erstarrte abrupt.

O Gott, Indianer griffen das kleine Lager an! Ein Krieger neigte sich zu ihr hinab, das halbe Gesicht mit schwarzer Farbe bestrichen. An seiner Brust schimmerten Halbmonde und Steine, die Hagelkörnern glichen. Bis auf einen Lendenschurz und Wildlederstiefel war er nackt. Seine Züge konnte sie im Dunkeln nicht erkennen. Aber sie spürte seine Kraft, und sie fürchtete in wachsender Panik, er würde sie töten.

Nein, so leicht ließ sie sich nicht ermorden. Verzweifelt versuchte sie, um sich zu schlagen. Aber der Krieger war unglaublich stark, und sie konnte seine Finger nicht von ihren Lippen lösen. Mit seinem anderen Arm hob er sie mühelos hoch und trug sie aus dem Zelt. Seine unerbittliche Hand nahm ihr fast den Atem.

Sioux – in der Nähe des Forts …

Oder Crow? Welchen Unterschied machte das schon? Sie wurde entführt, von feindlichen Indianern!

16

Verzweifelt wehrte sie sich gegen den Krieger. Wo blieben die Soldaten? Waren sie im Schlaf ermordet worden? Sie hatte keine Schüsse gehört. Vielleicht lagen sie mit durchschnittenen Kehlen in den Zelten.

Der gnadenlose Angreifer trug Sabrina in den schwarzen Schatten eines Waldes, immer noch eine Hand auf ihren Mund gepreßt. Wenn sie nichts dagegen unternahm, würde sie bald ersticken … Erfolglos wand sie sich wie ein Aal und versuchte, nach ihrem Feind zu treten.

Auf einer Lichtung wartete ein weiterer Indianer, der zwei Pferde am Zügel festhielt. Plötzlich wurde ihr Mund befreit.

Der Entführer warf sie quer über einen Pferderücken, stieg hinter ihr auf, und sie galoppierten durch die

Nacht. Sobald sie zu Atem gekommen war, schrie sie wie am Spieß. Aber vermutlich hatten sie sich schon zu weit vom Lager entfernt. Niemand würde Sabrinas gellende Stimme hören. Schließlich verstummte sie. Wäre sie doch im Fort geblieben ... Nun bereute sie bitter, daß sie Sloans Befehl mißachtet hatte. Sie durfte nicht in Panik geraten. Sonst war sie verloren. Sie drehte den Kopf zur Seite, biß in den Schenkel ihres Feindes und hörte, wie er nach Luft schnappte. In der nächsten Sekunde schlug eine harte Hand auf ihr Hinterteil.

Abrupt wurde das Pferd gezügelt, der Krieger stieg ab und trug Sabrina, die ihn wütend verfluchte, in ein Zelt. Ein kleines Feuer warf orangegelbes Licht auf die Wände aus Büffelhäuten. Auch der Boden, auf den sie unsanft geworfen wurde, war mit Häuten bedeckt. Sofort sprang sie auf, schaute sich um und sah den Mann beim Eingang stehen. Im Dunkel erblickte sie nur sein schwarzes Haar, das auf die Schultern fiel, den Lendenschurz, die verschränkten Arme.

Wie sollte sie diesem Grauen entrinnen? In blinder Panik wollte sie an ihm vorbeistürmen, in die Nacht fliehen. Aber er umschlang blitzschnell ihre Taille, beide stürzten, und einen Augenblick später saß er rittlings auf Sabrinas Hüften. Verzweifelt versuchte sie, sein Gesicht zu zerkratzen. »Ich bringe dich um, du verdammte Rothaut ...«

Kraftvoll wurden ihre Handgelenke gepackt und auf den Boden gepreßt, ein spöttisches Gelächter brachte sie zum Schweigen. Als hätte der Krieger jedes Wort verstanden ...

Und diese Stimme ... »Das glaube ich nicht, meine Liebe.«

»Sloan!« Heißer Zorn verlieh ihr neue Kräfte. Entschlossen befreite sie ihre Handgelenke von seinem Griff und trommelte mit beiden Fäusten gegen seine Brust, bis er ihre Arme erneut festhielt.

»Beruhige dich, Sabrina.«

»Ich soll mich beruhigen? Nachdem du mich mitten in der Nacht verschleppt hast? Man sollte dich skalpieren! Wie konntest du so etwas Schreckliches tun?«

»Und warum warst du an einem Ort, wo so etwas Schreckliches geschehen konnte? Habe ich dir nicht eingeschärft, du sollst im Fort bleiben?«

»Aber – du bist so lange weg gewesen und ...«

»Verdammt, Sabrina, ich habe dich gewarnt. Keine Exkursionen, sagte ich, oder du wirst es bitter büßen.«

Beklommen biß sie in ihre Unterlippe und suchte nach Worten, um zu erklären, seine Missetat sei viel schlimmer gewesen als ihre. Wie heimtückisch er sie mit seiner indianischen Verkleidung getäuscht, wie herzlos er ihr kalte Todesangst eingejagt hatte ... »Sei froh, daß du nicht erschossen wurdest!« zischte sie.

»Und du darfst dich glücklich schätzen, weil keine echten Feinde in der Nähe waren. Ich habe Tom veranlaßt, einen Wachtposten aufzustellen. Und dann schlich ich mühelos an diesem verdammten Kerl vorbei.«

»Hierher kommen keine Indianer ...«

»Heute habe ich drei Goldsucher und eine Frau begraben. Nicht weit vom Fort entfernt.«

»Trotzdem war es grausam von dir, mich so zu erschrecken ...«

»Was glaubst du, wie du *mich* erschreckt hast? Hoffentlich hast du deine Lektion gelernt. In Zukunft wirst du genau das tun, was ich dir sage, verstanden?« In hilfloser Wut versuchte Sabrina, ihre Handgelenke zu befreien. Aber diesmal hielt er sie eisern fest. »Und du wirst mich nie mehr schlagen.«

»Am liebsten würde ich dich in winzige Stücke reißen!«

»Das wird dir wohl kaum gelingen.« Langsam neigte sich sein schwarz bemaltes Gesicht zu ihr hinab.

»Laß mich los, Sloan ...«

»Damit du mich wieder schlagen kannst?«

»Nein, damit wir zu den anderen zurückreiten können, die sich sicher Sorgen machen. Und damit du diese furchterregende Kriegsbemalung wegwaschen kannst.«

»Was macht dir angst? Die schwarze Farbe – oder ich?«

»Du nicht«, wisperte sie.

»Dann dürfte ich dich auch mit dieser Bemalung nicht erschrecken.« Nun ließ er ihre Handgelenke los, umfaßte ihr Kinn und küßte sie. Begierig schob er seine Zunge zwischen ihre Lippen, dann hob er den Kopf und schaute in ihre Augen. Sie streichelte seine nackte Brust, und als sie einen kleinen Halbmond berührte, erwachte ihr Zorn von neuem. »Wie konntest du mir das antun?«

»Weil es zu meinem Erbe gehört. Und ich habe oft genug festgestellt, daß indianische Bräuche nicht halb so barbarisch sind wie manche Gepflogenheiten der Weißen.«

»Wir sollten zurückreiten ...«

»Nein, wir verbringen die Nacht hier.«

»Hier?«

»In einem ähnlichen Wigwam haben wir auf unserer Reise von Mayfair zum Fort geschlafen.«

»Ja, ich weiß.« Wie gebannt erwiderte sie seinen Blick und stimmte ihm zu – er war immer noch derselbe Mann, mit oder ohne Kriegsbemalung. Und sie begehrte ihn.

Er stand auf, zog sie mit sich empor und trat zurück, als wollte er ihr eine Gelegenheit zur Flucht geben. »Komm zu mir.«

»Sloan ...«

»Komm zu mir ...«

Ob sie gehorchte, wußte sie nicht. Irgendwie lag sie in seinen Armen. Und sein Mund preßte sich wieder auf ihren – erst zärtlich, dann fordernd. Während er das Nachthemd über ihren Kopf streifte, spürte sie die Wärme des flackernden Feuers auf der nackten Haut. Er umarmte sie wieder, und sie sanken auf die Büffelhäute hinab. Langsam glitten seine Finger über ihren Rücken, über ihren Hals, bevor sie aufreizend mit den Knospen ihrer Brüste spielten und wohlige Schauer durch ihren Körper jagten.

Die Augen geschlossen, genoß sie die immer intimeren Liebkosungen, lauschte seinen Atemzügen, den knisternden Flammen. Sie schmiegte sich an seine Schulter und strich mit allen Fingern durch sein dichtes Haar.

Dann hob sie die Lider und betrachtete wieder sein Gesicht – halb im Schatten, halb schwarz bemalt – und sah die einzigartige Kraft, die auf seiner Abstammung von zwei Völkern beruhte.

Süße Wärme steigerte sich zu hitziger Leidenschaft. Hingebungsvoll klammerte sie sich an Sloan und senkte die Wimpern – die Nacht war rot, sein Fleisch glühte, und jede Berührung sandte Feuerströme durch Sabrinas Adern. Bis an ihr Lebensende würde sie sich an die Flammenfarben dieser Nacht erinnern, die in einem gleißenden Regenbogen barsten, wie winzige Kristallsplitter auf sie herabrieselten.

In dieser Nacht stritten sie nicht mehr. Sie lag neben Sloan, dankbar für die Geborgenheit in seinen Armen.

Sollte sie ihm erzählen, was sie seit einer Woche vermutete? Nein, sie war sich noch nicht sicher …

Sonnenlicht drang ins Zelt und weckte Sabrina. Weil das Feuer herabgebrannt war, fröstelte sie leicht. Als sie sich aufrichtete und nach ihrem Nachthemd tastete, sah sie Sloan beim Eingang sitzen und an einer Tasse Kaffee nippen. Inzwischen war die Kriegsbemalung verschwunden, und er trug wieder seine Uniform, mitsamt dem Federhut.

Lächelnd ließ er seinen Blick über Sabrinas Körper wandern.

»Was amüsiert dich denn so?« fragte sie.

»Du siehst wie ein scheckiges Fohlen aus.«

Die Stirn gerunzelt, schaute sie an sich hinab. Die schwarze Kriegsbemalung hatte auf ihre Haut abgefärbt.

Fluchend sprang sie auf, und Sloans Gelächter schürte ihren Zorn. »Gibt's hier einen Bach?« fauchte sie.

»Ja, ganz in der Nähe. Aber jetzt kannst du nicht hinausgehen. Mein Freund Ice Raven wartet vor dem Zelt.«

»Ice Raven?« wiederholte sie. Dieser Mann zählte zu den ›feindlich gesinnten‹ Indianern. Doch er hatte sich an jener kühnen Rettungsaktion beteiligt, um Sabrina und Skylar vor ihrem Stiefvater zu schützen, ohne Rücksicht auf sein eigenes Leben. Nun war er offenbar Sloans Komplize, der letzte Nacht auf der Lichtung die Pferde festgehalten hatte. Neuer Zorn stieg in ihr auf. Wie konnte Sloan ihr vor den Augen des Sioux-Kriegers einen so üblen Streich spielen?

»Er bewacht unser Wigwam«, erklärte er. »Wie ich dir erzählt habe, wurden vor kurzem ein paar Goldsucher ermordet, nicht weit von hier entfernt. Zieh dein Nachthemd an, ich begleite dich zum Bach. Ich habe deine Kleider mitgebracht.«

»Was?« flüsterte sie verwirrt.

»Heute morgen habe ich sie aus dem Lager am Flußufer geholt, dein Pferd habe ich auch gleich hierhergeführt.«

»Also wissen alle Leute, daß du deine ungehorsame Frau in den Wald entführt hast, um sie zu bestrafen.«

»Was letzte Nacht geschehen ist, wird niemand erfahren. Nur Tom ist informiert. Komm jetzt, ich muß mich endlich bei General Terry melden.«

Sabrina schlüpfte in ihr Nachthemd. »Geh nur, ich werde den Bach schon finden.«

Als sie aus dem Zelt eilte, sah sie Ice Raven vor einem Lagerfeuer sitzen. Angenehmer Kaffeeduft erfüllte die Luft. Lächelnd stand er auf und kam ihr entgegen. So wütend sie auch auf Sloan war – diese Gefühle würde sie seinem Freund nicht verraten. Wieviel mochte er von dem erbitterten Streit gehört haben? »Ice Raven!« rief sie, umarmte ihn und küßte seine Wange.

»Little Sister«, begrüßte er sie mit dem Indianernamen, den er ihr gegeben hatte, und erwiderte die Umarmung. »Freut mich, daß wir uns wiedersehen.«

»Mich auch. Wie und wo haben Sie Sloan getroffen?«

»Im Cheyenne-Lager, das Crooks Soldaten überfallen haben.«

»Oh – tut mir leid.«

»Jetzt bin auf dem Weg nach Mayfair.«

»Könnte ich Sie doch begleiten! Seit ich im Fort lebe, habe ich meine Schwester nur ein einziges Mal gesehen.« Sie seufzte. »Sicher ist Hawk ganz verzweifelt, weil sich die Lage so schrecklich zuspitzt. Ice Raven, Sie dürfen sich nicht in Gefahr bringen. Sie sollten bei Hawk bleiben.«

»Obwohl ich des Kampfes müde bin – ich darf mich nicht heraushalten.« Grinsend strich er über ihre Wange und zeigte ihr seinen schwarzen Finger. »Ah, Kriegsbemalung!« bemerkte er unschuldig.

»Hm ... Gerade wollte ich zum Bach gehen.« Sie wandte sich rasch ab und sah zwischen den Bäumen kristallklares Wasser schimmern. Am Ufer blieb sie zögernd stehen und schaute sich um. Plätschernd und gurgelnd flossen die Wellen über zerklüftete Felsen. Was für ein schönes Land – es lohnte sich, dafür zu kämpfen ... Sie kniete nieder und begann sich zu waschen. Obwohl das Wasser eiskalt war, mußte sie die gräßliche schwarze Farbe loswerden. Nervös spähte sie zwischen die Bäume, dann schlüpfte sie aus ihrem Nachthemd und benutzte feinkörnigen Schlamm, um ihren ganzen Körper abzuschrubben.

Plötzlich hörte sie eine tiefe Stimme. »Du hast eine schwarze Stelle übersehen.«

Angstvoll fuhr sie herum. Sloan stand auf der Uferböschung. Bei ihrer hastigen Drehung verlor sie das Gleichgewicht, rutschte auf einer glitschigen Wurzel aus und fiel ins Wasser. Als sie wieder auftauchte, hörte sie Sloans Gelächter. Jetzt watete er durch den Schlamm und reichte ihr eine hilfreiche Hand, die sie ignorierte.

»Komm schon, Sabrina, ich ziehe dich raus.«

Da ergriff sie seine Hand und zerrte mit aller Kraft daran. Von tiefer Genugtuung erfüllt, beobachtete sie, wie er ebenfalls auf einer Wurzel ausglitt. Wenn er auch nicht stürzte – er stolperte immerhin ins knietiefe Wasser, und sein hübscher Hut flog in die Strömung und tanzte davon.

Unerbittlich hielt Sloan ihre Finger fest. »Noch eine Lektion. Wenn du einen stärkeren Feind angreifst, mußt du deines Sieges sicher sein. Sonst wird er sich grausam rächen.«

»Was meinst du ...«, begann sie. Weiter kam sie nicht, denn er hob sie hoch und ließ sie in den Bach fallen. Prustend tauchte sie auf. Inzwischen hatte er seinen Hut gerettet und ging in quietschenden Stiefeln davon. »Deine Kleider liegen hier oben auf der Böschung!« rief er.

Zitternd, mit blauen Lippen, kroch sie aus dem Wasser und wünschte inständig, er würde zur Hölle fahren. In aller Eile zog sie sich an und kehrte zum Zelt zurück. Ice Raven war verschwunden, und Sloan saß bereits auf Thomas' Rücken, Gingers Zügel in der Hand. »Brauchst du Hilfe?« fragte er höflich.

»Nicht von dir!« zischte sie und schwang sich in den Sattel.

Schweigend ritten sie zu dem kleinen Lager am Flußufer. Die meisten Offiziere und Frauen waren schon aufgestanden. Aus einem der Zelte drang eine ärgerliche Stimme. »Du dumme Gans! Bist du denn zu gar nichts fähig?«

Dann hörte Sabrina ein Flüstern, ein seltsames Geräusch, ein leises Schluchzen. Erschrocken wandte sie sich zu Sloan, der seinen Wallach zügelte. Im selben Augenblick kam Captain Lloyd Jenkins aus dem Zelt und rückte seine Hosenträger zurecht.

»Alles in Ordnung?« fragte Sloan.

»Natürlich, Major.«

»Wir dachten, Sie hätten Schwierigkeiten«, bemerkte Sabrina.

»Nein, nichts dergleichen, Madam«, erwiderte Jenkins und starrte sie mit schmalen Augen an.

Unbehaglich ritt sie weiter. Arme Jean – kein Wunder, daß sie so scheu und still war ... Offenbar führten die Jenkins keine allzu gute Ehe.

Wenige Sekunden später ritt Sloan wieder an Sabrinas Seite. »Wie gräßlich dieser Mann seine Frau behandelt«, seufzte sie.

»Und was zum Teufel soll ich dagegen tun?« stieß er hervor.

»Vielleicht könntest du mit ihm reden«, schlug sie in kühlem Ton vor.

»Sabrina, dieser Mann fürchtet, ich würde ihn eines Nachts im Schlaf überraschen und skalpieren. Glaubst du, er würde auf mich hören, wenn ich ihm befehle, seine Frau künftig zu verschonen?«

»Aber irgend jemand muß ihr helfen«, beharrte sie.

Sloan packte Gingers Zügel, und beide Pferde blieben stehen. »Halt dich da raus, verstanden?«

Eigensinnig preßte sie die Lippen zusammen.

Bevor Sloan eine Antwort verlangen konnte, rief Louella fröhlich: »Sabrina, Major Sloan! Guten Morgen!« Soeben hatte sie sich am Flußufer gewaschen und angezogen. Nun eilte sie leichtfüßig ins Lager zurück. »Tom hat mir erzählt, heute nacht hätten Sie Ihre Frau aus dem Zelt geholt, Major. Und ich habe gar nichts gehört. Welch ein wunderbarer Zufall, daß Sie hier vorbeigekommen sind!«

»Ja – wunderbar«, bestätigte er höflich.

Sabrina warf ihm einen kurzen Seitenblick zu. Offensichtlich hatte er die ›Entführung‹ sorgsam inszeniert, und niemand außer Tom wußte Bescheid. Und Ice Raven.

Nun gesellten sich die anderen hinzu, begrüßten Sloan und bestürmten ihn mit Fragen. Geduldig erklärte er, Crooks Truppe hätte kein Sioux-, sondern ein Cheyenne-Lager zerstört. Crazy Horse und seine Anhänger seien unbehelligt geblieben.

»Dann steht der große Kampf noch bevor«, seufzte Libbie. »Vielleicht wird man George brauchen.«

»Ja – vielleicht«, stimmte Sloan zu.

Alle stiegen auf ihre Pferde und traten den Rückweg zum Fort an. Als sie ihr Ziel erreichten, erkannte Sabrina eine verstärkte Hektik in den Aktivitäten der Soldaten, die sich auf den Kampf vorbereiteten. Sergeants drillten die neuen Rekruten, Säbel droschen auf Strohköpfe ein, Kavalleristen trainierten ihre Pferde. Plötzlich erschauerte sie, von einer seltsamen bösen Ahnung erfaßt. Ihr Zittern war Sloan nicht entgangen. »Was ist los?« fragte er.

»Nichts, nur – vor kurzem wurde ich in kaltes Wasser geworfen.«

»Da warst du schon naß. Bist du krank?«

»Nein, ich friere nur ein bißchen.« Sie spornte Ginger an, und er folgte ihr zu seinem Quartier.

Kurz nachdem sie das Haus betreten hatten, erschien ein Soldat und erklärte, Major Trelawny müsse sich so schnell wie möglich bei General Terry in St. Paul melden.

Bitter enttäuscht, weil er sie schon wieder verließ, packte Sabrina die kleine Reisetasche aus, die sie zum Picknick mitgenommen hatte. Sie fühlte sich schwindelig, und ihr Magen drehte sich um. Erschöpft sank sie in einen Polstersessel.

Vielleicht wurde sie wirklich krank. Oder ihre Übelkeit hatte einen anderen Grund.

Sollte sie Sloan darüber informieren? Nein, sie wollte lieber warten, bis sie völlig sicher war.

17

Verbittert und enttäuscht kehrte George Custer aus dem Osten zurück.

Am 20. April hatte er Washington zum ersten Mal verlassen – zwei Wochen vor dem Tag, an dem seine Truppe ursprünglich aus dem Fort Abraham Lincoln marschieren sollte. Aber er wurde zurückbeordert und mußte sich wegen Verleumdung verantworten. Am 1. Mai trat er die Rückreise ins Dakota Territory an, wurde aber auf Anordnung des Präsidenten in Chicago festgehalten.

Grant ärgerte sich immer noch über die Anklage gegen seinen Bruder, die Custer erhoben hatte, und nun wollte er den Colonel offenbar vernichten.

Natürlich durfte Custer die große Kampagne 1876 nicht kommandieren, und der Präsident verbot ihm sogar, die Truppe zu begleiten.

»Er behauptet, ich hätte die Absicht, ihn zu kreuzigen«, beklagte sich Custer bei Sloan, den er zufällig in St. Paul traf, bevor General Terry in sein Büro kam.

In einem Ledersessel vor Terrys Schreibtisch zurückgelehnt, schaute Sloan den Colonel mitfühlend an. Mit tapferen Kavallerie-Offensiven hatte Custer verdienten Ruhm erworben, und nun wurde ihm die Gelegenheit verweigert, seine Fähigkeiten erneut zu beweisen.

»Und Crook hat Crazy Horse definitiv nicht besiegt?« fragte er unglücklich.

»Noch nicht«, entgegnete Sloan.

»Sind Sie sicher? Ja, zweifellos können Sie ein Cheyenne- von einem Sioux-Lager unterscheiden. Verzeihen Sie, Major.«

»Entschuldigen Sie sich nicht, Sir. Ich *bin* ein Sioux.«

Als Custer lächelte, wirkte er fast jungenhaft. Er besaß einen gewinnenden Charme, und die Cheyenne-Frauen fanden ihn unwiderstehlich, obwohl er ihren Stamm bekämpfte. Vor Jahren war er mit einer Cheyenne liiert gewesen, die ein blondes Baby geboren hatte. Deshalb hielten ihn die Cheyenne-Indianerinnen immer noch für einen Verwandten. Einmal hatte er sogar eine Friedenspfeife in ihrem Lager geraucht und versprochen, er würde nie Krieg gegen ihr Volk führen.

Wie sich die Zeiten ändern, dachte Sloan sarkastisch. Aber Custer würde diese Großoffensive einfach als berechtigten Kampf gegen ›feindlich gesinnte‹ Indianer betrachten, die sich den Anordnungen der Regierung widersetzten. »Allerdings, Sie sind ein Sioux, mein Freund«, stimmte er zu, »und ein vernünftiger Mann, der versteht, was man mir antut. Was soll ich bloß gegen Grant unternehmen? *Ich* bin es, der gekreuzigt wird. Obwohl ich nur die Wahrheit ausgesprochen und korrupte Schurken angeprangert habe.« Die Hände auf dem Rücken verschränkt, begann er auf und ab zu wandern. »Stundenlang habe ich auf den Präsidenten gewartet. Aber er empfing mich nicht. Offenbar will er meine Karriere zerstören.«

»Leider ist er der Oberbefehlshaber unserer Streitkräfte.«

»Bitte, ich flehe Sie an, Major – helfen Sie mir!«

Sloan holte tief Atem. »Reden Sie mit General Terry, ihrem unmittelbaren Vorgesetzten. Vermutlich tritt er für Sie ein. Auch Sheridan und Sherman werden Sie unterstützen, ebenso wie die Presse, die schneidige Kriegshelden liebt. Ersuchen Sie Terry, einen Brief von Ihnen an Grant weiterzuleiten. Und überlegen Sie genau, was Sie dem Präsidenten schreiben. Verlangen Sie nicht, er möge Ihnen das Kommando der Kampagne wieder anvertrauen. Bitten sie ihn nur um das Feldkommando der Siebenten Kavallerie. Seien Sie ausnahmsweise bescheiden.«

»Mit Bescheidenheit gewinnt man keine Kriege.«

»Damit haben Sie sicher recht. Aber denken Sie an Fetterman, der prahlerisch ankündigte, er würde die Indianer mit achtzig Mann vernichtend schlagen. Und dann starb er mitsamt seinen Leuten.«

»Also gut, ich werde Terry um seine Fürsprache ersuchen. Danke für Ihren Beistand.«

»Rechnen sie nicht bei allen Ihren Aktionen mit meiner Hilfe.«

Custer zuckte die Achseln und ging zur Tür. »Wo bleibt Terry so lange?« Mit einem Blick auf Sloan fügte er hinzu: »Ja, ja, ich gedulde mich, ich bin ganz ruhig und bescheiden, und ich werde sogar vor dem General auf die Knie fallen ...«

In diesem Moment trat Terry ein. Beide Männer salutierten, und er erwiderte die Geste.

»General, ich möchte Ihnen nur in knappen Worten Bericht erstatten«, begann Sloan, »weil andere dringliche Angelegenheiten auf Sie warten. Reynolds hat kein Sioux-, sondern ein Cheyenne-Camp zerstört. Wo sich die Feinde derzeit aufhalten, weiß ich nicht. Auf meinem Erkundungsritt konnte ich Crazy Horses Lager nicht finden, nur Travois-Spuren. Offenbar kehren immer noch viele Indianer in die Reservate zurück. Und wie wir alle wissen, wurde ihnen eine äußerst knappe Frist gesetzt.«

»Glauben Sie, Sitting Bull würde die Anordnung befolgen, wenn wir ihm mehr Zeit ließen? Wohl kaum. Statt dessen ermutigt er die Indianer, die auf unsere Kosten in den Reservaten leben, sich seinen Kriegern anzuschließen.«

»General, er hat sein Volk nur zum alljährlichen Sonnentanz eingeladen.«

»In Wirklichkeit rüstet er zum Krieg.«

»Der ihn gnadenlos verfolgen wird, nicht wahr?« fragte Sloan leise.

Nun verlor Custer die Geduld. »Ja, verdammt noch mal! Meine Männer reiten aufs Schlachtfeld, General, und bei Gott – ich muß an ihrer Seite kämpfen!«

Unbehaglich runzelte Terry die Stirn. Ein Mann in mittleren Jahren, war er ein guter, wenn auch kein überragender Soldat. Er bedauerte Custer, ärgerte sich aber über dessen mangelndes diplomatisches Geschick. »Major Reno hat das Feldkommando der Siebenten erhalten, und ich werde die Kampagne kommandieren.«

»Reno!« rief Custer entsetzt. Dieser Offizier zählte zu seinen ärgsten Feinden, die ihm den tragischen Tod Major Elliots und seiner Truppe nach der Washita-Schlacht nicht verziehen.

»Unmöglich!«

»Verzeihen Sie, General«, mischte Sloan sich ein, »diese Angelegenheit betrifft nur Sie beide, und ich möchte möglichst schnell ins Fort Abraham Lincoln zurückkehren. Würden Sie mich entlassen?«

»Gewiß, Major. Aber machen Sie sich demnächst auf einen weiteren Erkundungsritt gefaßt.«

Sloan nickte. Bevor er die Tür des Büros hinter sich schloß, hörte er noch, wie Terry versprach, er würde sich um Custers Rehabilitation bemühen.

Nun verlor Sloan keine Zeit mehr. Dank des guten Wetters hatten ihn der Ritt ins neunzig Meilen entfernte St. Paul und der Rückweg nur drei Tage gekostet. Im Fort angekommen, eilte er sofort in sein Quartier. Zu seiner Überraschung lag Sabrina im hellen Tageslicht auf dem Bett und schlief. Er weckte sie nicht, ging wieder hinaus und beobachtete die Truppenübungen. Danach nahm er an einem Baseballspiel teil. Seit dem Sezessionskrieg war dieser Sport beim Militär sehr beliebt. Sloan schloß sich Tom Custers Team an und spielte gegen Captain Benteens Mannschaft.

Beim dritten Inning versammelten sich die Frauen und Kinder, um zuzuschauen. Mit Sloans tatkräftiger Hilfe errang Toms Team einen triumphalen Sieg, und das Publikum jubelte.

Eine Hand klopfte auf Sloans Schulter. Als er sich umdrehte, erblickte er eine lächelnde Marlene. Anmutig wirbelte sie einen Sonnenschirm auf ihrer Schulter hin und her, obwohl der Abend zu dämmern begann. »Du hast großartig gespielt.«

»Danke.«

»Darf ich dich kurz sprechen? Soeben bin ich aus Gold Town zurückgekommen, und ich habe dir etwas Wichtiges zu sagen. Begleitest du mich ins Haus meines Bruders?«

»Hör mal, Marlene ...«

»Hast du Angst vor mir?«

»Offen gestanden, ich fürchte deine scharfe Zunge genauso wie Bleikugeln, Pfeile und Messer.«

»Oh, du beliebst zu scherzen, und du bist grausam! Bitte, nimm einen Drink bei mir. Mein Bruder wird dich beschützen.«

»Also gut.«

Sie nahm seinen Arm und eilte mit ihm zum Quartier ihres Bruders, dem sie seit dem Tod ihres Mannes den Haushalt führte. »Charlie?« rief sie, als sie den gemütlichen kleinen Salon betraten. »Sloan ist da!« Keine Antwort. »Nun, er wird bald kommen. Was willst du trinken? Whiskey? Brandy? Rum?«

»Nichts.«

»Sei nicht so unhöflich!«

»Was willst du mir mitteilen, Marlene?«

Schmollend verzog sie die Lippen. »Wenn du nichts trinkst, sage ich kein Wort.«

»Whiskey.«

Lächelnd füllte sie ein Glas und tänzelte mit raschelnden Seidenröcken zu Sloan. Ein eleganter Nackenknoten betonte ihre klassischen Gesichtszüge. Vor Jahren war Sloan fasziniert von ihr gewesen. Doch dann hatte sie ihm eine Lektion erteilt, die er niemals vergessen würde. Wie er sich entsann, verstand sie sehr viel von der Liebeskunst. Und sie sah nach wie vor bezaubernd aus. Würde er in Versuchung geraten?

Als sie ihm das Glas reichte, streiften ihre Finger seine Hand, und ihre grünen Augen verschleierten sich. Seltsam – sie reizte ihn kein bißchen. Vielleicht, weil er ihren skrupellosen Charakter nur zu gut kannte.

»Weißt du eigentlich, wie leid es mir tut?« hauchte sie.

»Mir nicht.«

»Hätte Vater mich damals bloß nicht gezwungen, Clifford Howard zu heiraten!«

»Dein Mann hat dir ein sehr angenehmes Leben geboten.«

»Mit dir konnte er sich niemals messen. Er war ...«

»Kein Sioux?«

»Das meine ich nicht. O Sloan, ich habe mich jede Nacht nach dir gesehnt.«

»Wie dramatisch! Aber mein Mitleid gilt eher dem armen Kongreßabgeordneten.«

»Du benimmst dich einfach gräßlich! Willst du dich an mir rächen?«

»Keineswegs. Die Vergangenheit ist vorbei.«

»Nein!« Plötzlich warf sie sich an seine Brust, und er mußte sie festhalten, um zu verhindern, daß beide das Gleichgewicht verloren. Beinahe schwappte der Whiskey in seinem Glas über. Er trank es leer und stellte es auf das Kaminsims. Danach versuchte er sich aus der Umklammerung zu befreien.

»Bitte, Marlene ...«

»Nach Cliffords Tod dachte ich, wir beide würden ein neues Leben beginnen. Meine Ehe war so unglücklich! Du wiederum hast nur wegen gewisser Umstände geheiratet. Das weiß ich!«

Endlich gelang es ihm, sich loszureißen. »Hast du dir meine Gemahlin gut angeschaut?«

»Ein Kind!«

»Eine sehr schöne Frau, Marlene.«

In ihren Augen glänzten Tränen. »Oh, mein Gott, sie ist jünger als ich ...«

»Verdammt, das spielt keine Rolle. Sie ist und bleibt meine Frau.«

»Früher hast du mich geliebt ...«

»Jetzt nicht mehr.«

»Mir ist es egal, daß du verheiratet bist. Wie gern wäre

ich deine Geliebte! Verzeih mir endlich, was damals geschah ...«

»Das habe ich dir längst verziehen. Aber welche Umstände auch immer zu meiner Heirat geführt haben – ich liebe meine Frau, und jetzt muß ich nach Hause gehen.«

Wütend wandte sie sich ab, lief zum Barschrank und goß sich einen großen Brandy ein. »Schläfst du immer noch mit dieser Cheyenne-Frau? Ist deine kostbare Gemahlin über deine Geliebte informiert, mit der du dich jahrelang amüsiert hast?«

»Oh, ich hatte viele Geliebte, Marlene. Und – ja, meine Frau weiß Bescheid über meine Vergangenheit.«

Sie schaute durch das Fenster. Inzwischen brach die Dunkelheit herein. Aber was Marlene sah, schien ihr zu gefallen. »Prost, Sloan! Übrigens – ich weiß, wie du deine Frau kennengelernt hast. Soeben bin ich aus Gold Town zurückgekehrt.«

»Was genau soll das heißen?«

»Ich traf meinen Vater, der mir einen Brief für dich mitgab – von deinem Großvater. Als ich im Miner's Well abstieg, hörte ich eine interessante Geschichte. In diesem Gasthaus habe ich viele Freunde, auch unter den Dienstboten. Offenbar schlüpfte eine junge Dame – oder eine junge Hure – eines Nachts in dein Zimmer, das sie erst am nächsten Morgen verließ.«

»Würdest du mir bitte den Brief meines Großvaters geben?« fragte Sloan tonlos.

Marlene zog einen Brief aus der Tasche, schlenderte zu Sloan und legte ihn in seine Hand. »Bald wirst du's satt haben, den treuen Ehemann zu spielen. Und deine kleine Frau, die dauernd an dir herumnörgelt, wird dir in absehbarer Zeit auf die Nerven fallen. Wenn du sie nicht mehr erträgst – ich warte auf dich.«

»Hoffentlich findest du einen lohnenswerteren Zeitvertreib.«

»Entschuldige mich jetzt. Sicher findest du allein hinaus.« Ohne ein weiteres Wort stieg sie die Treppe zum Schlafzimmer hinauf.

Ärgerlich verließ er das Haus und öffnete den Brief.

Auf dem Weg nach oben zerfetzte Marlene das Oberteil ihres Kleids. Dann rannte sie ins Schlafzimmer, zerrte die Vorhänge auseinander und riß das Fenster auf. Die Brüste entblößt, neigte sie sich hinaus und schaute Sloan nach. Am anderen Ende des Exerzierplatzes stand Mrs. Trelawny und unterhielt sich mit Jean Jenkins. Zweifellos würde Sabrina ihren Mann sehen – und die halbnackte Mrs. Howard am Fenster.

Nach ein paar Minuten entschied Marlene, nun hätte sie sich lange genug gezeigt. Hastig schloß sie die Vorhänge, als würde ihr eben erst bewußt, daß man sie beobachten könnte. Eine Zeitlang lehnte sie nachdenklich an der Wand. Gewiß, Sabrina hatte ihre Vorzüge. Aber Sloan war gezwungen worden, das Mädchen zu heiraten. Und eine solche Ehe stand nur selten unter einem guten Stern.

Marlene trat vor den Spiegel, um ihre eigenen Vorzüge zu begutachten. Um ihre Augen zogen sich zarte Fältchen, die ihre Schönheit kaum beeinträchtigten. Sicher, Sabrina war viel jünger, eine süße Unschuld. Aber Marlene hatte gewisse Erfahrungen gesammelt und Geduld gelernt. Sie konnte warten.

Entsetzt hielt Sabrina den Atem an. Nur mühsam unterdrückte sie einen Wutschrei. Am liebsten wäre sie Sloan nachgelaufen und hätte ihn mitten auf dem Exerzierplatz zu Rede gestellt. Aber sie beherrschte sich. Sie hatte von seiner Rückkehr gehört, von seiner erfolgreichen Teilnahme an einem Baseballspiel. Und danach war er zu Marlene gegangen …

Sie zwang sich zur Ruhe und lächelte Jean an, die ihr erklärte, was man beim Brotbacken beachten mußte, damit der Teig richtig aufging. Dafür interessierte sich Sabrina in diesem Augenblick kein bißchen. Ihre Gedanken waren woanders. Marlene - mit nackten Brüsten am Fenster ... Und Sloan war wenige Sekunden vorher aus ihrem Haus gekommen.

Verstohlen schaute Sabrina sich um. Hatte sonst noch jemand die Szene beobachtet? Spielte das eine Rolle? Nein. Nur ihr gebrochenes Herz ... Sloan hatte sie nicht bemerkt. Langsam ging er über den Platz zu seinem Quartier und las einen Brief.

»Als der General mir schrieb und mich um einen Laib Brot bat, habe ich mich so gefreut«, sagte Jean. »Dabei ist das Rezept ganz einfach. So etwas kann jeder.«

»Bestimmt nicht so gut wie du, Jean.«

»Glaubst du das wirklich?« Ein sanftes Lächeln erhellte Jeans Gesicht.

Wenn sie nicht dauernd den Kopf einziehen würde, könnte sie sehr hübsch sein, dachte Sabrina, und sie lächelt viel zu selten ... Das grandiose Brot war ihr völlig egal, und sie stand wie auf glühenden Kohlen. Aber sie wußte, wie wichtig ihrer Freundin dieses Thema war, also nickte sie. »Natürlich.«

»Lloyd wird sich so freuen. Dauernd wirft er mir vor, ich würde einen schlechten Eindruck auf die Leute machen. Für einen ehrgeizigen Offizier bin ich wohl nicht die richtige Frau.«

»Sei nicht albern! Du bist lieb und charmant, und alle mögen dich. Daran darfst du nie mehr zweifeln«, mahnte Sabrina in strengem Ton. Inzwischen war Sloan an ihr vorbeigegangen, ohne ein einziges Mal aufzublicken. War der Brief so wichtig?

»Vielen Dank, Sabrina!« Jean küßte ihre Wange. »Du bist so nett zu mir. Und jetzt will ich wieder Brot backen.«

Sabrina brachte ein Lächeln zustande, winkte ihr zu und eilte nach Hause.

Auf dem Herd brodelte ein Eintopf, der einen köstlichen Duft verbreitete. Trotzdem wurde ihr ein wenig übel. Das bestärkte sie in der Vermutung, sie würde ein

Baby erwarten. Dieses Kind hatte sie sich inbrünstig gewünscht. Jetzt verspürte sie nur noch eine qualvolle innere Leere. Sloan lehnte am Kaminsims und nippte an einem Whiskey.

»Wo warst du?« fragte er.

»Spazieren ... Ich hörte, ein Baseballspiel würde stattfinden. Als ich hinkam, war es leider schon beendet. Die Damen haben deine Leistung in den höchsten Tönen gelobt. Schade, daß ich dieses Ereignis versäumt habe.«

»Vor dem Spiel war ich hier. Du hast geschlafen.«

»Oh ...«

»Übrigens, das Essen riecht sehr verlockend. Ist's bald fertig?«

»Ja.« Sabrina begann den Tisch zu decken. »Wo warst du nach dem Baseballspiel?«

»Warum fragst du?«

Sie legte zwei gefaltete Servietten neben die Teller, dann wandte sie sich wieder zu Sloan. »Nur weil ich dich aus Marlenes Haus kommen sah.«

»Spionierst du mir nach?«

»Unsinn!« fauchte sie erbost. »Ich stand zufällig auf der anderen Seite des Truppenübungsplatzes.«

»Oh – ich verstehe«, erwiderte er scheinbar gleichmütig.

Sabrina nahm den Topf vom Herd, stellte ihn auf den Tisch, und beide setzten sich.

Seufzend erklärte er: »Marlene bat mich in ihr Haus, um mir einen Brief zu geben, und lud mich zu einem Drink ein – das war alles.«

Und wieso ist sie nackt ans Fenster getreten, fragte sich Sabrina. Aber sie wollte ihm keine Szene machen, zwang sich zur Ruhe und stand auf, um Sloans Teller zu füllen. Plötzlich fiel er ihr aus der Hand – die Sauce mit Fleischstücken, Kartoffeln und Möhren ergoß sich über das Tischtuch. Gerade noch rechtzeitig sprang Sloan auf, um zu verhindern, daß der heiße Eintopf auf seinen Schoß rann.

Wütend starrte er Sabrina an, die ihre Verlegenheit entschlossen bekämpfte. »Tut mir leid, das habe ich nicht absichtlich getan.«

Als er um den Tisch herumging, wich sie unwillkürlich zurück. Aber er kam nicht zu ihr. Statt dessen nahm er seinen Hut vom Wandhaken und setzte ihn auf. »Schon gut.«

»Bitte, Sloan, ich ...«

Ehe sie weitersprechen konnte, warf er die Tür hinter sich zu. Zitternd sank Sabrina auf ihren Stuhl. Warum mußte an diesem Tag alles schieflaufen? Um nicht in Tränen auszubrechen, stand sie wieder auf und machte den Tisch sauber. Und sie hatte sich so viel Mühe mit dem Eintopf gegeben ...

Nachdem sie das Tischtuch gewaschen hatte, gab es nichts mehr zu tun. Bedrückt wanderte sie umher. Die Stunden verstrichen.

Nach Mitternacht spielte sie mit dem Gedanken, nach Mayfair zu fliehen. Doch sie wußte, daß man ihr keine Eskorte zur Verfügung stellen würde, während sich ihr Mann im Fort aufhielt.

Schließlich ging sie ins Bett. Weitere Stunden schleppten sich dahin, bevor Sloan endlich nach Hause kam. Bald danach legte er sich zu ihr, und sie spürte seine Hand, die unter ihr Nachthemd glitt und ihre Hüfte streichelte. »Ich dachte, du würdest mir nachlaufen. Das hast du nicht getan.«

»Glaub mir, Sloan, ich ließ deinen Teller nur versehentlich fallen, und ...« Ihre Stimme erstarb, als seine verführerischen Liebkosungen ihr Blut erhitzten. »Oh, verdammt!« Warum gelang es ihm immer wieder, sie so schnell zu erregen, daß ihr Verlangen alle Gedanken an Protest und Widerstand völlig verdrängte? »Nein, Sloan ...«

»Zum Teufel, Sabrina, ich habe nicht mit Marlene geschlafen.«

»Aber sie stand am Fenster ...«

»Nur dich will ich.« Seine warmen Lippen streiften ihren Nacken. »Und ich wünsche mir eine Familie.«

Beinahe war sie sich sicher, daß er in dieser Nacht kein Kind mehr zeugen mußte. Aber sie schwieg, weil das süße Feuer ihre Sinne betörte, weil sie sich so sehr nach ihm sehnte.

Voller Leidenschaft liebte er sie, und sie genoß das exquisite Entzücken, das er immer wieder in ihr entfachte.

Danach lag er neben ihr, starrte ins Dunkel, und sie fühlte, wie er sich innerlich von ihr entfernte. Es dauerte nicht lange, bis er aufstand und sich anzog. Würde er sie erneut verlassen? Sie wollte ihn zurückhalten. Doch das ließ ihr Stolz nicht zu.

Im Torbogen blieb er stehen und wandte sich zu ihr. »Ich lüge nicht.«

»Das habe ich dir auch gar nicht vorgeworfen, Sloan.«

»Doch.«

»Ich habe niemals gesagt ...«

»Nicht mit Worten, Sabrina, nicht mit Worten.«

Wenig später fiel die Haustür hinter ihm ins Schloß, und das Geräusch hallte wie ein Pistolenschuß durch die Finsternis.

18

Mit General Terrys Hilfe schrieb Custer einen Brief an Grant. Obwohl der Präsident ihm immer noch nicht verzieh, gab er sich letzten Endes geschlagen, weil die Presse und die Bevölkerung lauthals nach ihrem Kriegshelden riefen. Terry sollte die Kampagne wie vorgesehen befehligen, aber der Colonel erhielt das Feldkommando über seine Truppen und war überglücklich.

Terry und Custer trafen im Fort Abraham Lincoln ein, und die Siebente Kavallerie rüstete zum Aufbruch. Eifrig legten die Soldaten Bretter über den Exerzierplatz, wo ein Tanzfest stattfinden sollte.

Während der letzten Tage hatte sich Sabrinas Stimmung nicht gebessert. Sloan ignorierte sie, verbrachte seine Zeit mit den anderen Offizieren und kam erst spät abends heim. Auch sie zog sich von ihm zurück, und die Spannung zwischen ihnen wurde fast greifbar. Wann immer er sie zufällig berührte – wenn er nach einer Tasse griff oder ihren Arm streifte –, zuckte sie zusammen und wich ihm hastig aus. Doch sie vermieden in stillschweigendem Einvernehmen, ihre Fehde an die Öffentlichkeit zu bringen. In Gesellschaft begegneten sie einander höflich und liebenswürdig. Am Nachmittag des Tanzfestes führte Sloan seine Frau auf den Exerzierplatz, wo er sofort von seinen Kameraden in ein Gespräch verwickelt wurde, und Sabrina plauderte mit Louella.

In letzter Zeit hatte sie erfreut die Aufmerksamkeit beobachtet, die ein Captain namens Adam Adair ihrer älteren Freundin schenkte. Der etwa vierzigjährige Mann hatte im Sezessionskrieg für die Konföderation gekämpft, und sein Aufstieg in der US-Army war ziemlich mühsam verlaufen. Doch er hegte keinen Groll gegen den Norden, weil er seine Loyalität für ein geographisches Problem gehalten hatte, und seine Soldaten trugen ihm auch nichts nach.

Als Sabrina mit ihm tanzte, fiel ihr plötzlich sein eigenartiges Lächeln auf. »Was finden Sie denn so komisch?«

»Mrs. Trelawny, Sie stellen Fragen wie der besorgte Vater einer geliebten Tochter.«

»Nun ja, Louella steht mir sehr nahe, und ich möchte nicht ...«

»... daß ich mit ihren Gefühlen spiele? Keine Bange, ich hege ernste Absichten, und ich habe Reverend Anderson gebeten, uns am nächsten Samstag zu trauen, vor dem Beginn der Kampagne.«

»Wundervoll! Herzlichen Glückwunsch!« Sie küßte

seine Wange und bemerkte Sloans gerunzelte Stirn, was sie nicht im mindesten störte. Auch Marlene zählte zu den Leuten, die sich mit ihm unterhielten. »Oh, ich freue mich so auf Ihre Hochzeit, Captain!«

»Besten Dank, Ma'am. Aber nehmen Sie sich bitte in acht. Ihr Mann ist ungemein temperamentvoll, und ich will nicht auf Krücken vor den Altar treten ...« In diesem Augenblick berührte Sloan seine Schulter. »Sir!« Adair ließ Sabrina hastig los.

»Darf ich, Captain?«

»Selbstverständlich!« versicherte Adair und löste einen Corporal ab, der mit Louella tanzte. Im Fort wohnten viel mehr Männer als Frauen. Daraus machten sich manche junge Soldaten einen Spaß, banden Tücher um ihre Ärmel und tanzten miteinander.

»Warum hast du einen Mann geküßt, den du kaum kennst?« fragte Sloan.

»Er wird Louella heiraten.«

»Welch ein Glück für die arme Louella!«

»Nur weil sie nicht schön ist ...«

»Im Lauf der Jahre vergeht die Schönheit. Louella besitzt Mut und innere Kraft. Wahrscheinlich wird sie den Captain vergöttern und sehr glücklich machen.«

Verwirrt spürte Sabrina einen Finger, der auf ihre Schulter klopfte. Sarah Anderson wollte mit Sloan tanzen. »Wenn ich nicht zu unverschämt bin ...«

»Keineswegs«, versicherte Sabrina.

Sarah ließ sich von Sloan in den Arm nehmen, wandte sich jedoch zuerst noch an Sabrina. »Hör mal, Sabrina, Jean ist noch immer nicht aus ihrem Haus gekommen. Captain Jenkins behauptet, sie habe Kopfschmerzen. Aber so schlimm kann's nicht sein. Sie mag dich sehr gern. Würdest du mit ihr reden? Vielleicht kannst du sie aus der Reserve locken.«

»Gut, ich will's versuchen.« Während Sabrina über den Exerzierplatz eilte, schaute sie sich um. Überall sah sie fröhliche Gesichter, Männer in Galauniformen, hübsch gekleidete Frauen. Zu ihrer eigenen Verblüffung weckte dieser Anblick ein seltsames Unbehagen, das sie hastig abschüttelte.

»Jean!« rief sie und pochte an die Tür der Jenkins. Keine Antwort. Besorgt runzelte Sabrina die Stirn. War ihre Freundin ernsthaft krank? »Ich bin's, Sabrina! Komm doch heraus! Das Wetter ist so schön, und alle amüsieren sich.«

Die Tür öffnete sich einen Spaltbreit. »Danke – es sehr nett von dir, daß du mich holen willst. Aber – ich fühle mich nicht gut.«

»Im Sonnenschein wird's dir bald bessergehen.« Sabrina stieß die Tür weiter auf und betrat den kleinen Salon. »Zieh was Hübsches an und ...« Abrupt verstummte sie und starrte auf das blutunterlaufene Auge der jungen Frau.

»Oh, ich bin so ungeschickt«, erklärte Jean hastig. »Heute morgen stolperte ich und fiel hin. So soll mich niemand sehen ... Das verstehst du doch.«

Sabrina nickte und bekämpfte mühsam ihren Zorn. Keine Sekunde lang glaubte sie, was ihre Freundin behauptete. Jetzt war Captain Jenkins, der elende Bastard, zu weit gegangen. »Dein Mann hat dich geschlagen.«

Erst schüttelte Jean den Kopf, dann zuckte sie die Schultern. »Was macht das schon für einen Unterschied? Ich bin seine Frau, und ich habe ihn geärgert ...«

»Sogar ein Engel würde ihn ärgern!«

In Jeans großen blauen Augen schimmerten Tränen. »Bitte, Sabrina, erzähl den anderen nichts! In Zukunft muß ich mir mehr Mühe geben, damit er mit mir zufrieden ist ...«

»O Jean! Soll ich bei dir bleiben?«

»Nein, geh wieder tanzen.«

»Also gut, aber kümmere dich um deine Verletzung.«

»Lloyd hat mir ein sündteures Stück Rindfleisch gegeben.«

Wie gern hätte Sabrina ihrer Freundin mitgeteilt, was

sie von Jenkins' Fürsorge hielt ... »Morgen besuche ich dich.«

Jean nickte, und Sabrina kehrte bedrückt auf den Exerzierplatz zurück, wo sie von General Terry zum Tanz aufgefordert wurde. Danach ging sie zur Bar, um sich ein Glas Punsch einzugießen.

Verwirrt zuckte sie zusammen, als Sloan an ihrer Seite auftauchte. »Warum schaust du so wütend drein? Was habe ich jetzt schon wieder verbrochen?«

Sie blickte sich um und sah Lloyd Jenkins mit Marlene tanzen. »Diesmal bist du unschuldig.«

»Wunder über Wunder! Nun sag schon, was los ist.«

»Jenkins hat seiner Frau ein Auge blau geschlagen.«

»Hat sie's dir erzählt?«

»Mehr oder weniger. O Sloan, es ist so schrecklich! Kann denn niemand was dagegen tun?«

»Wenn ich ihm Vorwürfe mache, wird er alles abstreiten. Womöglich würden wir uns prügeln. Und man würde mich beschuldigen, ich hätte ihn provoziert, weil er mich wegen meines Sioux-Blutes dauernd einen Verräter nennt.«

»Wenigstens wird er bald davonreiten«, seufzte Sabrina. »Dann wird Jean aufatmen.«

»Wirst du auch aufatmen, wenn ich das Fort verlasse?«

»Natürlich nicht ...«

Die Musik verstummte, und Lloyd dankte Marlene für den Tanz. Während er sich umsah, fiel sein Blick auf Sabrina. Offenbar las er in ihrer Miene hellen Zorn und Abscheu, denn er starrte sie ein paar Sekunden lang mit schmalen Augen an, bevor er ihr abrupt den Rücken kehrte und zu seinem Quartier eilte.

»Sloan!«

»Ja, Sabrina?«

»Er hat gemerkt, daß ich's weiß. Sicher glaubt er, Jean hätte sich über ihn beklagt, und er wird sie wieder schlagen.«

»Wie willst du das wissen?«

In wachsender Angst beobachtete sie, wie Lloyd sein Quartier erreichte, wo die hilflose Jean Trübsal blies. »Bitte, wir müssen was tun!« Ohne eine Antwort abzuwarten, rannte sie über den Platz und hörte Sloan fluchen. Aber er folgte ihr und überholte sie. Im selben Moment erklang Jeans Schreckensschrei.

Sloan stemmte sich mit einer Schulter gegen die Tür und stieß sie auf.

Als Sabrina die Schwelle überquerte, sah sie eine schluchzende Jean in einer Ecke kauern, und Sloans kraftvolle Faust traf Lloyds Kinn. Der Captain war kein Gegner für seinen erbosten Angreifer, der immer wieder zuschlug, und so flehte er schon nach wenigen Sekunden um Gnade. Begleitet von Terry und Reno, stürmte Custer ins Haus und zerrte Sloan von Jenkins weg, den Reno festhielt. Vor dem Zorn des Halbindianers gerettet, versuchte der Captain vergeblich, wenigstens einmal zurückzuschlagen.

»Was, um Himmels willen, geht hier eigentlich vor?« fragte Terry konsterniert und musterte die tränenüberströmte Jean, bevor er sich erwartungsvoll an Sabrina wandte.

Sie öffnete den Mund, um die Situation zu erklären.

Aber Jean rief angstvoll: »Sabrina!«

»Holen Sie Hilfe, Reno«, befahl der General, »und bringen Sie Major Trelawny zur Palisade!«

»Einen Augenblick ...«, begann Sabrina, und Sloan fiel ihr ins Wort.

»Ich fechte meine Kämpfe selber aus.«

Unglücklich beobachtete sie, wie er abgeführt wurde, und Terry drehte sich zu Custer. »Bitte, rufen Sie einen Wachtposten für Jenkins.«

»Sir!« protestierte Lloyd. »Major Trelawny brach in mein Haus ein und ...«

»Auch Sie stehen unter Arrest, Captain. Mrs. Trelawny, würden Sie sich um Mrs. Jenkins kümmern?«

Wenig später verließ Jenkins das Haus, von einem Soldaten bewacht. Auch Terry und Custer gingen hinaus.

Sabrina fühlte sich schuldig an Sloans Verhaftung, weil sie ihn gebeten hatte, Jean zu helfen. Aber hätte sie anders handeln können? Sie half ihrer schluchzenden Freundin auf die Beine und umarmte sie. »Beruhige dich, alles wird gut.«

»Nein, nie ... Danke, daß du nichts verraten hast.«

Obwohl Sloan zuerst festgenommen worden war, glaubte Sabrina, daß General Terry ahnte, was sich hier abgespielt hatte. »Jetzt gieße ich dir erst mal einen Sherry ein, meine Liebe.«

Sie blieb bei Jean, bis Sarah Anderson hereinkam. Beim Anblick der kompetenten, vernünftigen Pastorengattin seufzte sie erleichtert. »Geh nach Hause, Sabrina«, schlug Sarah vor, »und mach dir keine Sorgen um Sloan. Sicher wird er bald freigelassen.«

»Nur mir zuliebe hat er sich eingemischt«, gab Sabrina zu, und Sarah lächelte grimmig.

»Hätte er's nicht getan und Jean wäre verletzt worden, könnte er sich's niemals verzeihen.«

»Nein, sicher nicht ...« Nachdenklich wanderte Sabrina über den Platz und gab der Freundin recht. Sloan würde sich immer für die Unterdrückten, Unglücklichen und Hilflosen einsetzen – ebenso, wie er fest entschlossen gewesen war, mit ihr vor den Traualtar zu treten, sobald er von ihrer Schwangerschaft erfahren hatte.

Vielleicht liebte sie ihn schon seit jenen ersten Tagen. Doch dieses beängstigende Gefühl konnte sie ihm nicht gestehen. Zu Hause sank sie in einen Polstersessel. Sie war Sloan etwas schuldig, und sie wollte auf ihn warten. Ganz egal, wie lange General Terry ihn gefangenhalten würde.

Nie zuvor hatte man Sloan arretiert. Kein einziges Mal während seiner gesamten militärischen Laufbahn.

In seiner wilden Jugend während des Sezessionskriegs hätte man ihn ein paarmal wegen lautstarker Saufgelage mit seinen Kameraden festnehmen können. Glücklicherweise war er nie erwischt worden. Jetzt starrte er seine Fingerknöchel an, die Jenkins' Gesicht mehrmals getroffen hatten. Inzwischen bildete das Blut eine Kruste.

Sicher sah Jenkins noch schlimmer aus.

Und Sabrina? Hoffentlich war sie glücklich und zufrieden. In all den Jahren hatte er sein Temperament gezügelt und Faustkämpfe mit Lloyd Jenkins vermieden. Bis zu diesem Tag …

Aber er bereute das blaue Auge, das er seinem Widersacher geschlagen hatte, kein bißchen. Vielleicht würde sich nun für Jean alles zum Guten wenden. Eventuell faßte sie sogar den vernünftigen Entschluß, sich scheiden zu lassen.

»Major!« Als er Dawsons Stimme erkannte, stand er von den schmalen Feldbett auf und trat ans Gitter. Ein Schlüssel klirrte, die Gefängnistür schwang auf. »Sir, der General möchte Sie sprechen.«

»Danke, Sergeant.« Sloan schlug den Federhut gegen seinen Schenkel, um den Staub zu entfernen, setzte ihn auf und folgte Dawson. Was würde jetzt geschehen? Würde man Sabrina in die Affäre hineinziehen?

Es war spät geworden. Aber Terry saß immer noch hinter seinem Schreibtisch – und Jenkins auf einem der beiden Stühle, die davor standen. Sloan und der General salutierten. »Setzen Sie sich, Major.«

Während Sloan gehorchte, merkte er, daß Jenkins seinem Blick auswich.

»Wir sollten unsere Feinde bekämpfen – nicht einander«, bemerkte Terry, und Sloan gab keine Antwort.

»Manchmal verhält sich der Major verdammt feindselig«, murmelte Jenkins.

Sloan zuckte die Achseln. »Bei den Weißen habe ich viel mehr Männer gesehen, die ihre Frauen schlagen, als in Indianer-Camps.«

Erbost schlang der Captain seine zitternden Finger ineinander. »Seit Jahren hat er's auf mich abgesehen, General! Er ist ein Indianer. Und er stellt sich unentwegt auf die Seite unserer Feinde. Eines Tages wird er auch vergessen, daß er zur US-Kavallerie gehört, sich diesen wilden Heiden anschließen, um mit Pfeilen auf uns zu schießen und unsere Schädel mit Tomahawks einzuschlagen!«

Sloan biß die Zähne zusammen und schwieg.

»Wollten Sie sich heute an Captain Jenkins rächen, Major?« fragte Terry.

»Nein, Sir, Jenkins nannte mich schon oft einen Verräter. Wenn mich das ärgern würde, hätte ich ihn schon längst zusammengeschlagen.«

»Immerhin ist sie meine Frau!« stieß Jenkins hervor.

»Was Ihnen nicht das Recht gibt, sie so grausam zu züchtigen«, ergänzte der General.

»Eine Ehefrau muß ihrem Mann gehorchen, das steht in der Bibel.«

»Obwohl ich schon lange nicht mehr in der Bibel gelesen habe, bezweifle ich, daß die Männer an irgendeiner Stelle aufgefordert werden, ihre Ehefrauen zu mißhandeln.« Er warf Sloan einen strengen Blick zu. »Eigentlich müßten Sie beide einen Monat in der Palisade bleiben. Aber für so einen Unsinn fehlt uns die Zeit. Also befehle ich Ihnen, sich zu vertragen!«

»Irgendwie werden wir schon miteinander zurechtkommen ...«, begann Sloan.

»Solange er sich aus meinem Privatleben raushält«, fiel Jenkins ihm ins Wort.

General Terry beugte sich vor. »Wenn ich Ihre hübsche junge Frau noch einmal mit einem blutunterlaufenen Auge sehe, schlage ich Sie persönlich windelweich, Captain Jenkins. Nicht nur das, ich werde für Ihre unehrenhafte Entlassung aus der Army sorgen. Habe ich mich klar genug ausgedrückt?«

»Ja, Sir!«

»Was Sie betrifft, Major – gehen Sie jetzt schlafen. Sie werden das Fort im Morgengrauen verlassen.«

»Wie bitte, Sir?«

»Sie müssen Gibbon so schnell wie möglich eine Order ins Feldlager bringen. Danach treffen wir uns an der Mündung des Yellowstone. Falls Sie unterwegs unsere Feinde treffen, informieren Sie Gibbon über ihre Position.«

»Ja, Sir.«

»Gentlemen, Sie sind entlassen. Guten Abend.« Ohne Jenkins einen Blick zu gönnen, verließ Sloan das Büro. Am nächsten Morgen mußte er wieder in die Wildnis reiten. Und er hatte so viel Zeit verschwendet. Nun blieb ihm nur noch diese Nacht.

Würden ihn die Indianer erschießen, weil er ein Soldat war? Oder die Soldaten, weil er ein Indianer war? In seiner Seele schienen sich seltsame Schicksale zu verstrikken.

Vielleicht ist das die letzte Nacht, in der ich ein Kind zeugen könnte, dachte er. Um ein kleines bißchen Unsterblichkeit zu erlangen ... Nein, ich bin ein tüchtiger Soldat, und ich werde nicht sterben.

Es ging jedoch nicht um die Unsterblichkeit. Nur um Sabrina. Er liebte sie. Monatelang hatte er sich eingeredet, er sei nur von ihr besessen. Aber mittlerweile wußte er, daß sie nicht nur seine Sinne reizte – daß er viel mehr für sie empfand.

Noch eine einzige Nacht ... Er eilte zu seinem Quartier.

Als er die Tür öffnete, sprang Sabrina aus einem der Polstersessel neben dem Backsteinherd auf und lief ihm entgegen. Doch dann blieb sie stehen, ein paar Schritte von ihm entfernt. »Du bist frei!«

»Was ich nicht dir verdanke.«

Darauf gab sie keine Antwort. In ihrem offenen Haar, das sie soeben gebürstet hatte, glänzten rötliche Lichter.

Sloan warf seinen Hut auf den Schreibtisch, sank in

einen Sessel und hob einen Fuß. »Würdest du mir die Stiefel ausziehen?«

Nach kurzem Zögern gehorchte sie. »Was ist geschehen, Sloan?«

»Ich habe ein paar Stunden in der Palisade verbracht.«

»Das weiß ich. Und sonst? Will Terry dich vors Kriegsgericht bringen?«

»Der General ist zu sehr mit der bevorstehenden Offensive beschäftigt, um sich mit solchen Kleinigkeiten zu befassen. Für ihn ist die Sache erledigt.« Er stand auf, nahm eine Flasche Brandy und ein Glas aus dem Schrank, das er bis zum Rand füllte und in einem Zug leerte.

»Tut mir leid, daß ich dir Ärger gemacht habe«, seufzte Sabrina.

»Deshalb brauchst du dich nicht zu entschuldigen. Ich mußte Jenkins das Handwerk legen. Was blieb mir denn anderes übrig?«

»Ich bin dir sehr dankbar. Und ich freue mich über deine Freilassung.« Ohne ihn anzuschauen, ging sie ins Schlafzimmer.

Nachdem er noch einen Brandy getrunken hatte, folgte er ihr.

Sie lag bereits im Bett, das Laken bis zum Hals hochgezogen. Rasch zog er sich aus und kroch unter die Decke. In welcher Stimmung sich seine Frau befand, interessierte ihn nicht – mochte sie ihn abwehren oder den Liebesakt steif wie ein Brett ertragen, es spielte keine Rolle. Zu viele Nächte würden verstreichen, bis er sie wiedersah.

Zu seiner Verblüffung rückte sie zu ihm – und sie war nackt. Er blinzelte verwirrt. Verdammt, sie glaubte, sie wäre ihm etwas schuldig. Nur sekundenlang fühlte er sich versucht, sie wegzustoßen.

In weichen Wellen fiel ihr Haar auf seine Haut, und sie bedeckte seine nackte Brust mit zahllosen kleinen Küssen. Dann spürte er ihre warme Zunge auf seinem

Bauch, ihre Hände über seinen Hüften. Immer tiefer glitt sie hinab und begann ihn intim zu liebkosen. Erst zögernd, dann immer kühner. Ihre Zunge schob sich in seinen Nabel.

Stöhnend schlang er seine Finger in ihr Haar, sein ganzer Körper vibrierte erwartungsvoll.

Und dann nahm sie ihn in ihrem Mund auf. Welch eine süße, unbeschreibliche Qual ... Allzulange konnte er die exquisiten Gefühle nicht ertragen. Von fieberheißem Verlangen erfaßt, zog er Sabrina nach oben, küßte ihre Lippen und schwang sie herum, so daß sie unter ihm lag. Hungrig saugte er an den Knospen ihrer Brüste, und sie grub ihre Finger voller Leidenschaft in seine Schultern.

Nun revanchierte er sich für das Entzücken, das sie ihm bereitet hatte, indem er ihrem Beispiel folgte und ihren ganzen Körper liebkoste. Seine Küsse zogen von der Vertiefung zwischen ihren Brüsten eine gerade Spur zum Nabel hinab, zum kastanienbraunen Haar zwischen ihren Schenkeln. Aufreizend bewegte er seine Zungenspitze, kostete den süßen Geschmack seiner Frau und spürte, wie sie sich umherwand, hörte ihre atemlose Stimme, die seinen Namen rief.

Schließlich konnte er nicht mehr warten, mußte Erfüllung finden – oder er würde sterben. Er richtete sich auf, schob Sabrinas seidenweiche Schenkel weit auseinander und versank in ihr.

Im schwachen Licht des Kaminfeuers suchte er ihren Blick. Aber sie schloß die Augen und schlang beide Arme um seinen Hals. Um noch tiefer in sie einzudringen, ergriff er ihre Hüften. Ein wilder erotischer Rhythmus jagte ihn zu einem explosiven Höhepunkt. Danach bewegte er sich immer noch, bis seine letzten Kräfte erschöpft waren, bis Sabrinas erlösendes Zittern mit seinem harmonierte.

Von seinem Gewicht gefangen, lag sie unter ihm. Nach einer Weile stemmte sie ihre Hände gegen seine

Schultern, als wäre ihr die Last zu schwer. Da streckte er sich an ihrer Seite aus.

Das Feuer der Leidenschaft war erloschen, kühle Nachtluft streifte seine Haut.

Fröstelnd wandte sich Sabrina ab und zog die Decke über ihren Körper. Sie hatte seinen unausgesprochenen Wunsch erfüllt und war zu ihm gekommen. Trotzdem konnte er seinen Triumph nicht genießen.

Auf einen Ellbogen gestützt, betrachtete er ihren Rücken und das schimmernde dunkle Haar, wollte noch viel mehr erzielen und wußte nicht, wie. »Hast du deine Schuld restlos beglichen?«

»Meine Schuld?« wiederholte sie, drehte sich um und starrte ihn verständnislos an.

»Heute nacht hast du mich zum erstenmal aus eigenem Antrieb liebkost. Weil ich in der Palisade saß, plagte dich dein Gewissen. Offenbar glaubst du jetzt, du hättest mich zur Genüge entschädigt. Wer ist eigentlich wem was schuldig?« In seiner Stimme klang unterdrückter Zorn mit. »Seit ich dich geheiratet habe, schien immer nur ich zu bezahlen.«

Ihre Augen verengten sich. »Das mußt du dir selber zuschreiben. Ich wollte dich nicht heiraten.«

»Aber du hast dein Ehegelübde abgelegt. Trotzdem bezahle ich unablässig – wenn ich bloß wüßte, wofür! Für mein Erbe, meine Vergangenheit – oder einfach nur für meine Existenz?«

»Behauptest du etwa, ich würde meine Pflichten vernachlässigen? Ich bin eine gute Ehefrau, ich koche, ich wasche, ich flicke deine Hemden …«

»Aber ich wünsche mir viel mehr«, unterbrach er sie und umfaßte ihren Arm.

»Verdammt, Sloan, du verstehst gar nichts«, flüsterte sie.

»Falls du mir Marlenes wegen böse bist …«

»Nein, ich finde sie nur abscheulich.«

»Zum Teufel, was …«

»Als du aus ihrem Haus kamst, stand sie am Fenster – halb nackt.«

Ärgerlich runzelte er die Stirn. »Und wegen ihrer Niedertracht bildest du dir ein, ich hätte dich betrogen?«

»Nein – eigentlich nicht ...«

»Weißt du was, meine Liebe? Heute nacht ist mir das völlig egal.«

Sie versuchte, sich loszureißen und aus dem Bett zu steigen. Aber er schwang ein Bein über ihre Hüften und hielt sie fest. »Bitte, Sloan, du bist rücksichtslos ...«

»Allerdings. Und ich dachte, du wärst mir dankbar.«

»Gewiß – und nachdem ich meine Schuld beglichen habe ...«

»Damit hast du eben erst angefangen.«

»Ach, tatsächlich?« fauchte sie, und er las eine wütende Herausforderung in ihren Augen. Im wilden Aufruhr seiner Gefühle wollte er nichts diskutieren, nichts erklären – er wollte nur seine Frau. Ein glühender Kuß verschloß ihr die Lippen.

Bald verwandelte sich die Heftigkeit ihres Zorns in drängendes Verlangen, und sie liebten sich wieder – langsamer und sanfter als zuvor. Danach hatte er noch immer nicht genug. In wenigen Stunden würde er Sabrina verlassen. Und bis dahin ...

Was er ersehnte, wußte er nicht genau. Jedenfalls mehr, als sie ihm gab.

Oder er wünschte, er könnte ihr seine Liebe gestehen. Obwohl er ein furchtloser Soldat war, brachte er nicht den Mut auf, sein Herz zu offenbaren.

Deshalb hielt er Sabrina einfach nur in den Armen und zwang sie, ihn immer wieder zu begehren.

Erst im Morgengrauen schlief sie ein.

Sloan stand auf, zog sich an und ritt davon. Weil er zur Kavallerie gehörte.

Und Kavalleristen mußten reiten.

19

Er war verschwunden.

Hatte sie etwa erwartet, er würde bei ihr bleiben?

Sabrina schlug die Hände vors Gesicht. Konnten ein Mann und eine Frau eine Nacht voll süßer Leidenschaft verbringen – und einander so fern sein?

Wie hätte sie ihm erklären sollen, sie sei froh gewesen, in seiner Schuld zu stehen? Auf diese Weise hatte sie ihre Sehnsucht nach Sloan gestillt und trotzdem das Gesicht gewahrt. Solange Marlene ihr das Leben schwermachte, war Sabrina unfähig, einfach in seine Arme zu sinken – so sehr sie ihn auch liebte.

Stöhnend stieg sie aus dem Bett. Die morgendliche Übelkeit erfaßte sie völlig unvorbereitet, schwankend suchte sie den Nachttopf. Danach legte sie sich wieder hin und schickte ein stummes Gebet zum Himmel. Mit Freuden wollte sie diese Qualen ertragen, Tag für Tag, wenn der Allmächtige ihr diesmal erlaubte, das Baby zu behalten.

Schließlich stand sie wieder auf. Wohin war Sloan geritten? Nach dieser aufwühlenden Nacht hatte sie lange geschlafen.

Sie mußte ihn sehen – sofort. So wundervoll hatte die Nacht begonnen. Vielleicht, weil die Initiative zum erstenmal von ihr ausgegangen war. Aber dann … Hastig wusch sie sich und kleidete sich an. Er hatte ihr etwas Kaffee übriggelassen. Doch das Aroma, das ihr normalerweise angenehm erschien, drehte ihr jetzt den Magen um. Entschlossen bezwang sie ihre Übelkeit und eilte aus dem Haus, um Sloan zu suchen und ihm von ihrem Baby zu erzählen. Darauf hatte er ein Recht.

Auf dem Exerzierplatz wurden mehrere Wagen beladen. Bald würde die Siebente Kavallerie in den Krieg ziehen. Sabrina entdeckte Terry und lief zu ihm. »General!«

»Guten Morgen, Mrs. Trelawny.«

»Guten Morgen, Sir. Verzeihen Sie die Störung ... Könnten Sie mir vielleicht sagen, wo ich meinen Mann finde? Ich muß kurz mit ihm sprechen – es ist sehr wichtig.«

Verwundert hob er die buschigen grauen Brauen. »Tut mir leid, Ma'am, der Major ist schon vor vier Stunden weggeritten.«

Beinahe blieb ihr das Herz stehen. »Vor vier Stunden?«

»Hat er Sie nicht informiert? Vielleicht schliefen Sie schon, als er gestern abend nach Hause kam, und er wollte Sie nicht wecken. So überstürzt hätte er nicht aufbrechen müssen. Aber nach seinen Schwierigkeiten mit Jenkins dachte ich, es wäre besser, wenn sich die beiden vorerst nicht begegnen. Jenkins hat sich unmöglich benommen, und er ist wütend, weil er die Verachtung seiner Kameraden spürt.«

Beklommen starrte sie den General an. Sloan hatte das Fort verlassen. Und wann würde er wiederkommen? Das wußte sie nicht. Von plötzlicher Panik erfaßt, fragte sie sich, ob er überhaupt zurückkehren würde. »Wohin ist mein Mann geritten?«

»Ins Feldlager, mit Nachrichten für Gibbon.«

»Zu den Soldaten, die Crazy Horse suchen ...«

»Ja. Beruhigen Sie sich, Mrs. Trelawny, der Major ist erfahren und kompetent.« Besorgt musterte er ihr bleiches Gesicht. »Fühlen Sie sich nicht gut?«

»Doch, Sir«, log Sabrina und floh in ihr Quartier zurück – in das Heim, das sie mit Sloan geteilt hatte.

Verzweifelt warf sie sich aufs Bett. Sie mußte ihm folgen, wenn er auch zu den Black Hills ritt, einem Gebiet jenseits der Militärstraßen, in das sich die Weißen nur selten wagten. Aber wer sollte sie dorthin führen? Dazu würde sich wohl kaum ein Soldat bereit finden. Und wenn Sloan von ihrem Entschluß erfuhr, würde sein Zorn keine Grenzen kennen.

Das spielte keine Rolle. Sie *mußte* ihn sehen. Also wie

sollte sie ihn erreichen? Es schien keine Möglichkeit zu geben.

Am 17. Mai, um fünf Uhr morgens, rückte die Fort Abraham Lincoln-Zacke der Zangenbewegung endlich vor, nachdem das schlechte Wetter den Trupp zwei Tage lang zurückgehalten hatte. Sabrina stand auf ihrer Veranda und bestaunte die riesige Schar der Dakota Column. Mehrere weiße Zivilisten, Reporter und Dienstboten, sowie indianische Späher schlossen sich an. Da sie in unfruchtbares Land ziehen würden, folgten der Truppe zahlreiche, mit Proviant beladene Wagen. Die ganze Kolonne war zwei Meilen lang.

An der Spitze seiner Siebenten Kavallerie ritt Colonel Custer, eine imposante Erscheinung. Auch seine Männer boten einen eindrucksvollen Anblick, den Sabrina niemals vergessen würde. Schon vor langer Zeit hatte er angeordnet, die Kompanie A müßte auf Rappen sitzen, während die Kompanien B, D, H, I und L Braune benutzten, die Kompanien C, D und K Füchse, und die Kompanie E ritt Grauschimmel. Nur die Kompanie M verwendete Pferde in verschiedene Farben.

Libbie und einige andere Frauen wollten der Kolonne bis zum ersten Nachtlager folgen. Dazu war auch Sabrina eingeladen worden. Doch das hatte sie abgelehnt. Es wäre sinnlos gewesen, die Siebente zu begleiten, wenn Sloan sich nicht in ihren Reihen befand.

Bald verschwand die lange Prozession im Morgennebel. Sabrina ging in ihr Quartier und versuchte, einen Brief an Sloan zu schreiben. Ungeduldig zerriß sie mehrere Entwürfe. Was sie ihm sagen wollte, konnte sie nicht zu Papier bringen.

Am nächsten Tag kam Libbie Custer in ungewohnter melancholischer Stimmung zurück. »Ich sah ihn davonreiten«, erzählte sie, als sie Sabrina besuchte und Kaffee mit ihr trank. »Plötzlich schien mein Blut zu gefrieren. George ist so versessen auf Ruhm und Ehre, aber ...«

»Sicher war der Ritt ein großartiges Erlebnis.«

»O ja.« Libbie leerte ihre Tasse und stand auf. »Jetzt werde ich meinem Mann schreiben. Wenn Sie Briefe an Sloan schicken wollen, können sie zusammen mit meinen befördert werden. Ein Dampfer fährt regelmäßig den Yellowstone hinauf und bringt den Truppen die Post.«

»Danke. Bis jetzt habe ich keinen Brief geschrieben. Ich müßte Sloan sehen ...«

»Im Kampfgebiet? Unmöglich, Sabrina. Außerdem weiß man nie, wo Sloan gerade ist.«

»Demnächst wird er General Terry treffen.«

»Ja, natürlich ... Hören Sie – für den 4. Juli habe ich eine Zusammenkunft mit George geplant. Vielleicht läßt sich was arrangieren, und Sie begleiten mich. Aber Sie werden keinen Soldaten finden, der Sie ins Indianergebiet eskortiert.«

»Immer wieder reiten Kuriere dorthin ...«

»Niemand wird Sie mitnehmen. Was Sie da vorhaben, ist reiner Wahnsinn.«

Nachdem Libbie gegangen war, versuchte Sabrina wieder, einen Brief abzufassen. Sie schilderte den grandiosen Aufbruch der Kolonne, fand aber keine Worte, um Sloan mitzuteilen, was ihr am Herzen lag. Schließlich beendete sie das Schreiben mit der nichtssagenden Zeile: »Alles Gute, Sabrina.«

Sie übergab Libbie den Brief. Kurz nachdem sie das Hauptquartier verlassen hatte, vermißte sie ihren Schirm und eilte zurück, um ihn zu holen.

Als sie die Tür öffnete, erkannte sie Maggies Stimme. »Die arme Sabrina! Heute hörte ich einen Crow-Späher mit Jimmy Blake sprechen, und er sagte, Sloan sei in großer Gefahr, weil die feindlich gesinnten Sioux ihm nicht mehr trauen.«

»Passen Sie bloß auf, daß Sabrina nichts davon erfährt!« mahnte Libbie.

Lautlos schloß Sabrina die Tür und lehnte sich dagegen. Jetzt mußte sie Sloan nicht mehr aufspüren, um ihre Seele zu retten, sondern sein Leben.

Sloan lieferte die Depeschen bei Gibbon ab und wurde beauftragt, Spuren zu folgen, die einer der Soldaten entdeckt hatte.

Glücklicherweise durfte er allein reiten, denn am Ende der Fährte traf er eine verzweifelte Cheyenne-Familie – uralte Großeltern und acht kleine Enkel. Alle drei Söhne des Mannes und ihre Frauen waren von den Soldaten getötet worden. Der Greis fühlte sich völlig erschöpft, seine Frau hungerte. Und das Schicksal der Kinder wäre, in einer neuen fremden Welt zu leben.

Sloan brachte die Familie in Gibbons Lager und sorgte dafür, daß sie unbehelligt in ihr Reservat zurückkehren konnte. Damit war Gibbon einverstanden, denn er wußte, welche Schwierigkeiten seine Soldaten heraufbeschworen, wenn sie friedfertige Indianer umbrachten. Im Gegensatz zu vielen Weißen teilte er nicht die Ansicht, nur ein toter Indianer sei ein guter Indianer.

Mit Depeschen in der Satteltasche trat Sloan den Rückweg an. In der Nacht lag er neben seinem Wallach unter den Sternen, zufrieden mit der Hilfe, die er den Cheyenne geleistet hatte. In letzter Zeit war ihm sein Leben oft sinnlos erschienen. Nun hatte er endlich wieder etwas getan, das ihn mit Stolz erfüllte. Aber er war seiner Pflichten ebenso müde wie die Cheyenne des Kampfes.

Wie viele Menschen würden noch sterben? Er wollte nach Hause zurückkehren – und dort bleiben, zusammen mit seiner Frau eine Zukunft aufbauen.

Seufzend senkte er die Lider und versuchte zu schlafen. Wenig später hörte er ein leises Rascheln im Wald. Ohne sich zu bewegen, öffnete er die Augen und spähte ins Dunkel. Nichts war zu sehen. Trotzdem wußte er, daß sich jemand in seiner Nähe aufhielt.

Blitzschnell hechtete er unter einen Felsvorsprung am

Flußufer in Deckung, zog seinen Revolver und war sich klar, daß er nur sechs Schüsse hatte. Wie viele Männer pirschten sich an ihn heran?

Jetzt klangen die Geräusche ringsum nicht mehr verstohlen. Er hörte einen Vogelschrei, den er nur zu gut kannte. Dann standen drei junge Indianer vor ihm, in Lendenschurzen und Mokassins, ohne Kriegsbemalung.

»Freut uns, dich allein anzutreffen, Cougar-in-the-Night«, bemerkte Hawks Vetter Blade, »und nicht in Gesellschaft der Soldaten.«

Drei Männer kann ich töten, dachte Sloan. Doch das wußten sie. Zweifellos warteten andere Krieger in unmittelbarer Nähe. Wenn er diese drei Männer erschoß, würde er eines langsamen, qualvollen Todes sterben. Außerdem wollte er niemanden umbringen. Er stand auf und schob seine Waffe in die Halfter zurück. »Hallo, Blade.«

»Du mußt mit uns kommen, Sloan. Wenn du zu den Soldaten zurückkehrst, würdest du ihnen zuviel erzählen.«

»Was denn? Ich weiß nichts.«

»Entweder reitest du freiwillig mit uns, oder wir fesseln dich. Solltest du einen Fluchtversuch wagen, erschießen wir dich. Das würde mich zutiefst betrüben, aber ich hätte keine Wahl.«

Nun tauchten vier weitere Krieger aus dem Unterholz auf. Und Sloan erkannte seinen Vetter, Tall Man. »Natürlich begleite ich euch.«

Libbie besuchte Sabrina erneut und erzählte begeistert von den Briefen ihres Mannes. »Was für ein unartiger Junge er ist! George und Tom haben ihren armen kleinen Bruder Boston zu Tode erschreckt und ihm eingeredet, in ein paar Minuten würden ihn Indianer überfallen. Natürlich war das nur ein Scherz. Aber Terry machte ihnen Vorwürfe, und George versprach mir, er würde sich bessern, weil der General ihn so freundlich unterstützt hat.«

»Hat Ihr Mann irgend etwas über die Kampagne geschrieben?« fragte Sabrina.

»O ja. General Crooks Männer wurden in einen Kampf am Rosebud verwickelt und waren nicht besonders erfolgreich. Offenbar konnten ihnen die Indianer standhalten. Terry ist genauso unzufrieden. Die Zangenbewegung kommt nur langsam voran. Selbstverständlich hat mein Mann günstige Wege gewählt – eine schwierige Aufgabe angesichts der vielen Proviantwagen. Trotzdem hat Terry nicht ihn, sondern Major Reno mit einem Erkundungsritt am Rosebud beauftragt. Zum Zeitpunkt, wo General Crook verzweifelt kämpfte, muß Major Reno nördlich des Flusses gewesen sein. Aber er schien die Aktivitäten der Indianer nicht vorauszusehen. Zudem mißachtete er den Befehl, George zu treffen. Jetzt weiß General Terry die Führungsqualitäten meines Mannes wenigstens zu würdigen.«

»Hat der Colonel irgend etwas von Sloan gehört?« fragte Sabrina angstvoll.

»In seinem Brief hat er nichts erwähnt. Seltsam – inzwischen müßte Sloan bei Terry sein. Aber es geht ihm sicher gut«, fügte Libbie hastig hinzu.

In wachsender Verzweiflung überlegte Sabrina, wie sie ihren Mann erreichen könnte.

Die Indianer hatten herausgefunden, daß die Soldaten sie zu umzingeln suchten, und hielten stundenlang Kriegsrat. Doch sie feierten auch den Sonnentanz. Sloan, seiner Uniform und seiner Waffen beraubt, war ein Gefangener. Aber er wurde gut behandelt, durfte im Wigwam seines Vetters Tall Man wohnen, und dessen Frau umsorgte ihn eifrig.

Eines Tages besuchte ihn Earth Woman. Es störte sie nicht, daß er eine weiße Frau geheiratet hatte, und er erklärte ihr, nach den Gebräuchen der Weißen müsse er seiner Gemahlin treu bleiben. Um die Zeit des Sonnentanzes lebten viele Krieger enthaltsam, reinigten sich und beteten zu Wankatanka, dem großen Geheimnis, das ihnen Erleuchtung schenkte.

Während Sitting Bulls Opfer saß Sloan neben Tall Man. In stoischem Schweigen ließ der würdevolle alte Krieger fünfzig winzige Fleischstücke aus seinen Armen schneiden.

Die große Indianerschar kampierte am Little Bighorn, in einem schmalen, langgestreckten, grasbewachsenen Tal. Im Norden bog der Fluß nach rechts. An den Ufern wuchsen dichtbelaubte Pyramidenpappeln, und im Osten stiegen die Böschungen steil an. Im Westen wurden die Berge von zerklüfteten Schluchten durchzogen.

Trotz des gemeinsamen Lagers lebten die Stämme getrennt, und die Häuptlinge wurden von Boten zum Kriegsrat gerufen. Der Sioux Sitting Bull erhob keinen Anspruch auf die Position des Oberhäuptlings, war aber der hochgeschätzte Gastgeber, und alle hörten auf ihn.

In unerträglicher Hitze reihten sich die Junitage aneinander, und die ›feindlich gesinnten‹ Indianer rüsteten zum Krieg.

»Mrs. Trelawny!«

Verwirrt drehte sich Sabrina zu Marlene Howard um. Unter einem Sonnenschirm geschützt, schlenderte die Frau über den Exerzierplatz. »Ich habe gehört, Sie wollen Ihren Mann im Indianergebiet suchen.«

»Warum interessiert Sie das?« fragte Sabrina vorsichtig.

»Vielleicht kann ich Ihnen helfen.« Marlene strich lächelnd eine Strähne ihres schönen schwarzen Haars aus der Stirn. »Soeben sind alte Freunde meines Vaters eingetroffen. Sie wollen in einem Dampfer den Yellowstone hinauffahren und würden Sie mitnehmen.«

»Wer sind diese Freunde?« erkundigte sich Sabrina.

Womöglich hoffte Marlene, ihre Rivalin in Gefahr zu bringen. Aber Sabrinas Verzweiflung wuchs, und da sie sich an niemand anderen wenden konnte, mußte sie der Frau wohl oder übel zuhören.

»Sergeant Lally – ein netter, herzensguter Offizier im Ruhestand, begleitet einige Trapper und Pelzhändler. Im Lauf der Jahre haben sie an ihren Geschäften mit den Indianern ein Vermögen verdient. Kommen Sie, ich mache Sie mit den Gentlemen bekannt. Oder trauen Sie mir nicht?«

»Allerdings nicht.«

»Unsinn, Mrs. Trelawny. Nicht einmal ich vermag zu bestimmen, was im Indianergebiet geschieht.«

Immer noch argwöhnisch, folgte Sabrina der schönen Witwe. Als Marlene die Tür ihres Hauses öffnete, erklang das Gelächter mehrerer Männer. Offenbar wurde gerade die Geschichte eines nicht besonders tugendhaften Indianermädchens erzählt.

Sobald Captain Jones seine Schwester und Sabrina erblickte, sprang er beunruhigt auf. »Habe ich dir nicht gesagt, das ist eine alberne Idee, Marlene …«, begann er.

»Sei still!« schimpfte sie. »Ich finde die Idee wundervoll und sehr romantisch.«

In Captain Jones' Salon saßen vier andere Männer zwischen vierzig und fünfzig Jahre alt.

»Sabrina, das ist Sergeant Edmund Lally. Früher gehörte er der Zweiten Kavallerie an.«

»Der besten von der Welt!« fügte Lally hinzu, stand auf und verneigte sich.

Höflich folgten die anderen Männer seinem Beispiel. Alle trugen eine bunte Mischung aus europäischer und indianischer Kleidung – Wildlederhemden, gefranste Hosen und Perlenhalsketten. Mit ihren Bärten glichen sie tollkühnen Abenteurern – was sie vermutlich auch waren. Die drei Trapper hießen John, Tom und Ned, und sie hatten die Black Hills bereits erforscht, bevor die ersten weißen Siedler in dieses Gebiet gezogen waren.

Da sie zu Captain Jones Freunden zählten, glaubte Sabrina, sie könnte ihnen vertrauen. »Fürchten Sie sich vor den Sioux?« fragte sie.

»Den Sioux verdanken wir unseren Reichtum«, erklärte Ned ernsthaft, und Tom stieß ihn mit einem Ellbogen an.

»So ungern ich dieses Thema auch anschneide, Ma'am – es ist nicht so einfach, eine Frau ins Indianergebiet zu bringen ...«

»Selbstverständlich werde ich Sie bezahlen«, erwiderte Sabrina. »Bitte, nennen Sie Ihren Preis.«

»Um Himmels willen, meine Liebe«, mahnte Marlene honigsüß, »verschleudern Sie nicht Sloans Sold.«

»Ich besitze selber genug Geld«, teilte Sabrina den Männern mit. »Und ich werde Sie großzügig entlohnen.«

»Keine Bange, wir machen Ihnen einen fairen Preis, Mrs. Trelawny«, versprach Sergeant Lally. »Morgen müßten Sie reisefertig sein, vor Sonnenaufgang.«

»Ja, gewiß.« Je früher, desto besser, dachte Sabrina. Weil sie fürchtete, die Soldaten könnten sie zurückhalten, wollte sie das Fort verlassen, bevor alle auf den Beinen waren.

Sie schüttelte ihren vier Reisebegleitern und Captain Jones, der immer noch unglücklich die Stirn runzelte, die Hände, und Marlene begleitete sie zur Haustür. In der Abenddämmerung betrachtete sie den Himmel. »Was für ein seltsames Wetter! Bis in den Juni hinein schneit es, und am nächsten Tag ist es so heiß wie in der Hölle. Ein aufregendes Jahr, nicht wahr? Amerika feiert sein hundertjähriges Bestehen – und rottet die Indianer aus.«

Verblüfft hob Sabrina die Brauen. Solche – mehr oder weniger – besinnlichen Worte hatte sie der Frau nicht zugetraut. »Warum helfen Sie mir?« fragte sie unverblümt.

»Weil Ihnen Sloans Herz gehört«, erwiderte Marlene lächelnd.

Darauf gab Sabrina keine Antwort.

»Ah, Sie sind auf meine kleine Komödie am Fenster hereingefallen!«

»Eine Komödie?«

»Mein liebes Kind, Ihr Mann wollte sich einfach nicht verführen lassen. Zumindest nicht an jenem Tag. Um so leichter fiel es mir, Ihre Eifersucht zu schüren. Aber ich fürchte, ich habe ernsthafte Probleme heraufbeschworen. Sonst wären Sie nicht so eifrig bestrebt, Sloan ins Indianergebiet zu folgen. Trotzdem muß ich Sie warnen – ich glaube immer noch an meinen Sieg.«

»Nun, ich nicht – und Sie haben auch keine Probleme verursacht«, log Sabrina. »Ich muß Sloan finden, weil er in Gefahr ist.«

»Wie edel! Als hätte er nie zuvor in Gefahr geschwebt ...«

»Wenn Sie an Ihren Sieg glauben, warum helfen Sie mir, Marlene?«

»Vielleicht finden Sie ihn nicht, und die Indianer könnten Sie töten. Sloan kommt auf jeden Fall zurück. So wie immer.«

»Also planen Sie meinen Tod?«

»Seien Sie nicht albern! Ich lege die Zukunft in Gottes Hand. Gute Reise, Sabrina.« Mit einem sanften Lächeln wandte sich Marlene ab und ging ins Haus.

Unbehaglich kehrte Sabrina zu ihrem Quartier zurück. Marlene hoffte auf ihren Tod. Nur deshalb half sie ihr. Aber Sergeant Lally machte einen ebenso verläßlichen Eindruck wie seine bärtigen Gefährten. Sie kannten die Black Hills. In der Obhut dieser Männer würde ihr gewiß nichts zustoßen.

Entschlossen begann sie, die wenigen Sachen einzupacken, die sie mühelos tragen konnte.

Wäre sie nicht so besorgt um Sloan gewesen, hätte sie die Dampferfahrt genossen, die spektakuläre Ausblicke auf die Ufer des Yellowstone bot. Sergeant Lally, ein komischer alter Kauz, unterhielt sie mit Geschichten aus seiner Kindheit in Irland. Steif und fest behauptete er, die Kobolde würden tatsächlich existieren und die Todesfeen jedesmal heulen, wenn sie die Seelen der Menschen ins Jenseits führten.

An Bord traf Sabrina einige Soldaten, die ihr mitteilten, Major Trelawny sei weder zu Colonel Gibbon zurückgekehrt noch habe er sich bei General Terry gemeldet. Entmutigt folgte sie ihren Begleitern an Land. Wie sollte sie Sloan in den ausgedehnten Black Hills finden? Genausogut könnte sie eine Stecknadel im Heuhaufen suchen.

Am 20. Juni erreichten sie die Reste eines Indianer-Camps. Neben der kalten Asche des Lagerfeuers lag die Leiche eines weißen Soldaten, und Sabrina rannte zu ihm, ehe der Sergeant sie zurückhalten konnte.

Obwohl zahllose Fliegen über den Toten krochen, drehte sie ihn herum. Der Mann war skalpiert und verstümmelt worden. Nicht Sloan ... Schwankend stand sie auf und übergab sich.

Drei Tage später folgten sie der Spur eines Pferdes, als plötzlich ein Pfeil durch die breite Schlucht flog, in der sie dahinritten.

»Drei Indianer!« rief Ned. »Da vorn! Warum schießen sie auf harmlose Pelzhändler?«

Etwa zweihundert Schritte entfernt, versperrten ihnen die Krieger den Weg. Jones stellte ihnen eine Frage in der Sioux-Sprache, und einer der Indianer antwortete.

Angstvoll wandte sich Sabrina zu Sergeant Lally. »Was hat er gesagt?«

»Nun ja ...«

»Was?« drängte Sabrina.

»Daß die Pelzhändler nicht mehr die Freunde der Sioux sind. Sie nennen alle Weißen ihre Feinde. Und sie werden jeden töten, der sich ins Sioux-Gebiet wagt.«

»Verdammt, diese Schurken werden sterben!« schrie Tom wütend. »Lally, bringen Sie die Lady da drüben hinter den kleinen Hügel. Und passen Sie gut auf sie auf.«

»Warten Sie!« flehte Sabrina. »Erklären Sie den Indianern, ich würde Sloan suchen. Dann werden sie vielleicht nicht kämpfen ...«

Zu spät. Die drei Trapper galoppierten bereits auf die Sioux zu, brachen in ihr eigenes Kriegsgeschrei aus und feuerten.

Die Indianer wiederum sprengten ihnen entgegen. In hohem Bogen rasten Pfeile durch die Luft, sanken herab und rissen blutige Wunden.

Am 22. Juni 1876 führte George Armstrong Custer die Siebente Kavallerie aus dem Militärlager am Yellowstone. Kurz zuvor hatte General Terry ihm seine Order erteilt. Das Angebot einer Infanterietruppe mit Revolverkanonen und einer Kompanie aus der Zweiten Kavallerie lehnte Custer ab. Die Infanteristen und die Kanonen würden den Marsch verlangsamen. Mit seinen Männern konnte er das zerklüftete Terrain, das er nach Indianern absuchen sollte, viel schneller überqueren.

Bei der Zangenbewegung würde Colonel Gibbon parallel zu Custer vorrücken. Seine Truppen hatten die Mündung des Bighorn bereits verlassen. Auf Terrys Anordnung sollte Custer die Indianer aufspüren und zwischen Gibbons Truppe und seiner eigenen zusammendrängen. Sollte das fehlschlagen, konnte er sie zu einer Stelle jagen, wo sie zwischen Gibbon, Custer und Crook in die Enge getrieben würden. Sobald der Colonel die Sioux entdeckte, mußte er Gibbon verständigen.

In Terrys schriftlicher Order wurde betont, er wünsche seinen Kommandanten keine allzu präzisen Anweisungen zu geben, die Custers Operation behindern könnten. Sofern es möglich sei, solle man seine Anordnungen befolgen. Es sei denn, extreme Umstände würden eine Änderung der Taktik erfordern.

Bevor die Siebente Kavallerie aus dem Lager ritt,

warnte Gibbon den Colonel. »Seien Sie nicht zu ehrgeizig, Custer. Warten Sie auf uns.«

»Warum sollte ich?« erwiderte der Colonel, spornte seinen Hengst Old Vic an und galoppierte an die Spitze seines Trupps.

Bei der Offiziersbesprechung an diesem Abend waren viele Männer beunruhigt, weil Custer, der nur selten Rat und Hilfe suchte, um Vorschläge bat.

Später berichtete Lieutenant Francis Gibson, er habe eine sonderbar deprimierende Atmosphäre gespürt.

Lieutenant George Wallace gestand seinen Freunden, er habe Custers Tod vorausgeahnt.

Und Lieutenant William Cooke bat Lieutenant Gibson, sein Testament zu bezeugen, weil er ahnte, sein nächster Kampf würde sein letzter sein.

20

Das Tal am Little Bighorn, Juni 1876

»Komm mit mir, Cougar-in-the-Night«, befahl Tall Man.

Sloan lag im Zelt seines Vetters und überdachte verschiedene Fluchtpläne. Soviel er wußte, hatte seine Familie den Auftrag erhalten, ihn notfalls zu erschießen.

Seit seiner Festnahme war das riesige Sioux- und Cheyenne-Camp zweimal verlegt worden. Beide Male hatte er beim Transport mitgeholfen, aber nur die Arbeit eines Mannes geleistet, weil er vor seinem Stamm nicht das Gesicht verlieren durfte. Zelte und Bettzeug zusammenzufalten – das gehörte zu den Pflichten der Frauen. Und so versorgte er die Pferde, oder er stand den Witwen bei.

Tall Man erklärte ihm, einige Späher hätten Soldaten gesichtet – darunter Son of the Morning Star oder Yellow

Hair, wie ihn die Indianer nannten. Dann erwähnte er, die Cheyenne würden Custer als Verwandten betrachten und der Colonel habe ihnen vor Jahren versprochen, sie nicht mehr zu bekämpfen.

»Inzwischen hat sich die Lage geändert«, erwiderte Sloan, »denn die Regierung wünscht die Rückkehr aller Indianer in die Reservate.«

»Yellow Hair ist in der Nähe. Das wissen wir. Am Rosebud haben wir die Soldaten besiegt«, betonte Tall Man sichtlich zufrieden. Nie zuvor hatten sich die Indianer so zahlreich versammelt – Cheyenne und viele Sioux-Stämme, Miniconjou, Brulé, Two Kettles, Santee, Yankton, Sans Arc, Blackfeet, Oglala, Hunkpapa. Unter normalen Umständen würden sie sich nach dem Sonnentanz trennen. Das mußte auch unter allen Umständen bald geschehen. Es war schwierig, genug Wild für eine so große Menschenmenge zu jagen, und die Weideflächen der Pferde wurden zu schnell abgegrast.

In mancher Hinsicht fand Sloan die indianische Lebensart sehr erfreulich. Die Sioux halfen den Cheyenne, die bei dem Crook-Angriff alles verloren hatten, und nach der Schlacht am Rosebud pflegten sie die Verwundeten. Wegen ihrer Weisheit wurden die Alten geschützt. Liebevoll betreut, wuchsen die Kinder in großen Familien auf. Im Tal des Little Bighorn durfte Sloan an der Elchjagd teilnehmen. Dabei wurde er von seinem Vetter, der einen Fluchtversuch vereiteln sollte, mit gezücktem Gewehr bewacht.

Nach allem, was er von Tall Man erfuhr, vermutete er, General Crook würde im Süden des Indianer-Camps bleiben und Terry hätte Custer und Gibbon auf getrennten Wegen südwärts geschickt. Offenbar hoffte der General, zwischen Gibbon und Custer könnte er die Indianer endlich in die Zange nehmen. Wenn sie entkamen, würden sie Crook in die Arme laufen. Aber Sloan fragte sich, ob die Militärs auch nur ahnten, wie viele Feinde ihnen gegenüberstehen würden. In drei Divisionen unterteilt, verfügten sie über etwa zweitausend Soldaten. Und im Indianerlager hausten über zweitausend Menschen, darunter etwa tausend Krieger. Falls die Weißen auf dem Schlachtfeld getrennt wurden, konnten sie in bedrohliche Unterzahl geraten. Doch er wußte, was die Indianer nicht erkannten. Immer neue Soldaten würden nachrücken – ganz egal, wie viele im Kampf fallen mochten.

Seltsam – als Junge hatte er nur die Lebensweise der Sioux gekannt, die er immer noch bewunderte. Trotzdem mußte er fliehen, in sein anderes Heim, zu seiner Frau.

»Komm endlich, Cougar-in-the-Night!« drängte Tall Man, und Sloan merkte, daß er seinen Vetter blicklos angestarrt hatte. Hastig sprang er auf und folgte ihm aus dem Zelt, vor dem ein Pferd wartete. Zu seiner Verblüffung sah er Crazy Horse neben dem Tier stehen. Glaubten die Indianer, er würde auf den Pferderücken springen und um sein Leben reiten, von Pfeilen verfolgt?

»Blade hat gerade drei Krieger beobachtet, die ein paar Weiße angreifen«, erklärte Crazy Horse, »vermutlich Trapper.«

Verwirrt runzelte Sloan die Stirn. »Was heißt das?«

»Und er hat deine weiße Frau erkannt. Sie begleitet die weißen Männer.«

»Sabrina? Unmöglich!«

»Gray Heron wird sie nur zu gern gefangennehmen. Wenn du deine Frau behalten willst, Cougar-in-the-Night, mußt du ihn dran hindern.«

Sloan verlor keine Zeit. Natürlich würden die Indianer ihn nicht entkommen lassen – sie erlaubten ihm nur, Sabrina zu retten. Was für eine idiotische Idee, mit Trappern hierherzukommen? Wütend schwang er sich auf das Pferd und galoppierte in die Richtung, die Crazy Horse ihm gezeigt hatte.

Bald sah er den Kampf. Die Sioux, die weißen Männer,

Sabrina. Schüsse krachten. Zischend flogen Pfeile durch die Luft.

Die weißen Männer waren schon tot. Alle. Sloan rammte seine Fersen in die Flanken des Indianerponys und raste zum Schauplatz des Gemetzels.

Mit einem schrillen Triumphschrei schwenkte Gray Heron seinen Bogen in die Luft, dann sprang er von seinem Pferd hinab. Reglos blieb er stehen und musterte Sabrina, die Beute seines Sieges.

Bekämpf ihn nicht, laß dich nicht töten, flehte Sloan in Gedanken. Ringsum wirbelte Staub auf. Er mußte sie rechtzeitig erreichen.

Nun schlenderte Gray Heron zu ihr. Hoch aufgerichtet, voller Stolz, straffte sie die Schultern.

Sei nicht zu stolz, meine Liebste, bat Sloan.

Jetzt begann Gray Heron, mit ihr zu spielen. Er versetzte ihr einen Stoß, und sie taumelte nach hinten. Dann warf er sie zu Boden. Aber sie sprang sofort wieder auf.

Als Gray Heron ein Messer zückte, warf Sloan den Kopf in den Nacken und stieß einen Schrei aus, der sich im Wind verlor. Er spornte das Pony noch unbarmherziger an. Am nackten Rücken fühlte er die Wärme der sinkenden Sonne. Trotzdem fröstelte er. Wenn er Sabrina nicht rechtzeitig erreichte ...

Nun stürzte sich Gray Heron erneut auf sie. Wie eine Wildkatze wehrte sie sich, versuchte nach ihm zu treten, sein Gesicht zu zerkratzen. Offenbar hatte sie ihn irgendwie verletzt, denn er schwankte und schlug sie – so kraftvoll, daß sie zu Boden sank. Dann neigte er sich über sie, das Gesicht vor Wut verzerrt.

Endlich war Sloan an seinem Ziel angekommen. Er zügelte das Pony, sprang herunter und stürzte sich auf Gray Heron. Wütend riß er den Krieger von seiner Frau weg, und sie wälzten sich am Boden. Nur vage nahm er wahr, daß Sabrina davonrannte. Offenbar wollte sie auf den Rücken des Ponys springen, das er beinahe zu Tode geritten hatte. Wenn sie zu fliehen versuchte, konnte sie sterben.

Mit aller Kraft rammte er seine Faust gegen Gray Herons Kinn, und der Krieger blieb bewegungslos liegen.

»Sabrina!« schrie Sloan und stürmte ihr nach.

Wie vom Blitz getroffen, blieb sie stehen, drehte sich um, starrte ihn ungläubig an. »Oh, mein Gott! Sloan!« Und dann warf sie sich an seine Brust. Wie süß sie sich anfühlte ... Verdammt – was machte sie hier?

Wenig später kam Gray Heron zu sich und postierte sich vor den Trelawnys.

»Sie ist meine Frau, Gray Heron«, erklärte Sloan in der Sioux-Sprache. »Meine Frau.«

»Deine Frau – meine Gefangene!« stieß Gray Heron hervor. »Jetzt bist du unser Gefangener, Cougar-in-the-Night, und du verdienst keine Frau!«

»Aber Crazy Horse hat mich aufgefordert, hierherzureiten und sie zu retten«, entgegnete Sloan.

Verzweifelt drängte Sabrina ihn zur Flucht, und er versuchte ihr zu erklären, warum das unmöglich war. Jenseits des Hügels lagerten tausende Sioux und Cheyenne.

Jetzt erschienen weitere Krieger am Schauplatz des Kampfes. Sloan spürte, wie Sabrina in seinen Armen zitterte. Könnte er sie doch beruhigen und trösten ...

Silver Knife trat zu ihm. »Hör mir zu, Cougar-in-the-Night. Gray Heron glaubt, du hättest kein Recht auf die Frau, weil du unser Volk verraten hast. Aber Crazy Horse sagt, du seist immer auf unserer Seite gewesen. Deshalb muß diese Angelegenheit zwischen dir, Gray Heron und dem Großen Geheimnis entschieden werden.«

Wortlos nickte Sloan, hob Sabrina auf sein Pony und stieg hinter ihr auf.

In der Mitte des Camps zeigte Silver Knife auf ein kleines Wigwam, das einstige Heim eines Witwers, der wieder geheiratet hatte und zu seiner Frau gezogen war.

Nur zögernd gehorchte Sabrina, als Sloan ihr befahl, hineinzugehen und auf ihn zu warten. Wie gern wäre er ihr gefolgt ... Doch das wurde ihm verwehrt.

Begleitet von Silver Knife, Gray Heron und mehreren Kriegern ging er durch das Lager zu Sitting Bulls Zelt. Die Männer traten ein.

Zuerst sprach Gray Heron und verkündete, er habe die Trapper getötet, weil die Weißen Krieg gegen sein Volk führen und überall nach den Sioux suchen würden. Vor vielen Jahren habe Custer, Son of the Morning Star, ein Ende der Feindseligkeiten versprochen – und nicht Wort gehalten. Deshalb sei es nicht nur Gray Herons Recht, sondern auch seine Pflicht gewesen, weiße Männer zu töten. Nun würde die weiße Frau ihm gehören.

In knappen Worten argumentierte Sloan, er sei ein Sioux und Sabrina seine Frau, die gewiß nicht freiwillig mit Gray Heron gehen würde.

Sitting Bull beriet sich mit den anderen Häuptlingen. Zweifellos war Cougar-in-the-Night ein Sioux, das bestritt niemand. Vielleicht war er gefangengenommen worden, bevor er eine Gelegenheit gefunden hatte, sein Volk zu verraten. Doch das spielte keine Rolle. Niemals hatte er sich gegen die Sioux gewandt. Zu Ehren seines Vaters standen ihm dieselben Rechte zu wie jedem Krieger in diesem Lager. Beide Männer erhoben Anspruch auf die Frau. Deshalb mußten sie um sie kämpfen.

Für ein paar Minuten durfte Sloan zu ihr zurückkehren, von zwei junge Kriegern bewacht. Sabrina sprang auf, eilte ihm entgegen, und er riß sie in seine Arme, küßte sie voller Leidenschaft, wollte alles von ihr spüren ...

Ein Baby ... Sie hatte ihm erklärt, Ende November würde sie sein Kind gebären.

»Nun, bis dahin komme ich ganz sicher zurück. Geh

wieder ins Zelt. Und um Gottes willen – paß auf dich auf!«

»Sloan!« rief sie.

Langsam drehte er sich um. »Glaub mir, meine Liebste, ich komme zurück.«

Mit großen Schritten eilte er davon und schüttelte die Hand des Kriegers ab, der ihn festhalten wollte. Frei und ungehindert würde er den Kampf gegen Gray Heron beginnen.

Ein letztes Mal drehte er sich zu Sabrina um. Wie schön sie im flackernden Widerschein des Lagerfeuers war – mit rötlichen Lichtern im langen dunklen Haar. Sie hatte sich ins Indianergebiet gewagt, um ihn zu suchen und vor der Gefahr zu warnen – von ihrem Kind zu erzählen. Nun erkannte er, daß es so viel in seinem Leben gab, wofür es sich lohnte zu kämpfen.

Bei Gott, er würde den Sieg erringen und zurückkommen. Weil er seinem Sohn ein ganze Menge beibringen mußte – über ein stolzes Volk, das in der Prärie gelebt hatte und gekämpft und gestorben war – und das für immer weiterleben würde, eine Legende unerschütterlichen Mutes.

Und er würde zurückkehren, weil er Sabrina liebte.

21

Sabrina verlor jedes Zeitgefühl, und die Gedanken an die Vergangenheit halfen ihr nicht, weil sie die Angst noch schürten. Welch eine Närrin war sie gewesen ... Viel zu spät hatte sie erkannt, wie sehr sie ihren Mann liebte, und sich ins Indianergebiet gewagt, um ihn vor den mißtrauischen Soldaten zu warnen. Statt dessen hatte sie ihn in tödliche Gefahr gebracht.

Wie lange vermochte sie noch durchzuhalten, bevor sie, um den letzten Rest ihres Verstandes gebracht, aus dem Wigwam stürmen und mit einem Pfeil in der Brust sterben würde?

Diesem Moment war sie bedrohlich nahe, als eine Frau ins Zelt trat. Nervös sprang Sabrina auf. Im schwachen Feuerschein konnte sie das Alter der Frau nicht abschätzen. Aber sie sah eine makellose honigbraune Haut und schönes, langes schwarzes Haar. Unter dem weiten, mit Perlen bestickten Wildlederkleid zeichnete sich ein wohlgeformter Körper ab. Plötzlich erkannte Sabrina die Indianerin – die Frau, die sie auf Sloans Fotos gesehen hatte.

Sabrina begann zu zittern – diesmal nicht vor wilder Eifersucht, die sie so oft veranlaßt hatte, sich albern und kindisch zu benehmen.

Nein, sie bebte in kaltem Entsetzen und hoffte inständig, die Frau wäre nicht hierhergekommen, um ihr Sloans Tod mitzuteilen.

»Sie sind also seine Frau«, begann die Indianerin in erstaunlich gutem Englisch. Offenbar bemerkte sie Sabrinas Überraschung, denn sie fügte lächelnd hinzu: »Schon vor langer Zeit habe ich Ihre Sprache gelernt. Weiße Soldaten töten mein Volk, seit ich denken kann. Und wir müssen unsere Feinde kennen und verstehen, um ihnen zu erklären, warum wir sie ebenfalls töten.«

Mühsam schluckte Sabrina. Trachtete ihr die Frau nach dem Leben?

»Kennen Sie mich?« fragte die Indianerin.

»Sie heißen Earth Woman.«

Erfreut nickte die Frau. »Beinahe hätten wir uns einen Mann geteilt ...«

Sabrina fand es klüger, ihr nicht zu widersprechen.

»Aber ich wollte nicht mehr heiraten, denn ich hatte zu viele Ehemänner verloren. Cougar-in-the-Night steht mit einem Fuß in dieser Welt, mit dem anderen in der Welt, die den Weißen gehört. Trotzdem betrachte ich ihn als meinen Mann. Verstehen Sie das?«

»Ja ...« Hatte Sloan seit seiner Festnahme in Earth

Womans Zelt gewohnt? Doch das spielte jetzt keine Rolle. »Bitte, sagen Sie mir – ist er tot?«

»Noch nicht. Bevor ein solcher Kampf beginnt, geschieht sehr viel. Und ich bin nicht gekommen, um Ihnen eine traurige Nachricht zu überbringen. Ich wollte die Frau sehen, die ihm alles bedeutet, so daß er sich nicht mehr in meinen Armen wärmen will.«

Sabrina hielt den Atem an. War Sloan ihr tatsächlich treu geblieben? Verwirrt und erschöpft begann sie zu schwanken. Earth Woman eilte zu ihr, hielt sie fest, und sie setzten sich auf die Decke.

»Jetzt ist er mein Freund«, erklärte die Indianerin. »Ich liebe ihn wie einen Bruder. Und Sie sind meine Schwester. Sorgen Sie sich nicht, er wird zu Ihnen zurückkehren.« Earth Woman stand auf.

»Warten Sie!« flehte Sabrina.

»Heute nacht finden viele Zeremonien bei den verschiedenen Stämmen statt, die dieses Lager bewohnen. Und der Fall Ihres Mannes muß geklärt werden. Bald komme ich wieder.«

Die Frau verließ das Zelt, und Sabrina stand auf, um ihr zu folgen. Aber vor dem Eingang sah sie zwei junge Wachtposten und wich zurück. Sloan lebte noch. Nun mußte sie den Allmächtigen bitten, ihn auch weiterhin zu schützen.

Zwischen zahllosen Menschen und Wigwams ging Sloan durch die Nacht und blieb auf einer Lichtung stehen, vor dem größten Zelt. Hier pflegten die Häuptlinge Kriegsrat zu halten. Er sah Sitting Bull, Crazy Horse, He Do und viele andere angesehene Krieger. Auch Tall Man hatte sich eingefunden, um sie daran zu erinnern, daß Cougar-in-the-Night zu seinem Volk gehörte. Die Sioux konnten genauso voreingenommen sein wie die Weißen. Aber sie waren gerechter, und alle würden den Ausgang des Kampfes akzeptieren.

Die Männer bildeten einen Kreis, in dessen Mitte Gray

Heron wartete. Herausfordernd winkte er Sloan zu. »Diese Nacht eignet sich für deinen Tod, Halbblut!«

»Heute ist ein guter Tag, um zu sterben.« Mit diesen Worten bekundete Sloan nach einer Sioux-Sitte, er würde den Kampf nicht fürchten, sondern herbeisehnen.

Hinter jeden Mann trat ein Schamane. Sloan wurde in ein Wigwam geführt, setzte sich und lauschte dem Indianerpriester, der das Große Geheimnis um Hilfe bei dem bevorstehenden Kampf bat. Offenbar hatte Cougar-in-the-Nights Familie verlangt, man müsse ihm dieselbe Ehre erweisen wie seinem Widersacher.

Dann wurde er ausgekleidet, gewaschen und mit Bärenfett bestrichen. Nachdem er einen Lendenschurz angelegt hatte, rückte die schicksalhafte Entscheidung immer näher.

Gray Heron war ein formidabler Gegner, der schon viele Feinde getötet hatte – nicht so groß wie Sloan, aber kräftiger gebaut und furchtlos. Aber Sloan vertraute auf seine eigenen Fähigkeiten. Um zu siegen, mußte er nur nutzen, was er in beiden Welten gelernt hatte.

Am Himmel funkelten unzählige Sterne. Ein Feuer brannte inmitten der Lichtung. Erwartungsvoll blickten die Krieger den beiden Kontrahenten entgegen. Während jeder ein Messer erhielt, bat Sloan um die Erlaubnis, vor dem Kampf mit Crazy Horse zu sprechen.

Crazy Horse nickte, und Sloan durfte ein paar Minuten unter vier Augen mit dem mächtigen Krieger reden, der einst sein guter Freund gewesen war. »Da meine Frau meinen Sohn erwartet, glaube ich, Wakantanka wird mir zum Sieg verhelfen. Sollte ich trotzdem sterben, bitte ich dich, meine Frau mit meinem ungeborenen Kind ins Haus ihrer Schwester zu schicken, Hawks Frau.«

»Aber Gray Heron würde sie für sich beanspruchen.«

»Nach dem Tod meines Vaters wählte ich die Lebensart meiner Mutter und schloß mich dem Heer der Weißen an. Auch dir und dem Volk meines Vaters habe ich stets treu gedient. Wenn ich getötet werde, solltest du meinen Wunsch erfüllen, Gray Heron zum Kampf herausfordern und ihm meine Frau und meinen Sohn abgewinnen.«

Nachdem Crazy Horse ein paar Sekunden lang nachgedacht hatte, nickte er ernsthaft, und das genügte Sloan.

Gesänge erklangen. Erst leise, dann immer lauter. Nun war es an der Zeit. Sitting Bull erklärte, kein Mann müsse sterben, die Kraft allein könne den Streitfall entscheiden.

Aber Sloan las in Gray Herons Augen, daß nur sein Tod den Gegner befriedigen würde.

Ohne Vorwarnung stürzte sich Gray Heron auf ihn. Sloan wich aus, und dank des Bärenfetts rutschte der Feind an ihm vorbei. Das Messer zwischen den Zähnen, tänzelte Gray Heron umher und bedeutete ihm, anzugreifen.

Vorsichtig umkreiste Sloan den Mann, sein Messer in der rechten Hand, und wartete.

Ein Krieger nannte ihn verächtlich eine Frau, weil er nicht vorsprang. Auch Gray Heron begann ihn voller Genugtuung zu beschimpfen. Sloan lächelte. Als Gray Heron sich wieder auf ihn stürzte, trat Sloan seitwärts und verletzte den rechten Arm seines Widersachers. Blut quoll aus der Wunde.

Wütend umklammerte Gray Heron seinen Arm, die Lippen im blau bemalten bronzebraunen Gesicht fest zusammengepreßt. Bei seinem nächsten Angriff bohrte sich seine Messerspitze zwischen Sloans Rippen. Sloan spürte die Wärme seines eigenen Blutes auf der Haut, und Gray Heron bemerkte die Schwäche seines Feindes. Um den Vorteil zu nutzen, warf er sich mit aller Kraft auf Sloan, schleuderte ihn zu Boden und setzte sich rittlings auf seine Hüften. Triumphierend hielt er sein Messer an die Kehle des Gegners.

Die Zähne zusammengebissen, bekämpfte Sloan das

glitschige Bärenfett und die Kraft des Sioux und versuchte, die scharfe Schneide von seiner Halsschlagader fernzuhalten. Schließlich schüttelte er Gray Heron ab, versetzte ihm einen Tritt, und der Indianer landete unsanft am Boden.

Sofort sprang Sloan auf. Auch Gray Heron erhob sich. Geduckt rannte er über die Lichtung und rammte seinen Kopf in Sloans Magen.

Sloan stürzte zu Boden, und Gray Heron fiel auf ihn herab.

Während Sloan das Messer an die Kehle seines Feindes hielt, verletzte Gray Heron ihn am linken Arm. Aus einer tiefen Schnittwunde sickerte Blut. Entschlossen befreite sich Sloan von seinem Widersacher und schlug mit beiden Fäusten auf seinen Hinterkopf. Gray Heron rang nach Atem. Schwankend kniete er im Staub – und stand nicht wieder auf.

Ein paar Sekunden lang wartete Sloan. Dann ging er zu Sitting Bull, der vor dem Kampf gegen die weißen Soldaten keinen Krieger verlieren wollte.

Aber nun folgte Gray Heron ihm und schwang sein Messer hoch. Blitzschnell drehte sich Sloan um. Obwohl er dem Angriff nicht ausweichen konnte, traf die Stahlspitze nur seine Schulter, nicht seinen Rücken. Allmählich fühlte er sich immer schwächer. Er verlor zuviel Blut.

Ein paar Schritte von Sloan entfernt, ging Gray Heron zur nächsten Attacke über. Diesmal kam Sloan ihm zuvor, riß ihn zu Boden, und als er rittlings auf den Hüften des Sioux saß, hielt er ihm wieder die Klinge an die Kehle. »Es ist vorbei!« rief er. »Sitting Bull sagt, du sollst weiterleben und neue Kämpfe ausfechten. Und meine Frau gehört mir!« Vor seinen Augen verschwamm das Gesicht seines Feindes. Bald würde er die Besinnung verlieren. Und vorher mußte er zum Sieger erklärt werden.

Gray Heron rührte sich nicht.

Schwankend erhob sich Sloan und taumelte zu Sitting Bull. Plötzlich spürte er eine Bewegung hinter sich, fuhr herum und trat zur Seite.

Gray Heron war hoch in die Luft gesprungen, um sich mit aller Kraft auf Sloan zu stürzen. Statt dessen prallte er am harten festgestampften Boden auf, und Sloan hörte ein grausiges Knacken. Bestürzt hielt er den Atem an, obwohl Gray Heron versucht hatte, ihn hinterrücks zu ermorden. Er mußte den Mann nicht untersuchen, um zu erkennen, daß dessen Genick gebrochen war. Vorsichtig drehte er ihn auf den Rücken. Blicklos starrte Gray Heron in die Nacht, aus einem Mundwinkel rann Blut.

Bedrückt wandte sich Sloan zu Sitting Bull. »Ich wollte seinen Tod verhindern.«

Immer noch geschwächt von seinem Opfer beim Sonnentanz, nickte der alte Häuptling. »Geh zu deiner Frau, Cougar-in-the-Night. Aber du darfst unser Lager nicht verlassen. In der Nähe lauern uns weiße Soldaten auf. Vielleicht wünschen sie, mit uns zu verhandeln. Doch ich glaube, sie wollen kämpfen, und wir werden uns verteidigen. Oft genug sind wir vor den Weißen davongerannt. Jetzt warten wir auf sie.«

Wie lange? Und wie lange haltet ihr mich noch gefangen? Doch die Worte kamen nicht über Sloans Lippen. Seine Beine trugen ihn nicht mehr, und er sank langsam zu Boden.

Von wachsender Angst gepeinigt, wanderte Sabrina in ihrem kleinen Zelt umher, das Medaillon in der Hand, das Sloans Bild enthielt. Earth Woman war nicht zurückgekehrt, eine halbe Ewigkeit schien zu verstreichen.

Obwohl die Indianerin ihr versichert hatte, Sloan sei seiner weißen Frau treu geblieben, verfluchte ihn Sabrina – verfluchte seinen Dienst bei der Kavallerie, sein Indianerblut und jene folgenschwere Nacht in Gold Town.

Aber vor allem verfluchte sie sich selbst, ihren törichten Stolz, der sie so lange daran gehindert hatte, ihre Liebe zu erkennen. Wie albern war es gewesen, dauernd an Sloan herumzunörgeln ... Wenn er doch am Leben bleiben und zu ihr zurückkehren würde ...

Nun bereute sie bitter, daß sie ihm ins Indianergebiet gefolgt war. Leidenschaftlich verdammte sie die Sioux – und die weißen Soldaten, die das Volk gnadenlos jagten. Als sie schon glaubte, sie würde vollends den Verstand verlieren, trat ein junger Krieger ins Zelt, gefolgt von einem Oglala, den sie kannte – Hawks Vetter. Atemlos rannte sie zu ihm.

»Blade! Bitte, sagen Sie mir, was geschehen ist! O Gott – nein ... Ist er ... ?« Ihre Stimme erstarb beim Anblick der beiden Sioux, die einen Mann ins Zelt trugen und auf die Decke legten.

Schreiend fiel sie neben Sloans blutüberströmtem Körper auf die Knie, tastete mit bebenden Fingern nach dem Puls an seinem Hals und spürte nichts.

»Er lebt, Sabrina«, versicherte Blade, »und seine Wunden sehen schlimmer aus, als sie sind.«

»Bitte – kann ich Wasser haben?« stammelte sie. »Und wenn es eine Medizin gibt ...«

»Eine Frau wird Ihnen helfen.«

»Danke. Blade ...«

»Jetzt sind Sie in Sicherheit. Gray Heron ist tot.«

»Großer Gott, und wenn ...«

»Niemand wird sich an Sloan rächen, weil Gray Heron seinen Tod selbst herbeigeführt hat. Zweimal wurde er einwandfrei geschlagen, und dann hätte er ihren Mann beinahe hinterrücks ermordet. Hier sind Sie sicher, Sabrina. Vorerst.«

Vorerst? Was mochte das bedeuten?

Wenig später kam Earth Woman herein, mit einer Wasserschüssel, einem kleinen Tiegel und Verbandszeug. »Jetzt braucht er seine beiden Frauen«, erklärte sie Sabrina.

Inzwischen hatten die Krieger das Zelt verlassen. Earth Woman begann Sloans Wunden zu säubern, und Sabrina folgte ihren Anweisungen, half ihr, so gut sie konnte. »So viel Blut!« stöhnte sie.

»Auch kleine Bäche überfluten manchmal ihre Ufer.« Lächelnd wusch die Indianerin Sloans Brust und zeigte Sabrina eine verhältnismäßig kleine Wunde zwischen den Rippen, aus der das meiste Blut floß. »Am schlimmsten wurde sein Arm verletzt. Diesen Stich müßte man nähen.«

Zu Sabrinas Verblüffung eilte Earth Woman aus dem Wigwam.

Allein mit Sloan, ließ Sabrina ihren Tränen freien Lauf. Reglos lag er vor ihr, und sie nahm kaum wahr, wie sich seine Brust hob und senkte. So still, so bleich ... Sie berührte sein Gesicht. Wie sehr sie diese markanten Züge liebte, das Dunkel seiner Augen, die jetzt geschlossen waren.

Würden sie sich jemals wieder öffnen?

Als Earth Woman zurückkehrte, wischte Sabrina hastig die Tränen von ihren Wangen.

»Für Trauer, Angst oder Liebe muß man sich nicht schämen«, beteuerte Earth Woman und kniete wieder neben ihr nieder. »Lassen Sie sich vom weißen Mann nichts anderes einreden. Hin und wieder müssen alle Menschen weinen.«

Sabrina nickte und dankte ihr stumm. Innerhalb weniger Minuten hatte Earth Woman alles geholt, was sie brauchte, um die Wunde an Sloans Arm zu nähen. Merkwürdigerweise wollte sie diese Aufgabe Sabrina überlassen. Sie zeigte ihr, wie man ein Pferdehaar in eine Nadel fädelte, und wie man die Wundränder zusammennähen mußte.

Entschlossen bekämpfte Sabrina das schlimme Zittern ihrer Finger und ging mutig ans Werk. Danach bestrich Earth Woman alle Wunden mit einer Salbe und erklärte, sie würde aus Flußschlamm und zermahlenen Wurzeln bestehen. Schon viele Krieger seien damit geheilt worden.

Ein Medizinmann kam ins Zelt. Seinen seltsamen Riten vertraute Sabrina nicht so sehr wie Earth Womans Hilfe. Aber sein Besuch verriet ihr, daß die Sioux Sloans Leben erhalten wollten, und das beruhigte sie.

Schließlich verließ er das Zelt. Auch Earth Woman erhob sich. »Heute nacht finden zeremonielle Tänze statt, bei allen Stämmen, und ich möchte sehen, was geschehen wird. Viele junge Krieger werden den Selbstmordeid leisten und geloben, bis zum letzten Atemzug gegen die Weißen zu kämpfen. Passen Sie gut auf Cougar-in-the-Night auf, Sabrina. Vielleicht werden wir das Lager morgen an einem anderen Ort aufschlagen.«

»Aber Sloan würde eine Reise nicht verkraften«, protestierte Sabrina.

»Unsere Verletzten sind stets durch die Wildnis befördert worden«, erwiderte Earth Woman, neigte sich hinab und berührte Sloans Wange. »Und er ist stark – stärker als die Sioux, stärker als die Weißen. Stark genug, um das Beste beider Völker in sich zu vereinen. Ich glaube, das Große Geheimnis wird ihn stets begleiten und sicher durchs Leben führen.«

Mit diesen Worten trat Earth Woman in die Nacht hinaus, und Sabrina konnte nichts weiter tun, als während langer dunkler Stunden neben Sloan zu sitzen, seine Stirn zu kühlen, auf mögliche Anzeichen eines Fiebers zu achten und zu beten, er möge am nächsten Morgen noch leben.

In den Wolf Mountains ragen Krater empor, die den Namen Crow's Nest tragen. Manche behaupten, so würden sie heißen, weil die Crow dort Zuflucht finden, wenn sie ihre Pläne schmieden, um den Sioux Pferde zu stehlen. Andere wiederum sagen, diese Krater würde einem Krähennest gleichen.

Am frühen Morgen erreichten Lieutenant Charles Varnum und seine Crow-Späher das Crow's Nest. Bis zum Sonnenauf-

gang rasteten sie, dann stiegen sie zu einem hohen Gipfel hinauf und blickten ins weite Tal. Varnum sah nichts. Aber die Crow zeigten auf ein Wäldchen und den Fluß, auf einen Fleck, in dem sie mehrere Ponys erkannten. Sie erklärten dem Lieutenant, er dürfe nicht nach Pferden Ausschau halten, sondern nach Würmern. Da sah er die Bewegung und schickte einen Kurier zu Custer.

Während Custer seine nächste Aktion plante, stellte sich heraus, daß ein Wagen mit mehreren Kisten Schiffszwieback beladen, verschwunden war. Als die Soldaten ihn entdeckten, ertappten sie einen Indianer, der gerade eine Kiste aufbrach. Blitzschnell ergriff er die Flucht, und sie folgten ihm, vergeblich.

In weiter Ferne entdeckten zwei Sioux-Reiter die Truppen. Varnum und andere Soldaten folgten ihnen. Auch diese Indianer entkamen. Custer unterteilte seine Siebente in drei Bataillone.

Eines befehligte er selbst – die Kompanien C, E, F, I und L – etwa zweihundertfünfundzwanzig Mann. Major Reno kommandierte die Kompanien A, G und M, Captain Benteen die Kompanien D, H und K.

Nur Captain Thomas McDougalls Truppe blieb zurück, da sie nicht so schnell vorgerückt war wie die anderen. Nun mußte sie die blamable Pflicht erfüllen, die Proviantwagen zu bewachen. Aber die meisten dieser Soldaten überlebten den blutigen Krieg.

Benteen ritt mit seinen Kompanien nach links, über zerklüftetes Terrain, Reno und seine Soldaten wurden über den Fluß geschickt und eröffneten die Offensive. Am anderen Ufer ritten sie in ein Hunkpapa-Lager. Sie sahen nicht, daß sich hinter den ersten Zelten ein drei Meilen langes Camp erstreckte. Bald sollten sie ihren schweren Fehler erkennen …

22

Ein- oder zweimal in dieser Nacht schlief Sabrina ein.

Am Morgen kam Earth Woman ins Zelt und kündigte an, später würde sie ihr helfen, Sloan zum neuen Lagerplatz zu bringen.

Wieder mit ihrem Mann allein, kühlte Sabrina fürsorglich seine Stirn. Endlich öffnete er die Augen. »Sloan, ich bin hier! Bei dir.« Seine Lider schlossen sich. Angstvoll legte sie ihren Kopf an seine Brust und unterdrückte ein Schluchzen. »Bitte, stirb nicht! O Gott, ich liebe dich ...«

Aber seine Augen blieben geschlossen.

Bald danach hörte sie Gewehrfeuer. Erschrocken sprang sie auf. Earth Woman stürmte ins Zelt. »Machen Sie sich bereit! Die Soldaten sind da, und die Krieger formieren sich zum Kampf. Jetzt müssen Sie Sloan auf ein Travois legen und möglichst schnell wegbringen.«

Wenn die Soldaten hier sind, werden sie Sloan und mich retten, war Sabrinas erster Gedanke. Dann schaute sie Earth Woman an und erkannte, daß sie sich falsche Hoffnungen machte. Oft genug entwickelten sich solche Schlachten zu einem gnadenlosen Gemetzel, und manche Soldaten kannten keine Unterschiede, wenn sie töteten – eine weiße Frau vielleicht nicht, aber Sloan. Und wenn sie um Hilfe rief, würde sie durch eine Indianerhand sterben.

Sloan war immer noch bewußtlos.

»Was soll ich tun, Earth Woman?«

In kurzer Zeit stellten sie ein Travois aus Zeltstangen und Tierhäuten her und zogen Sloan ins Freie. »Wir gehen flußabwärts, zu den Cheyenne«, erklärte Earth Woman.

Auf dem Hang eines Hügels drehte Sabrina sich um

und sah Kavalleristen ins Lager reiten. Sie schossen auf alles, was sich bewegte.

»Beeilen Sie sich!« drängte Earth Woman.

Sabrina sah einen alten Mann sterben, beobachtete Sioux-Krieger, die einen Soldaten vom Pferd rissen und mit Tomahawks in Stücke hackten. Auch Frauen und Kinder wurden getötet. Qualvolle Übelkeit drehte ihr den Magen um.

Ungeduldig zerrte Earth Woman an ihrer Schulter. »Kommen Sie!«

Nun erholten sich die Indianer vom ersten Angriff. Wütend fielen sie über die Kavalleristen her und zwangen sie zum Rückzug. Ein Soldat fiel vom Pferd und klammerte sich an den Steigbügel eines Kameraden. Bevor sie den Fluß erreichten, traf ihn ein tödlicher Pfeil in den Rücken. Und das rettende Ufer war so nahe gewesen ... Von kaltem Grauen erfaßt, wandte sich Sabrina ab.

Custer ritt mit seinen Leuten zu einer Furt, zügelte sein Pferd und beauftragte John Martin, Captain Benteen eine Nachricht zu überbringen. So schnell wie möglich sollte der Captain mit Verstärkung und Nachschub hierherreiten. John Martin, erst vor kurzem unter dem Namen Giovanni Martini in den Staaten eingetroffen, galoppierte davon, und Custer sprengte mit seinen Kompanien in die Schlacht. Bald erkannte er die enorme Größe des Indianerlagers, die riesige Kriegerschar, die ihm entgegentreten würde.

Als Benteen die Nachricht erhielt, verstand er nur zur Hälfte, was der Italiener ihm mitteilte. Er wußte nicht, wo er Custer treffen sollte und ob der Colonel Versorgungswagen brauchte. Nach seiner Ansicht strebte Custer viel zu verbissen nach Ruhm und Ehre. Schließlich ritt Benteen mit seinen Soldaten zu Renos Stellung, sah dessen Truppen aufbrechen und folgte ihnen. Wenn er die Nachricht dem kommandierenden Major übermittelte, würde dieser die Verantwortung übernehmen.

Aber da wurden Renos Kompanien bereits von Crazy Horses Kriegerschar attackiert und ritten Custers Heer entgegen.

Beklommen lauschte Sabrina dem Schlachtenlärm. Während sie zusammen mit Earth Woman das Travois hinter sich herzog, versuchte sie verzweifelt, sich gegen Tod und Blutvergießen zu wappnen. Ringsum galoppierten Krieger umher, und sie hörte den Ruf: »Hoka hey, hoka hey?«.

»Was sagen sie, Earth Woman?«

»Daß dies ein guter Tag ist, um zu sterben.«

Renos Truppen brachen auseinander. Erst nach Benteens Ankunft herrschte wieder eine gewisse Ordnung. Endlich rollte der Versorgungswagen mit der dringend benötigten Munition heran, und die Soldaten luden hastig ihre Karabiner nach. Benteen schaute sich vergeblich nach Captain Weirs Kompanie um und fragte nach ihrem Verbleib.

Weir sei von einem Gipfel aus vorgerückt, erwiderte Reno, der offensichtlich unter Schock stand und seinen Kavalleristen abwechselnd befahl, abzusteigen und aufzusitzen.

Plötzlich sprengten Weirs Soldaten herbei und berichteten, unzählige Indianer würden ihnen folgen. In wachsender Verzweiflung formierten sich die Truppen und feuerten, um Weirs Rückzug zu decken. Immer weiter fielen sie zurück.

Die Siebente hatte aus zwölf Kompanien bestanden. Jetzt gruppierten sich die restlichen sieben um den Hügel herum, unter Benteens Kommando. Wo Custer steckte, wußte niemand. Und Reno war nicht mehr fähig, Befehle zu erteilen.

Earth Woman führte Sabrina weit weg vom Schlachtfeld, zu einer Schlucht, in die Sitting Bull die Frauen, Kinder, alten Männer und Verwundeten geschickt hatte. Umtost vom Lärm des Kampfes, errichteten die Unverletzten kleine Zelte aus gebogenen Weidenzweigen.

Nachdem die Dunkelheit hereingebrochen war, öffnete Sloan die Augen. Sabrina flößte ihm etwas Wasser und einen heißen Brei ein, den Earth Woman aus Dörrfleisch und Rüben gekocht hatte.

Inzwischen fühlte sich Sabrina wie betäubt und nahm nur noch die Kriegsgeräusche wahr – und den bedenklichen Zustand ihres Mannes. Als er zu fiebern begann, ignorierte sie alles andere. Immer wieder kühlte sie seinen erhitzten Körper.

Ein junger Krieger rannte an ihrem Zelt vorbei und schwenkte einen blutigen Skalp, worauf Sabrina sich sofort übergeben mußte. Fürsorglich hielt Earth Woman ihr den Kopf. »Die Männer kämpfen, und wir Frauen überleben die schlimmsten Schlachten.«

George Armstrong Custer neigte zum Leichtsinn, aber er war niemals ein Narr gewesen. Nun erkannte er den schrecklichsten Fehler seines Lebens – er hatte die feindlichen Streitkräfte unterschätzt. Er kämpfte bis zur letzten Sekunde. Von den anderen Kompanien getrennt, hielten seine Männer eine Zeitlang verschiedene Stellungen. Teilweise zogen sie sich zurück und zersplitterten in kleine Gruppen.

Schließlich blieben nur die Verwandten und engsten Freunde bei Custer. Tom, Boston, sein Neffe Autie Reed, Lieutenant Cooke. Gemeinsam kämpften sie – gemeinsam starben sie.

Auf einem fernen Hügel postiert, vermuteten Benteen und Reno, Custer hätte die erstaunlich große Indianerschar bemerkt und Gibbon oder Terry zu erreichen versucht. Sie fühlten sich im Stich gelassen. Drei Tage lang waren sie geritten, hatten nicht geschlafen, und nun befanden sie sich in einer verzweifelten Lage. Die Nacht sank herab. Kein Wasser, keine Verstärkung in Sicht. Und in nächster Nähe erwarteten Tausende Sioux- und Cheyenne-Krieger den Morgen, um die weißen Soldaten zu töten.

Sabrina erfuhr, die Indianer hätten eine große Schlacht gegen die Weißen gewonnen. Auf hohen Gerüsten lagen Sioux-Leichen. Die toten Cheyenne wurden in Felsspalten bestattet.

Unerbittlich rächten sich die Indianer an den Weißen – und die Frauen übten noch grausamere Vergeltung. Viele trauerten um ihre Männer, die sie in der Schlacht am Rosebud verloren hatten. Mit Äxten hackten sie auf gefallene Soldaten ein und schnitten ihnen die Gliedmaßen ab. Wer sich tot stellte, um zu überleben, entkam dem Gemetzel nicht.

Das alles wußte Sabrina, weil Earth Woman davon erzählt hatte. Mittlerweile konnte sie kaum noch einen klaren Gedanken fassen. Schrille Trauergesänge erfüllten die Schlucht. Und dann brachen sie wieder auf, weil die Sioux niemals an einem Ort blieben, wo ihre Toten lagen. Sie zogen flußabwärts.

Vielleicht würde am nächsten Morgen ein neuer Kampf stattfinden, die Häuptlinge würden Kriegsrat halten. Manche Krieger hatten die Überzeugung gewonnen, Crooks Truppen wären besiegt. Andere behaupteten, aus allen Richtungen würden weitere Soldaten heranmarschieren.

Sloan fieberte immer noch, und Earth Woman half Sabrina, während der Nacht seinen heißen Körper zu kühlen.

Irgendwann schlief Sabrina ein, erschöpft von zwei rastlosen Tagen. Als sie erwachte, war sie allein. Hastig sprang sie auf und spähte aus dem kleinen Weidenrutenzelt. Aber sie sah ihn nicht. Earth Woman brachte ihr einen Becher Kaffee.

In Sabrinas Augen glänzten Tränen. »Wo ist ...«

»Auf dem Schlachtfeld.«

»Großer Gott, Earth Woman, wie erreiche ich ihn?«

»Bleiben Sie lieber hier.«

»Bitte – ich muß zu ihm!«

Earth Woman zögerte. »Nach den Kämpfen werden wir weiterziehen. Wir haben einen großen Sieg errungen. Aber wenn uns die Verstärkung der Weißen entdeckt, sind wir verloren.«

»Bitte, Earth Woman!«

Widerstrebend winkte die Cheyenne-Frau einen Jungen zurück, der auf einem Pony vorbeiritt, sprach mit ihm, und er nickte. Dann reichte er Sabrina eine Hand, und sie saß hinter ihm auf.

Nach zwanzig Minuten erreichten sie ein Leichenmeer. Und in der Mitte stand eine einsame Gestalt. Während Sabrina zu Sloan eilte, versuchte sie das Grauen ringsum zu übersehen. Tränen rannen über ihr Gesicht.

Zehn Schritte hinter ihm blieb sie stehen.

»Sloan?«

Als er sich nicht umdrehte, ging sie zögernd auf ihn zu. Weil sie nicht wagte, ihn zu berühren, trat sie vor ihn. Er schien sie noch immer nicht zu sehen. In seinem Lendenschurz, von Wunden übersät, glich er einem Sioux-Krieger. Kohlschwarz hoben sich seine Augen von wächserner Blässe ab, seine Lippen waren grau.

»Sloan?«

Sie schwankte und fürchtete, auf eine Leiche zu stürzen.

Endlich umfaßte er ihre Schultern und zog sie an sich. Er führte sie an den Rand des blutigen Schlachtfelds, und sie setzten sich auf einen Felsen. Behutsam versuchte er, Sabrinas Tränen zu trocknen. Aber sie sah, daß auch er um seine Freunde geweint hatte. Bedrückt folgte sie seinem Blick und sah einen Mann quer auf seinem Pferd liegen.

Custer. Ringsum waren alle Toten verstümmelt worden – der Colonel nicht. Nur an seinen Ohren klebte Blut.

»Die Cheyenne ...« Sloans Stimme brach, und er schluckte. Dann fing er noch einmal von vorn an. »Die Cheyenne betrachteten ihn als ihren Verwandten. Deshalb schnitten sie seine Arme nicht ab, damit er im nächsten Leben kämpfen kann. Und sie bohrten Löcher in seine Ohren, so daß er im nächsten Leben besser hören und sich an sein Versprechen erinnern wird, nie wieder gegen die Cheyenne Krieg zu führen.« In der Ferne erklang gedämpftes Gewehrfeuer. Schwankend stand Sloan auf und zog Sabrina mit sich empor. Um sie gegen Tod und Blutvergießen und Entsetzen abzuschirmen, drückte er sie an sich.

»Wie gottlos das alles ist ...«, flüsterte er. »Aber ich wünschte, du würdest erkennen, was den Sioux widerfuhr, den Kindern ...«

»Ja, ich sah Frauen und Kinder sterben.«

»Also sind die Weißen Mörder, die Sioux sind Mörder, und ich gehöre beiden Welten an«, entgegnete er bitter. »Wie soll ich jemals Frieden finden?«

»Aber du hast so vielen Weißen und Sioux das Leben gerettet.«

»Während ich sie fallen sah, versuchte ich mir vorzustellen, was sie im letzten Augenblick ihres Lebens empfanden. Sie hatten gewußt, sie würden bis zum Tod kämpfen ...« Verzweifelt starrte er in Sabrinas Augen. »Was hier geschah, ertrage ich nicht. Ich trauere um diese Männer, meine Freunde, mit denen ich lebte und lachte und Baseball spielte ... Aber ich glaube, die Sioux haben ihren letzten Sieg gefeiert. Und sich die letzten Sympathien verscherzt, die sie bei den Weißen noch genossen haben. Nach diesem Gemetzel wird die Bevölkerung der ganzen Union die Army drängen, die Heiden zu vernichten. Was um Gottes willen sollen wir tun?«

Sabrina spürte seine Qual, seinen Schmerz, aber auch seine Kraft. Selbst wenn er verletzt war, er würde sie immer schützen – sogar wenn sein Herz brach. Zärtlich nahm sie sein Gesicht in beide Hände und wünschte inständig, sie würden nur noch einander sehen – und nichts von der Hölle, die vor ihnen lag. »Wir überleben. Earth Woman hat mir erklärt, das Überleben sei der härteste Kampf. Aber es wird uns gelingen, und wir werden uns eine neue Zukunft aufbauen.«

Mit ausdruckslosen dunklen Augen erwiderte er ihren

Blick.

Und plötzlich fürchtete sie, es wäre ihm gleichgültig, ob er am Leben bleiben würde oder nicht. »O Sloan, ich liebe dich!« wisperte sie. »Wenn du schon Krieg führen mußt – dann bitte nicht gegen mich oder unser Kind. Das Baby wird ein Weißer sein – und ein Sioux. Und es wird überleben. Was hier geschah, werden wir nicht vergessen, unsere Lehre daraus ziehen und auf Frieden hoffen …«

»Was hast du gesagt?« fragte er fast unhörbar.

Doch sie mußte ihre Worte nicht wiederholen. Er preßte sie noch fester an seine Brust, dann hob er den Kopf und berührte ihre Wangen. »Ich liebe dich. Und ich werde weiterleben. Schau nicht auf die Leichen. Inzwischen hast du genug Erinnerungen gesammelt.« Er führte sie zum Fuß eines Hügels, wo ein hochgewachsener Mann stoisch auf einem bemalten Pferd saß, setzte sie auf ein zweites Pony und stieg hinter ihr auf.

An diesem Tag fand zwischen den Indianern und den restlichen Truppen unter Benteens und Renos Kommando nur ein kurzer Kampf statt. Im Kriegsrat hatten die Indianer beschlossen, weiterzuziehen. Die Überlebenden in Renos Kompanie jubelten, immer noch im Glauben, Custer hätte sie im Stich gelassen. Während sie am Ufer des Flusses saßen, Kaffee tranken und endlich ihren Hunger stillten, beobachteten sie den Rückzug der Indianer.

Am 27. Juni erhielt General Terry einen Bericht von seinen indianischen Spähern über Custers schreckliche Schlacht. Bald danach fanden die Soldaten des Generals die verstümmelten Leichen.

Schon längst war Custer zur Legende geworden. Nun würde man ihn in den Himmel heben. Aber erst einmal mußten die zahlreichen Leichen begraben werden.

Und man mußte den Witwen und Kindern mitteilen, ihre Ehemänner und Väter würden nie mehr nach Hause kommen.

Sloan und Sabrina blieben noch eine Woche bei den Sioux, die verhindern wollten, daß er die Army über ihren Verbleib informierte.

Langsam erholte sich Sloan von seinen zahlreichen Wunden. Hin und wieder fieberte er. Einerseits war Sabrina froh, weil sie nicht versucht hatten, die Army zu erreichen – andererseits beklagte sie den Mangel einer modernen medizinischen Versorgung. Nach sieben Tagen teilte Tall Man ihnen mit, der Kriegsrat habe beschlossen, Cougar-in-the-Night und seine weiße Frau freizulassen. Der Ritt zum Dampfer am Ufer des Yellowstone dauerte drei Tage.

An Bord traf Sabrina Freunde und erfuhr, Skylar habe vor zehn Tagen einen Sohn geboren. Sie bedauerte, daß sie ihrer Schwester in der schweren Stunde nicht beigestanden hatte. Aber dafür würde Skylar Verständnis aufbringen.

Einen Tag später traf sich Sloan mit Terry und berichtete, was er mit angesehen hatte. Als er zu Sabrina in die Kabine zurückkehrte, musterte sie besorgt seine ernste Miene. »Gibt dir der General etwa die Schuld an dem Gemetzel? O Gott, Sloan, nach allem, was du für die Army getan hast …«

Weiter kam sie nicht, denn er küßte sie voller Sehnsucht und Verlangen. In den letzten Wochen waren sie stets zusammengewesen – aber nie intim geworden. Sloans Wunden und das Grauen des Kriegs hatten die Liebesglut erheblich beeinträchtigt.

Jetzt war einige Zeit verstrichen, die seelischen und körperlichen Wunde begannen zu heilen. Doch die Narben würden zurückbleiben, weil sie die Tragödie am Bighorn nicht vergessen konnten.

»O Sloan …«, hauchte Sabrina.

»Vor ein paar Tagen hast du gesagt, du würdest mich lieben.«

Sie lächelte wehmütig. »Natürlich liebe ich dich.«

»Weil ich Gray Heron getötet habe?«

»Unsinn, ich liebte dich schon vorher.«
»Seit wann?«
»Nun ja, ich …«
»Diese Frage kann ich besser beantworten als du. Schon während der ersten Nacht in Gold Town haben wir einander glühend begehrt – und irgendwann erkannt, daß es auch Liebe war.«
Glücklich hauchte sie einen Kuß auf seine Lippen. »Aber es kränkt mich immer noch ein bißchen, daß du mich für eine Hure gehalten hast. Und ich weiß nicht, ob ich meine Eifersucht jemals überwinden werde.«
»Obwohl du nicht den geringsten Grund hast, mich mit deiner Eifersucht zu verfolgen? Seit ich dich kenne, verschwende ich keinen Gedanken mehr an andere Frauen. Ich liebe dich über alles, Sabrina, und ich werde dich bis zu meinem letzten Atemzug vergöttern.«
Mit einem verzehrenden Kuß begann das Liebesspiel. Hastig kleideten sie sich aus, verschmolzen miteinander – leidenschaftlich und doch voller Zärtlichkeit. Mit Händen und Lippen verwöhnten sie sich gegenseitig. Gemeinsam erzielten sie einen explosiven Höhepunkt. Und danach lagen sie erschöpft nebeneinander, genossen das Wunder ihres Überlebens, ihre Liebe.
Plötzlich richtete sich Sabrina auf. »Du hast mir noch immer nicht erzählt, was du mit General Terry besprochen hast.«
Bevor er antwortete, zögerte er sehr lange: »Ich habe den Dienst quittiert.«
»Was? Aber das Militär bedeutet dir doch so viel …«
»Nein, ich kann nicht in der Army bleiben. Nicht nach dieser Schlacht. Ich möchte mich mit anderen Dingen beschäftigen. Hilfst du mir dabei?«
»Was hast du vor?«
»Erst einmal baue ich ein Haus. Direkt neben Mayfair besitze ich ein Stück Land.«
»Klingt wundervoll.«
»Und dann züchten wir Rinder. Wenn wir auch beide

ein gewisses Vermögen besitzen – es wird nicht bis an unser Lebensende reichen.«

»Nichts dagegen.«

»Und Kinder. Mindestens ein Dutzend.«

»Das kann ich dir nicht versprechen«, erwiderte Sabrina belustigt. »Erst einmal freue ich mich auf dieses Baby – und vielleicht noch zwei oder drei.«

»Genaugenommen wünsche ich mir viele Dutzend Kinder.«

»Was?«

»Ich möchte eine Schule eröffnen, damit die Sioux das Volk kennenlernen, das sie jetzt überrollt. Und ich will den Weißen helfen, die Lebensart der Sioux zu verstehen.«

»Das dürfte der härteste Kampf sein, den du je ausgefochten hast.«

»Wirst du an meiner Seite kämpfen?«

Innig schmiegte sie sich an ihn. »Nie wieder lasse ich dich gehen.«

Epilog

Sloan stieg den Hang zu der alten Eiche hinauf und blickte in das Tal hinab, wo sein schönes, großes Haus stand. Im Oberstock lagen mehrere Schlafzimmer. Das erste Baby, das er stets seinen Sohn genannt hatte, war in doppelter Gestalt zur Welt gekommen – ein Junge und ein Mädchen, Zachary und Jill. Zwei Jahre nach der Geburt erwartete Sabrina wieder ein Kind.

Lächelnd beobachtete er, wie sie Limonadengläser auf den Verandatisch stellte. Ihr Bauch begann sich zu wölben. Während sie mit Skylar plauderte, führten Hawk und Sloans Großvater ein ernsthaftes Gespräch. Michael Trelawny war in den Westen gezogen, um seine Urenkel aufwachsen zu sehen.

Was für eine idyllische häusliche Szene ... Die Zwillinge balgten sich auf dem Rasen, mit ihrem zweieinhalbjährigen Vetter Joshua und Kusine Kaitlin, die eben erst zu krabbeln anfing. Und alle waren wunderschön.

Erstaunlicherweise hatte Hawks Tochter blondes Haar, Sloans Sohn blaue Augen und kastanienbraune Locken. Das Blut der Weißen schien zu dominieren, aber gewisse Sioux-Züge waren unverkennbar. Das Beste aus beiden Welten, dachte Sloan. Genau das versuchten beide Ehepaare ihren Kindern zu geben.

An diesem Tag lernten die kleinen Jungen und Mädchen ihre schottische Verwandtschaft kennen. David und seine Familie waren zu Besuch gekommen, und die Kinder beteiligten sich eifrig an dem munteren Spiel im Gras.

Zum Glück hatten sie alle überlebt. Die letzten Jahre waren schwierig gewesen, denn die Weißen konnten den Indianern den tragischen Tod Custers und seiner Kavalleristen nicht verzeihen. Danach hatten hitzige Debatten stattgefunden. Jeder gab jedem die Schuld an dem Gemetzel.

Im November nach der Tragödie vom Bighorn hatte Colonel Raynald Mackenzie eine entscheidende Schlacht gegen die Prärie-Indianer gewonnen, die sich immer zahlreicher in ihre Reservate zurückzogen. Crazy Horse hatte kapituliert und erklärt, er strebe einen dauerhaften Frieden an. Trotzdem war er später festgenommen worden. Nun sei er ohnehin wertlos für sein Volk, ließ er verlauten, weil er nicht mehr kämpfen könne. Indianische Polizisten erstachen ihn – eine Vision, die er bereits in seiner frühen Jugend gesehen hatte, das traurige Ende eines großen Kriegers, und Sloan trauerte um ihn ebenso schmerzlich wie um Custer.

Inzwischen waren einige Sioux-Stämme nach Kanada übersiedelt, weil sie die weiße Mutter, Königin Victoria, der US-Regierung vorzogen. Und die ›Zivilisation‹ eroberte die Black Hills.

Sloan und Sabrina hatten ihre Schule eröffnet, an der drei Lehrer fast hundert Schüler unterrichteten – Kinder aus den Reservaten, Söhne und Töchter weißer Siedler. Nicht alle Weißen waren der Schule wohlgesonnen. Sicher würde es noch Jahre dauern, bis die Trelawnys alle Vorurteile überwinden konnten. Doch sie wußten, wie hart man für den Frieden kämpfen mußte, und akzeptierten die Probleme.

Während Sloan seine Familie betrachtete, hob Sabrina plötzlich den Kopf, begegnete seinem Blick und lächelte. Dann stellte sie den Limonadenkrug ab, entschuldigte sich bei Skylar und eilte den Hang herauf. Wortlos nahm er sie in die Arme. »Ich liebe dich«, flüsterte sie.

Zärtlich erwiderte sie seinen Kuß.

Er war ein Krieger und ein Soldat gewesen. Aber letzten Endes verdankte er seinen inneren Frieden der Liebe, die er für immer in seinem Herzen bewahren würde.